U0826503

《墨泊——灵武市第一中学师生作品集》

编 委 会

主　编　张洪斌

副主编　王凤国

编　委　马兴林　张洪斌　苏银涛　刘文久　杨金忠

马自杰　杨恩军　王学成　郭全军　何晓晴

墨泊

——灵武市第一中学师生作品集

张洪斌 主编

MOPO

LINGWU SHI DI-YI ZHONGXUE SHI SHENG ZUOPINJI

黄河出版传媒集团
阳 光 出 版 社

图书在版编目（CIP）数据

墨泊：灵武市第一中学师生文学作品集 / 张洪斌主编. -- 银川：阳光出版社，2022.12
ISBN 978-7-5525-6688-8

Ⅰ. ①墨… Ⅱ. ①张… Ⅲ. ①中国文学－当代文学－作品综合集 Ⅳ. ①I217.1

中国版本图书馆CIP数据核字（2022）第258582号

墨 泊
——灵武市第一中学师生文学作品集　张洪斌 主编

责任编辑 谢 瑞
封面设计 石 磊
责任印制 岳建宁

黄河出版传媒集团
阳 光 出 版 社 出版发行

出 版 人 薛文斌
地　　址 宁夏银川市北京东路139号出版大厦（750001）
网　　址 http：//www.ygchbs.com
网上书店 http：//shop129132959.taobao.com
电子信箱 yangguangchubanshe@163.com
邮购电话 0951-5047283
经　　销 全国新华书店
印刷装订 宁夏凤鸣彩印广告有限公司
印刷委托书号 （宁）0027756

开　　本 720mm×980mm 1/16
印　　张 26
字　　数 390千字
版　　次 2022年12月第1版
印　　次 2023年11月第1次印刷
书　　号 ISBN 978-7-5525-6688-8
定　　价 68.00元

版权所有 翻印必究

序

石赞太

灵武一中要出版师生文学作品集《墨泊》，这是灵武一中办学与发展历程中值得记忆的大事，办学六十五年来，还是首次出版师生文集。

一个学校，要讲文化建设，其中重要的就是要培育一种阅读与写作的习惯或精神。学校里没有大张旗鼓地搞阅读和写作，就不能说是个好学校。当今的社会也好，校园也好，越来越提倡和重视阅读与写作，因为这是一个人找到精神归宿的根本，也是一所学校提升教育教学质量的重要因素。弗朗西斯·培根《培根随笔》中说：读史让人明智，读诗让人灵秀，数学使人周密，科学使人深刻，伦理学使人庄重，逻辑修辞之学使人善辩。这是至理名言。我们讲立德树人、培根铸魂，就要认识到阅读润物无声的重要作用。

近几年来，灵武一中得到了跨越式的发展，教育教学质量得到了显著提升，校园文化建设有声有色，师生阅读与写作蔚然成风，特别是自2017年底创办两刊（《墨泊》《灵武一中学报》）以来，师生的阅读与写作成为了学校一道亮丽的风景线。文学刊物《墨泊》已打造成校园文化的一大品牌，受到了广大师生、家长和社会各界的一致好评。《墨泊》以发表本校师生的文学作品为主，还选登我地知名作家、艺术家作品及世界著名诗人、艺术家作品，为广大师生提供了一份份精美的精神食粮，丰富了师生生活，开拓了师生视野，滋养了师生灵魂，陶冶了师生情操；同时，提高了各学科学习的质量。可以说，没有良好的阅读和写作习惯，就没有科学的思维能力，就没有严谨的书面表达，也就缺乏与人沟通的语言功夫。

文学对一个人灵魂的滋养是不言而喻的。一名教师，一名学生，要在长期的大量的阅读与写作中形成对自然、社会和人生的独到认识，就离不开阅读经典、阅读那些优秀的文学作品，《墨泊》无疑提供了这样的精品；同时，《墨泊》的创办又积极地鼓励了广大师生参与到读书活动、征文活动、自主写作中，教与学在这里得到了很好的融合与体现。这也正是办刊的目的。

打造书香校园、诗意校园是学校文化建设的美好追求，而这就需要一大批真正的校园文学作者队伍。灵武一中成立了学生小作家协会，这是灵武一中的创举。这一协会的成立，得益于灵武一中有一批真正的作家。杨森君老师是全国著名的诗人，张洪斌、王凤国、杨风银、张树俭、杜艳梅等老师都是活跃于宁夏文坛的本土作家，加入国家级、区级、市级作家协会教师总计有十六人之多，这在全区的学校是绝无仅有的。正因为有这样一批爱读书、爱写作的教师，才能引导、辅导一大批学生积极投入到阅读与写作中，也才能不断地创造出文学的丰硕成果来。据统计，几年来，《墨泊》已办三十五期，共发表师生文学作品两千余篇（首），许多作品都是可圈可点的，这里有师生们的种种人生智慧，也有我们读后的种种心灵启迪。办这样的刊物，值得提倡。

灵武一中师生文学作品集《墨泊》就要出版发行了，作为一名教育行政领导，我愿意为这样的文集出版点赞，并衷心地希望这样的刊物越办越好，以此带动更多师生积极地阅读和写作，为灵武一中以及灵武市各级各类学校人才质量的提升做出更大的贡献。

目　录

第四辑　学生诗作 / 275

第一辑

教师散文

落叶，生命的另一种延续

张洪斌

不经意间，又一个秋天来了。是时光加快了它的步伐，还是我跟不上时光的节奏？总是忙碌，忙工作，忙生活，忙一些与我有关或者无关的琐碎的事情，竟无暇顾及这秋天。直到有一片黄叶，从我肩头轻轻滑落，坦然而从容，我才忽然意识到生命的短暂，心中升起悲秋悯叶的思绪。其实，每个人的生命都如一棵树，每一棵树都在四季交替中演绎着强大的生命力。在我看来，落叶也是有生命的，虽然没有花朵那样姣美，没有果实那样高贵。

我不是诗人，但我有诗人的情怀。我停了下来，坐在一棵树下的石凳上，躬身捡起那片叶子，感觉捡起了时光。这不仅仅是一片落叶。它让我忽然慢了下来，静静欣赏秋天，欣赏它寂静的美。有多少古今中外的诗人，以此寄托心中情怀，有多少恋人以此交换彼此的思念。年轻时，我也曾将一枚崭新的落叶夹在工作笔记里，像在珍藏一页时光的标本。活在世上真好，现在珍惜也为时不晚，我们身边有这些植物相伴真好，相互给予，相互付出，相互模仿，相互感悟。

一棵树如果没有了叶子，它所营造的风景是单调而荒凉的，看风景的人也是悲凉的。一棵树的生命因叶子而开始，也因叶子而停止。但一片叶子的凋零不是结束，不是悲剧，而是生命的一次升华，一种延续，一次华丽的转身，是化作春泥更护花的责任，是落叶归根的信仰。

落叶不是秋天的悼词，而是生命的宣言，因为它昭示着生命的延续，呼唤着春的到来！一片叶子先离开那些朝夕相处的众多叶子，离开家庭一样温暖的枝头，它已完成了自身的使命，在秋风中获得自由，得以飞翔。

枝头上，新展开的那片叶子，未必不是曾经落掉的那一片。当然，各种树上的叶子各有不同，有的像鹅掌，有的像扇面，有的像仙桃，有的像一枚火焰，绯红绯红的，红得让人爱不释手，红得让人陶醉，让人思绪万千……不论怎样，叶子总归是叶子，造物主先赋予了它的美，然后才被爱美的人发现。

人们常说一叶知秋。面对手中的这片叶子，我觉得这个“知”字不够准确，我认为“一叶懂秋”更为恰当。因为只有懂得，秋天才会更加浓烈，浓烈得像夕阳，像红酒，像火焰。因为只有懂得，才会让你领略到秋风扫落叶的悲壮，才会让你感受到生命的从容。也只有懂得，才会让你领悟到落叶其实是生命的另一种延续。

坐看秋色，凝望秋水，任秋风陶醉，由浮云远去。而此刻，落叶是世间的落叶，而秋天像一个人的秋天。

作者简介：张洪斌，灵武一中校长，宁夏作协会员，宁夏收藏家协会理事，有诗歌、散文作品发表于纸刊和文学平台，出版散文集《随梦行》等。

赏画记

张洪斌

一直喜欢收藏字画，也许源自于小时候我就喜欢画画之故。记得读小学的时候，经常看到电影院门前隔段时间就张贴出一张电影广告画。画得真好呀！我常心底暗暗赞叹。那时，很少能看到像今天这样门类各异的画册，更难见到画家画出的真正的画。

至少那时，在灵武，我还没有听说谁是画家。最多在乡下看到过一些炕帷子上画的年画。不过，小时候，最爱看的还是那种巴掌大小的连环画。《红灯记》《智取威虎山》《红色娘子军》等小画书，这应算是我最早看到的画册了。

也曾尝试着画过向日葵、天安门、红五星。因为没有画笔，就只用红蓝铅笔画我所爱的人与物。回想小时候，我记忆中画的天安门最多。当然，这些画没有一幅能保留下来。总之，小时候，我没少做过画家梦。

工作之后，我已过了画画的年纪。我总认为画画是需要童子功的，得从小时候练起，当然也不排除晚年也可作画，成为画家。只是，现在工作太忙，无暇画画，但画画的情结还在，当画家的梦还在。

每当我看到色彩与内涵好的画，就会被吸引了过去。好画是能吸引人的，是能与人产生共鸣的。

我总觉得，画家画什么像什么。就冲这一点，我对画家很是佩服。画家都是“成竹在胸”的人。铺开宣纸画布，画花像花，画鸟像鸟，画山像山。这是本事，这对一个不会画画的人来说，简直太神奇了。

最终没有当成画家，索性以收藏画来圆自己小时候想当画家却没有当成画家的梦。尤其国画，我尤为偏爱。那种在宣纸上渗透、散开的墨迹，变幻莫测，却能表情达意。

我不仅喜欢收藏牡丹画，也喜欢收藏山水画。人物画我喜欢收藏具有历史典故的国画。总之，方寸之间百花开，方寸之间藏山水，方寸之间跨千古，这也许是我收藏国画的根本所在。

收藏就是学习，收藏就是与所收藏的好画做朋友。有时心情郁闷时，打开一幅牡丹或一幅山水，心中不快似受了画面的冲击，或慢慢消退，或荡然无存。

藏画赏画，不只增长见识，更能培育人的审美情趣，提升人的艺术鉴别力。在画中可以见智慧，可以识美趣，可以观览古今，做到人画两忘，天缘一脉。

对于赏画，我不论何派，只要看得舒服，只要赏心悦目，我便喜欢。

画能让人变得温润、和善；画能让人变得干净祥和。

一幅好画，就是一片天地，一片有着美妙神韵的天地。

只要一幅画呈现的是生命的气象，只要一幅画能引发人的美好情愫，我就认定，这是一幅好画。

至此，我便以为，收藏并欣赏一幅画，于心灵的滋养而言，不只是满足，更是一种深层次的熏陶。

灿若夏花

张洪斌

俗话说，春花秋月。也有过这样的诗句：春花秋月何时了（南唐李煜诗句）。春来大地，草木生发，鲜花盛开，所以，在春天当以赏花为乐趣；到了秋天，当是赏月了。其实，有很多花是开放在夏天的，我们称之为夏花。

夏花，就是指夏季盛开的鲜花。

夏花还有更深刻的比喻义，泰戈尔曾写下过这样的名句“生若夏花般绚烂、死若秋叶般静美”。

这样的诗句引申开来，便是对生命的一种更深度的认识与诠释。

夏日的鲜花，几乎是怒放的，它在盛开的瞬间便极力地展示自己的美丽、妖娆，全部植物的生命在花开的一瞬间达到了顶峰，完美而又盛大地绽放，几乎达到了鲜花的极致。具体联系到人生，便是，要好好珍惜生命赋予我们的潜能，做事要尽兴而为，做人要做最好的自己，不可贻误年华，不可错过花期。不要压抑自我的梦想，要倾力施展出自己的才华，像夏花一样绚烂。

灿若夏花，其实也是一种对生命的自信。我们不仅要认识自己，相信自己，还要为自己的成长、自我的完善付出更大的努力，不辜负生命，不背弃时光，在珍惜岁月的同时，将自己最大的能力与愿望结合起来，不犹豫，不退缩，有一分热发一分热，有一分光发一分光，像夏花那样舒展盛放。

每到夏天，看着一朵朵鲜花绚烂地开放，我就充满了感动。它们千姿百态，万紫千红的样子不仅仅是一道风景。它们的开放，孕育着对大自然的报答，它们从没有懈怠过，与树木同生，护卫着将要成为果实的花蕾。叶子在尽叶子的职责，枝干在尽枝干的职责，花朵在尽花朵的职责。

每每想起夏花，我便想起古人的诗句。

高骈曾在《山亭夏日》中写道："水晶帘动微风起，满架蔷薇一院香。"读到这样的诗句，我仿佛能闻见满院子的蔷薇花香，该是多么惬意！微风起处，花香传递。

杨万里曾在《晓出净慈寺送林子方》中写道："接天莲叶无穷碧，映日荷花别样红。"读到这样的诗句，眼前是一派红荷晃荡于湖水中的景象，大自然赋予人的吉祥，无非如此。看到这样的景，让人不禁沉醉迷恋于夏日之景。

苏舜钦曾在《夏意》中写道："别院深深夏席清，石榴开遍透帘明。"灵武虽无石榴花，但是，读到此诗，仿佛能看到一个种满了石榴的院子里，石榴花累累地开放着，迎接即将到来的秋天美景。

司马光曾在《客中初夏》中写道："更无柳絮因风起，惟有葵花向日倾。"向日葵是我们当地随处可见的植物，尤其到了夏末，西出灵武郊外，一大片金黄色的向日葵开放在郊外，一望无际，在风中轻轻摇曳，傍晚时分，所有的花盘便随着太阳西斜而放。这是多么神奇的一幕，它们完全按着自己开放的姿态开放，不同于夏天里的任何花朵。

类似的例子举不胜举。

它们都是关于夏花的。

它们都不仅仅是自然之物的一种存在，更蕴含了启发人生的奥妙。

所以，我曾在一篇文章里说，每个季节有每个季节的特点，不能偏爱偏废，要存包容之心，来爱这个世间的一切美好的事物。

感恩妻子

张洪斌

时光荏苒，岁月变迁。当我回顾与妻子生活的日日夜夜及生活中的点点滴滴，我的内心便充满了感激、感恩。

我与妻子结婚整整二十八年了。我比妻子年长五岁。这二十八年来，妻子对我和家人的爱与付出，仅用“谢谢”两个字远远不够。

但是，我在这里，还要对我的妻子说一声：谢谢你！感谢你来到了我的生命中，带给了我美丽、健康、关爱、快乐与幸福。世界这么大，只有你做了我妻子，只有你与我结下了这一段善缘。

二十八年前，我的妻子还是清纯女子。不知爱情为何，也不知婚姻为何，她毅然决然地嫁给了我。她嫁给了我，就意味着她把自己的美貌与青春在二十八年前就完全托付给了我。这二十八年来，妻子把自己的生命全心全意地投入到了家中，里外家事，无论烦琐，没有一样她不操心，做饭洗衣，相夫教子，甚至在受了委屈时，也没曾听到过妻子一句抱怨的话。由于工作的关系，家务事几乎整个由妻子打理。也许，妻子正是看到了我常拖着疲惫的身子回家，每当我想帮妻子做家务时，她都一手揽过去，说，你在外够累了，还是由我来。儿子虽然已大学毕业并参加了工作，可是，在儿子上幼儿园、小学、中学时，妻子花费在儿子身上的心血远比我多，接送儿子上学，陪儿子读书写作业，一熬一整夜。她不只是在做一个好妈妈，同时，她也在做一个好妻子。她理解我，更心疼我。如果说我在工作上有所起色，这与妻子的关爱、关心绝对分不开。在这里，我想说的是，一个幸福的男人，背后绝对有一个称职的妻子、贤惠的妻子。

也许，正如我曾看到过的一句话，夫妻之间，只有相互感恩，才会相互情深。多少年来，我从没有与妻子之间因为家庭琐事有过口角。我常为妻子温润、善解人意的性格感到安慰，也深感娶到一个好妻子的福分所在。

有时，在工作中有一些不便与外人说的话，回到家里，我会说给妻子。我这样做，无非是把妻子当作知己、知心人。有一个善于倾听丈夫心声的妻子，是男人的幸福！有一个理解并善于安慰丈夫的妻子，是男人的造化——我感恩我的妻子。感恩妻子对一个丈夫的理解，明白一个丈夫在外的辛劳与责任。

今年开学之初，我利用个人关系，动员一位私营企业的老板给学校里今年考上高中的七个教师的孩子赞助了七辆山地牌自行车。妻子得知后，问我为什么不给自己也留一辆。因为此前，有一次，我要赶去上班，我骑的那辆自行车链子掉了，怎么装都装不上去，一气之下，我把那辆破旧的自行车踹倒在地赶去上班了。也许是因为妻子看到我为赶去上班车子又坏了才焦躁生气。等我下班回来，妻子已经将那辆自行车推到修理铺，把链子装好了。感动之余，我又有些惭愧！我知道妻子心疼我，我也知道妻子这样做，是为了平复我的心情。

这就是妻子。这就是人们常说的——妻子是家中的明灯，是丈夫最温馨的港湾。有了妻子，家就有了温暖。正所谓，家有贤妻，精神自来——是妻子的贤惠，让我无后顾之忧，才让我能一心一意扑在工作上。有时，我看着妻子在家中忙来忙去，把家打理得干净整洁，我便会心生感动。每当此时，我就想着带妻子到西湖边散步或者陪妻子到街上逛逛商店。妻子常会以为我有什么心事，并欣然答应。一次，在商店里看到了一件外套，价格当然不菲，我也看出妻子挺喜欢。当我掏钱要买下来时，妻子便托词说不合适或价格太高让我放弃。其实，我是真心要买给妻子的。回家的路上，妻子的一句话，让我更加难过，她说，家里就你一个人挣工资，我哪能舍得买那么贵的衣服。妻子越是这样，我的心里越难过。

自从我有了孙子后，我的辛苦的、为我的家受苦又受累的妻子又开始带孙子。我感动于妻子身上怎么会有那么大的能量！白天熬，黑夜熬！我看到的依然是坚强！当妈妈时从不说累，当奶奶时同样不说累。这就是我的妻子，在我这个上有老下有下的家庭里——我的无怨无悔、任劳任怨、只知付出却从不提回报的妻子。

感恩妻子在我最需要温暖的时候给我温暖，最需要理解的时候给我理解，最需要谅解的时候给我宽容。

今天，我只想对妻子这样说，将来，不管是贫穷还是富有，不管是疾病，还是健康，我们永远不离不弃；我也会尽到、尽好一个做丈夫的责任。

2018年10月6日

于沁心书房

病床偶思

张洪斌

几日来，卧病在床，感想颇多。想来这话是对的，没什么别没钱，有什么别有病。住院的滋味，不好受。无论是过道，还是病房，处处充斥着各种药物的混合气味。再看来来往往的人，病人，或探视病人的亲人或者朋友，脸上表情各异，或心事重重，或无奈，或苦涩。

其实，我多么希望自己看到的脸是一张张充满喜悦、散发着朝气的脸，是从容的脸、健康的脸，但是，在医院里，看到的大多数面孔不是这样的。

我在想，什么时候医院里不要挤满这么多人！什么时候，医院里也变得空空荡荡！什么时候，医院里的人少了，也就意味着，人们都健康着。可是，事实上，无论是挂号的窗口，还是病房里，可谓人满为患。

大约可以这样判断，在住院的相当一部分人里面，多数都是在日常生活中，健康意识差，不注重保养自己身体的人。等到身体出了问题，不得不就医，不得不拿出自己辛苦的积蓄用来医治身体的病患。

人是生活在大环境里的。时下，环境问题、日常用品的造假问题等，虽然得到了必要的遏制，但是，一些趋利忘义的不法企业，不法商人，依然不顾惜人们的生命健康，排放污水废气污染环境，造假制假，在食品中添加对人体有害的化学制剂，等等，都成了直接或间接危害人们健康的祸害。对大多数人来说，这是一种客观危害，却是一些不法商人主观所为。一些不法商人的良心坏到如此地步，受害的却只是消费者。

现实中，造假酒者有之，造假药者有之，造假烟者有之，造假肉者有之……

可谓触目惊心！不排除在我看到的众多病人中，有人恰恰是不法商人坏了良心的受害者。所以，在当今社会，不夸张地说，拯救良心才能实现社会的祥和。

当然，从另一个方面说，我们每个人都应该有强烈的、明确的健康意识。身体没了，什么都没了。这个道理几乎人人都懂，但未必人人都重视自己的身体。具体到个人的生活方式上，我们则需要好好地提升自己的自律能力，养成良好的生活习惯，饮食上讲究方式，不能过度放纵自己，胡抽胡吃胡喝。就拿吸烟来说，大家都知道吸烟有害健康，可是，照抽不误；再拿酗酒来说，明明知道酗酒对身体有害，总有人上了酒桌，不善把持，不喝个天翻地覆，不肯罢休。

先人早就说过，病从口入。吃喝是人生大事，但是，我们要养成科学的饮食习惯，不能不考虑自己的身体承载，自己作践自己。说白了，自律就是管理好自己，饮食不可无节制，作息不可无规律。

在现实生活中，我们不仅要培养自己健康的心灵、智慧的头脑，更要保重自己的身体，让自己的身心获得最大的圆满。因为，有了一副健康的好身子，同时又有一颗健全智慧的心与头脑，我们才能更好地享受生活，也才能更好地投入到自己热爱的事业中，也才不会给家人添麻烦，不给社会增负担，不给自己找罪受。

身无病患，于己，于人，于社会，皆有益处。

西域札记（三章）

杨森君

访西夏瓷窑遗址

西夏，作为一个王朝，消失了。

关于它的消亡，猜测大于实证。

眼下的瓷窑遗址，一派荒凉。

杂草丛生的沟壑，碎瓷呈于地表干燥的坡地，与周围发黄的沙漠、旷野连成一片。

它给人们的想象空间太大了。

历史的迷由此形成。

事实上，它已经空了。连同它的轮廓，几乎都无迹可寻。

考古发掘让我们看到了个别窑口。

可是，坍塌的窑址又能说明多少真相?

我甚至怀疑，由发掘看到的窑址，未必出自西夏，也可能出自元代、明代、清代，抑或民国。

据当地老人口述，老人的先人曾留下传言，多年前，在这个所谓的西夏瓷窑遗址上，依然有人在烧制瓷器。

难道散落在地表上的这些白色瓷片、黑色瓷片、茶叶末釉瓷片并非全部出自西夏，而多是出自西夏之后?

我对此一直存疑。

传承只能让我们追索，却不能代表那个具体的时代。

尽管如此，我们仍然固执地把这个几乎被人遗忘又重新被人重视的瓷窑遗址，归属到西夏。

百姓的口述，只能作为参考。

我们信奉史书。

我们过于轻信专家的定论。

这大概是考古学界的一个学术暴力。

这也是为什么一些考古结论，一再被新的证据推翻的原因。

每次到访西夏瓷窑遗址，我虽心存敬慕，却也心存不安。毕竟，西夏的存在已经非常遥远，真相可能与我们的推断大相径庭。

边　墙

高耸于山巅之上的烽火台，常与边墙互为陪伴。

以土为墙，以土为垒。若即若离。彼此认得。它们都由黄土铸就。它们是古人留下的防御工事。属于王朝，不属于私人。

就是今天，它们依然不属于私人。

在宁夏境内，当地人把土长城叫边墙，也把边墙叫土长城。

边墙之远，先于当下活着的所有人。

边墙是祖先所为。

边墙的存在见证的是侵略与防护。

也可以说成是一种隔阂。

一道不许跨越的界限。

边墙的坚固，让其与大地同处千百年。

千百年，这会是一个什么样的概念，任何一个人的生命都无从体验。边墙存在着，变化着，哪怕只剩下一道痕迹。

边墙的脆弱，又让其日渐破败，趋于消失。那些断断续续、高高低低的土墙，是实实在在的，是担负过使命的。

快马铁蹄曾止步于它的威严。

它护卫过王朝的江山与百姓的性命。

现在，坍塌了，整体不再完整，局部遭到了后人功利性的损毁。

在清水营城到兴武营城的六十里地的距离上，边墙时断时续，只能依靠想象才能将它们连接在一起。

实体与虚空共存。

自然力对它的损毁，这是宿命。

石虽寿，风吹尽。

更何况，边墙只是一道土筑的屏障。

清水营城

书本上的介绍，总是有限的。我想尽量抛开它，直面这座古代的城堡。无论它曾经是用来屯军还是出于保护的考虑，将当地散居的居民收拢在城，都不是这篇文字所要讲述的重点。

我面对的是一座坍塌、破损的古城。它非常显眼，在很远的地方就能看见高大的城墙。城墙原本由灰砖包裹，现在只剩下黄土。

如果不了解这座古城的四面城墙上的灰砖是被人为拆除，用其建屋造房、铺路垫地的事实，你会认为清水营城不过是一座土城。试想一下，如果灰砖依然包裹着墙体，这座古城将是何等壮观。

可惜，它被“剥皮”了。

土城墙失去了它坚实的外壳。

墙体滑落。

局部坍塌。

裂缝加大。

一些耐寒的芨芨草长在上面。

坑坑洼洼的鸟洞分布其上。

幸好，位于城墙东北角的瓮城入口的弧形城门，至今还保留着砖包墙的原貌。它们牢固结实，砖与砖的缝隙间，还能看到一道道白色的石灰，当然，这是经过了特殊处理过的石灰。我曾试着用指甲去抠，其质地坚硬如石。

每次来到古城，我都会被眼前狼藉的砖石瓦片所触动。它们无序散落，渐渐被黄沙与蒿草埋没。个别瓦片的正面，在太阳底下隐隐发光。

也会捡到一些青花瓷片，这对初入古城的人来说，十分惊讶。数百年来，它们还与古城同在。

它们是被打碎的各种瓷器——青花碗、青花瓷盘、青花盏、青花梅瓶……它们都曾是完整器上的一部分。它们四分五裂，失去了整体。它们的存在，让这座古城存世的时间更加确切。

毫无疑问，明清时期，这里居住着使用过瓷器的人们。他们是谁，我们一个也不认识。

历史自有它的法力。古城内的气息或者气氛，完全有别于其他自然地带。也可能是我们过度的想象所致，行走在城中，总会感到一种来自过去的古老的味道充满我们的感官。比如，古城内的荒凉、破败与寂静，会让人隐隐不安。

落日的余晖让古城内形成多个折角——那是城墙投射的阴影。此时，如果乌鸦正好盘旋在头顶，我会想到古人的阴魂。我甚至会觉得，我是走在熙熙攘攘的阴魂中间。

这样想未尝不可。我们能看见古城的存在并且叙述它，对于我们看不见的东西，它未必就不存在，就像过往的朝代，过往的清水营古城所发生的一切，一定是存在的，商贸集市，爱恨情仇，生死别离等等，但是今天，我们什么也看不到了，除了它物质的废墟。

（以上作品发表于《星星诗刊》2020年第五期散文诗专号）

作者简介：杨森君，笔名杨迈，灵武一中教师，中国作协会员，出有八部个人文集，诗作多次获得大奖。

边 墙

王凤国

走进贺兰山的沟谷深处，向北望去，我看到一股风，正扭动着身子，卷起了边墙上的一层尘土。

人间有很多的尘土，总会模糊了我的视线，也模糊了历史的形象。在西部的边墙下，我倒是真想看清边墙的一切，但总是又一次得到一个模糊的记忆。

是的，我不知这一股风撞上南墙后，有没有回过头，但是，我可以肯定地说：高高的贺兰山是它永远的阻隔，它必须拼杀一番，才能越过自己的胆怯、懦弱。

据专家调查，宁夏长城全长达1507公里，敌台589座，烽火台237座，关堡25座，还有许多相关的辅助设施，但是可见的墙体只有517.9公里。不论是秦长城，还是明长城；不论是夯土修筑的，还是砖石铺砌的，现在，一段又一段的边墙都面临着时间最后的摧残，甚至有的墙体只有一点点隆起的痕迹了，这就是我们看到的边墙，日渐消瘦的边墙。

站在幽深的山谷里，我仰起头来，看到一批又一批不辞劳苦的勇士，用坚定不移的信念修筑的厚重的边墙，横卧在山脊间，被凌厉的风如此雕刻侵蚀——陡峭、光滑、苍茫、惨烈……

此时，仿佛有一位披坚执锐、策马扬鞭的勇士，远远而来，向着边墙冲锋，他呐喊着，拼杀着，然后死在我的脚下，让历史一声冷笑，让我一阵悲伤。

晚霞刚刚染红的天空，好像无数勇士的血在抛洒，就连我脚下的一块白石头，也涂上了惨烈的红光，让我心惊肉跳。

一只被风磨秃了翅膀的鹰，掠过高高的山头，向一顶硕大的树冠纵身而去，让我孤独得像草原中掉队的一只羔羊。

我的手里一无所有，但是，我的眼里风光无限，我的心里也无所不有，我的想象比一场规模浩大的战争更壮观。

脚下，有一块被太阳晒得发黄朽烂的骨头，不知是不是死去的战马最后的遗体，俯下身子，我端详了半天，心底，突然生出希望毁灭前的一股悲凉。

是的，我不如一块石头坚韧、顽强、持久，在风雨中，我也会被侵蚀；在阳光里，我也会碎裂；在未来的记忆里，又有谁能将我的故事悄悄传说？我可能只是历史中一粒小小的尘埃，只是虚无，我不配不朽。

是的，死是多么容易的事情，死亡的事件每时每刻都在发生，包括从这山顶上翻越而下的风，包括我看山时一闪而过的想法，但是，在死亡面前，转身走掉的，究竟都有什么呢？在敲打过一块破砖之后，我一再地问自己。

怀着不可名状的情绪，我再一次眺望这高大的边墙，就像和我敬重的敌人最后诀别，这样的时刻，我总会有许多的话哽在咽喉，不吐不快，但是，面对他一身的血，我又泪流满面，哽咽着，注视着，说不出话来。

我又仿佛是刚刚从最惨烈的战场上下来，我的手里，还握着刀剑；我的眼里，还流着血泪。像是个失败的勇士，我正要挥刀自刎，不甘受辱。

仿佛我又是秦汉时这边墙下的一位西北汉子，我的家园，让敌人一再侵扰，我怀着一世的仇恨，勇敢地参军打仗，然后，必然壮烈地死在另一位英雄的脚下。

仿佛我的刀，突然刺伤了整个天空，无数的红光，从云层缝隙里倾泻下来，山上的石头和同伴们的身体都染红了，血色的历史，在风中低声悲吟。

边墙的脚下，是山谷，是锋利的石刀；边墙的前方，是阻隔，是远去的亲人。它的使命该有多么沉重，就像我看到的一幅画，圣母玛利亚怀中的小耶稣，目光迷离而忧伤，让人担心和疼爱。

面对边墙，我还必须这样想：越墙而过的不只是北方的风，还有爱人的目光，还有亲人撕心裂肺的呼喊，还有无法隔断的民族联系。

曾经的岁月，这高高的边墙，横亘于天地之间，也横亘于两个民族或数个民族之间，那个爱上汉族姑娘的蒙古汉子，他的羊皮袄里是不是钻进了太多的寒风？对于爱，我必须大胆假设，这是我的权利，谁也不能禁锢我的头脑：这道边墙下，曾经一定有两只相爱的岩羊和一对生死纠缠的男女。仇恨与爱情，一定会让两个相爱的人无法估量孰轻孰重！爱，永远都是纠缠不休，惆怅无限。

我不能否认，爱情的故事，在风雨交加的傍晚，可能正在诞生或上演。尘世里，谁能让这厚厚的边墙轰然倒塌？谁能让无限的爱意不四处弥漫？谁能让这冷冷的边墙下没有孤独的灵魂？

翻过这高高的山头，我看到辽阔的草原，一群牛羊正在悠闲地吃草，它们应该算是幸福地生活着，我多么羡慕没有阻隔的草场，我多么向往被人拦进怀中的感觉。

可是，转身离去，我的心里好像失去了什么，我妄想爬上那座山头，像那个哭喊着的女子，唤不回扬鞭而去的爱人，就化成万年永存的石头，万年眺望着远方。

在这里，眺望也应该是一种幸福。倘若能等到爱人的怀抱，痛快地哭一场，然后，不计后果地翻过这边墙，就是幸事；然后，不可救药地真爱一场，就是幸事。

我无法拒绝和否认，我看到边墙下唯一的一只岩羊，它孤独地站在对面的斜坡上，它的眼神，慈祥而忧伤；它的等待，幸福而孤独。

我不知，它茫然地眺望着，是否寻找最后的归宿；它咩咩了两声，是不是最后的呼喊。我的手里没有救命的稻草，我给不了它希望，看着它远远而去，我就想起我抛下的女人。

阴冷的风中，她好像瑟瑟发抖。她应该是饥饿了，渴望一份香甜的晚餐；她应该是茫然的，渴望一句安慰的话语。她的身旁啊，应该有爱、欢乐和幸福。

所有的人，都应该这样。

哦，主啊！它是不是也是迷途的羔羊？它的错误，它的惩罚，是不是它永远的宿命？就像我曾经的爱，是不是我永远的伤痛？

在宁东盐池县东部，在青铜峡武关，有一段长长的古长城，我也去看过。

记忆中，那一天，我问过长城：在这空旷的原野上，你该站立多久呢？你为什么让我如此担忧？今天，我可能还会问：长城，你还好吗？你究竟会拦下什么呢？

人间里，熙熙攘攘，人来人往。

走近你，这西部的边墙，你沉默不语，我摸了摸你的身子，好像只剩下支撑的骨骼。你真是太伤残了，风来的时候，从你的身上，又撕下了一块肉。你真是太苍老了，雨来的时候，从你的脸上，又拽出了一道皱纹。可是，你依然把脊梁挺直了，你俨然还不想倒下，你用千百年的经验，对付着尘世里的一切苦难。

你是极度虚弱的，但又是坚强的，我远不如你，我对付不了昨日的雨，今日的风。站在你的身旁，我不知如何安慰你，我多想把你当作一件老物件，收藏、珍爱、品评。但是，我做不到。你太厚重了，像中华的历史，我看了，眼就痛，心就痛。中华广大，却有许多伤痛！中华伟大，该有多少梦想？

在盐池兴武营，我也问过这样的话：兴武营，你真的就是一本厚重的古书吗？是谁写下了你？又是谁修缮了你？又有谁格外珍惜你？还有谁在你的面前无比忧伤？你的读者真的很多吗？

我看着那被风拍烂的一段古城墙，多像一张发黄的草纸，只是书写的文字早已模糊，只是流传的故事早已走样。在它的面前，我又能读懂什么呢？

但是，我绝对相信，清晨的霞光，还是早起的风，都会按时地将它翻开，柔软的心灵，会读出它的伤痛；深刻的眼睛，会读出它的辉煌。

是的，我也绝对相信：它深藏的，绝不仅仅是几道沧桑。一片破瓦，就是一段文字；一块青砖，就是一行诗句。它身上标识的凹陷、光滑、古奥，不就正在诠释着历史的记忆吗？

我也相信，在西北高原上，战马的嘶鸣已经剥落，号角的呜咽已经凋谢，满地的黄沙，也已掩盖了所有的烽火。天地祥和，人间温暖，应该不会再有阻隔相爱的事情发生。

我还相信，一场又一场的风，一再地熟悉着这里的一切，沧桑之后，重叠着沧桑；深刻之间，包含着深刻；南来北往的鸟，不会再让我和你读得愁肠百结，摧肝裂胆。

从灵武清水营到盐池兴武营，这一段段边墙啊，我来了，只是个匆匆的过客，我不如一场风，熟悉它的面庞；我不如一只鸟，懂得它的寂寞。我看了许多人的表情，也看了它的姿势，掉头走掉，只是我不知，那些走掉的人的心里，有没有风起云涌，反正我是会有的。

捡起一块残破的瓦片，我就像是抚摸了一块伤疤，我用身体里流淌的烛光，试图照亮历史黯然的心情，可是，我看了又看，只见几道泪痕，只见几道血印。

是的，我相信：从这里溢出的应该是尘世里的悲悯，清水营，兴武营，不再有战争和和平的较量；贺兰山，阴山，祖国的每一片土地上，都不会再有血流成河的景象了吧！

人心如水，都渴望洁净、平静，没有波澜涌动。

夜晚的风，应该统统安睡。我也渴望日日安睡。

一队候鸟，刚刚从一处楼台上起飞，而我，也会赶赴下一个景点，再读历史。

一切的辉煌和荣耀，都逃不过时间的戏弄。

我必须肯定地说，那边墙上的白光，和土堡子残存的半截子棰实的土墙，最终都会剥落，崩裂，毁灭，不留下任何痕迹。

和我眼里的一滴泪一样，隐藏了多年，美好与丑陋，深刻与肤浅，都是我生命里永远的苦痛。

一个心怀真爱的姑娘，泪崩之后，爱与恨就只能湮没在历史的深处，很难再被人提及。

一堵土墙，谁是推倒它的真凶？我不知道，我只是轻轻地抚摸着一块旧砖，好像抚摸着自己的内心。

这一刻，我无法选择放下内心里的，爱或者不爱，痛或者不痛，都会存在，我不能选择，也无法逃避。

我的眼前，感觉时间正在崩塌，沟壑遍布，尘土飞扬，轰鸣大作，我正在向天地的深处迅速坠落。

人世啊，就在无穷的风云变化中崭新或陈旧，天地沧桑，天荒地老，这就是时间，就是历史。

我的目光试图翻越边墙，只是，凛冽的风向我扑来，好像我就是一块土，一块砖，一座瞭望的楼台，我必须在时间里突然毁灭。

一只雄鹰，正在天空盘旋，生与死如此纠缠不休。山高水长，谁能守着谁的内心，感情不变？谁能抱着谁的身体，生命不老？

在这边墙之下，肯定有人曾经为一个姑娘哭过，山川阻隔，相拥艰难，相爱坚贞，我相信：两个相爱的人，肯定在这边墙下，坐过很久，甚至因为种族的矛盾，他们死后，在地下，依然会翘首以待，彻夜呼唤。

我必须承认，这一段段西部古老的边墙上，刻满了历史的语言，劳作、战争，还有奴隶们的呻吟、呐喊，这些越来越无法解读的语言，只能让一场又一场的风悄然磨损，等待逝去。

我必须承认，那些古老的边墙，正悄悄地被时光削低、磨损，渐渐消失，战争的烽烟也早已飘散远去，只有不远处几座烽火台还昭示着曾经的荣光。

我无法预知它们的年岁，它们正在剥落，我不能阻止；它们最后的样子，我只是想象。现在，一切的苍茫只能够证明今生今世，它们正在对抗日渐残酷的时光。它已经只剩最后的骨头，我也只能在眼底，在内心的深处，存下最后的一点记忆，沉默着，沉思着。

是啊，我不应该只是一名游玩的旅客，我眺望什么，会让我得到心灵的慰藉？我转身走掉，会把边墙的什么记在心间？沧海桑田，我始终憧憬的，终究是田园的宁静、祥和；我始终盼望的，是人们的相拥相偎。

是的，这些边墙真像是大地的骨头，尘世里，最难毁掉的恐怕就是这些，抚摸过一段边墙的豁口后，我感觉到了深深的寒意，没有皮肉的骨头，坚硬，光滑，让我想起一个人的节操，不由得肃然起敬，一声长叹。它们是苦难的记录者，是想象的诱导者，是和平的维护者，又是永远的启迪者。

现在，没有谁再考虑怎样越过这高耸的边墙，一只鸟，一只羊，还是一位姑娘，都不需要。飞机越过了高山，火车穿过了海峡，人间早已改变了模样，道路已然畅通，天地已然相连，两个相隔万里的人也会谈情说爱。

边墙太老，老得让人失魂落魄！
人间崭新，新得让人目瞪口呆！

作者简介：王凤国，灵武一中语文教师，校刊编辑部主任，宁夏作协会员，灵武作协副主席，有散文、诗歌、小说发表于纸刊和文学平台，作品入选多部文集，出版个人诗集《在阳光里飞翔》。

桃花红了

王凤国

桃花红了。

桃花是我喜爱的东西。仿佛很早很早以前，我看过一树桃花以后，就有一个梦，梦里，我看到大片大片的桃林，在一个春光明媚的早上，桃花开了，每一朵花好像都含着一世的深情，把它们的美好和真挚呈现给了我，一片片粉红色的花瓣，挨挨挤挤，但又晃晃悠悠，似乎叶片上还挂着几滴泪珠，鲜嫩得就像刚刚从天上贬谪下来的美人，无处安身，正在张望，让人格外疼爱。带着这样的梦，我读书了，长老了，于是乎心里有了一种认识：桃花红了，是必须要带着露珠或雨珠的，但绝不能多，多了就张扬，就矫情，就不美了。

后来，读中国古典诗词，方才领略了这样的想法是古代文人共同的审美情趣。桃花带雨，我觉得是最有意味的。一个楚楚可怜的女子，怀着前世的幽怨，从遥远的国度来到人间，得不到他人的垂青，在垄上阡陌，孤独无依，寻寻觅觅，你似乎看透了她的心思，又似乎什么也不明白，这种情景是最好的，最符合中国文人所要描述的含蓄朦胧的美，这种美是要用灵魂去阅读的，而不仅仅是用眼睛看。只用眼睛看的人，是永远也看不出人间的深奥来的。

中国是桃树的故乡。桃树也是中国传统的园林常植花木，其姿态优美，枝干疏朗，花朵丰腴，色彩艳丽，为初春最重要的赏花树种之一。远古时期，我国北方广大地区都已遍植桃树。公元前10世纪左右，《诗经·魏风》中就有“园有桃，其实之肴”的句子。魏地在今以山西为中心的黄河中下游地区，先民种桃，已经为园，表明有了一定的种植规模。其他古籍如《尚书》《管子》《韩非子》《吕氏春秋》

《山海经》等都有关于桃树的记载。《山海经》被普遍认为是中国最古老的典籍之一，书中记载：沧海之中，有度朔之山，上有大桃木，其屈蟠三千里，其枝间东北曰鬼门，万鬼所出入也。上有二神人，一曰神荼，一曰郁垒，主阅领万鬼。恶害之鬼，执以苇索，而以食虎。于是黄帝乃作礼，以时驱之。立大桃人，门户画神荼、郁垒与虎，悬苇索以御凶。除《山海经》记载外，汉代多种书籍中都有记载。《礼记》中还说当时已把桃列为祭祀神仙的五果（桃、李、梅、杏、枣）之一。可见，桃树是中国古代先民情有独钟的一种树。大约由此开始，形成了中国独有的桃树文化。由此也成了驱邪除鬼的神物。这当然是迷信，现代人是少有人相信的。

从先秦时期的文化典籍看，古老先民是有神树信仰的，桃树是其中常顶礼膜拜的东西，先民们患病时，也有用桃枝桃叶煮汁喝的。现代人研究，桃树、桃枝、桃胶都有药用价值，大致有活血祛瘀、润肠通便、止咳平喘之功效。然而，我所关心的是，早在几千年前，古老的先民是不是欣赏桃花呢？作为一种观赏植物，是从什么时候开始的，我并不知道。最早领会到桃花的美当然是很小的时候了，北方的村子里，见到桃树还是很容易的，不论村的东头西头，还是南头北头，几株桃树足以吸引少男少女们，有爱美的姑娘也会掐几朵花插在头发上，摆弄几下，让人欣赏。爱美之心，是高尚的，不会令大人们过度地责备。“士为知己者死，女为悦己者容”，这大约是人们共同的心理反应，后来，我读了许多书，才知道，桃花原来还是一种美容的良药。《国经本草》里记载：采鲜桃花，浸酒，日饮一两，可令容颜红润，艳若桃花。《千金要方》载：桃花三株，空腹饮用，细腰身。桃花确有美容减肥之功效，桃花茶是许多妇女时常饮用的一种茶。但是，桃花与姣美的人面联系起来，不知始于何时。上初中的时候，学到“逃之夭夭”这个成语，不明来源，翻开词典查，方才知道出自《诗经》，但是不得全诗，读到大学，才将《桃夭》一诗抄录：

桃之夭夭，灼灼其华。
之子于归，宜其室家。
桃之夭夭，有蕡其实。

之子于归，宜其家室。
桃之夭夭，其叶蓁蓁。
之子于归，宜其家人。

这首诗应该是《诗经》里有名的诗篇。只要是有感触的人，大约都会从诗句里看出古老先民们美好的追求，拿鲜艳的桃花比兴，喻少女的纯洁美丽，实在是高明的。读过这样的诗句，仿佛我的眼前就会浮现出一个像桃花一样的娇艳动人的女子来，尤其是“灼灼”二字，真有一种摄人魂魄的感觉。难怪清代学者姚际恒说，此诗“开千古辞赋咏美人之祖”。当然，这首诗细细吟咏，给人喜气洋洋、欢乐祥和的气氛，反映了古代人民群众对生活的热爱，对幸福和美家庭生活的追求，并没有让我心疼的感觉。对于美，我更偏爱于那种残缺的美、毁灭的美，悲怆的美，似乎从那里面我更易获得人生的奥秘。

从古诗文里看，古人写桃花的多在唐宋以后，赵孟頫《东城》里说：野店桃花红粉姿，陌头杨柳绿烟丝。这是美景，值得欣赏。最让我想入非非的还是崔护的《题都城南庄》:“去年今日此门中，人面桃花相映红。人面不知何处去，桃花依旧笑春风。”这首诗讲了唐朝时一位到京城应考的读书人，有一次他到城南郊外游玩，看到一户人家，就找借口走进去看看。没想到一下子看上了门里的一位美丽的姑娘。第二年清明节他又来到那户人家门口，却看见大门锁着，人已经不知道搬到哪了，于是就提笔写了这首诗。这是有故事的，而且颇曲折。倘若写成小说，是一定好看的。美人与桃花，将二者联系起来，多少都会给人一些联想和想象。其中的故事情节需要每一个人去添补。我最早背下来的唐诗好像就是这一首。

今春三月，我有空去城外走了走，见到了绽放的桃花。灵武枣博园里就有。城东郊村落、北郊林场、西郊农场都有桃树种植。城南的大泉林场也有不少，多年前我也去过。更远的在银湖小镇，在长流水，这些地方都有成片的桃林。现在，在灵武大地，寻几棵桃树不是难事。桃花开了的时候，赏花拍照的人并不少见。我喜欢下着毛毛细雨去看桃花，或者细雨过后，在晴空下看带雨的桃花，觉得那更有情趣，更有味道。王维在《田园乐七首・其六 / 闲居》里写道：桃红复含宿雨，柳绿更带朝烟。这种美是一种什么样的美？含蓄的？缥缈的？残缺的？毁灭的？好像都对又都不对，秀美之中又有壮烈，阴柔之中又有刚强，婉约之中又有豪迈，无奈之中又有洒脱。好在天公作美，不吝给我这样的恩典。三月的一个早晨，我就看到了一片桃林。灵武农场一站的桃花吸引了我，让我在几棵树下盘桓良久。仰起头来看那一树的桃花，鲜、嫩、肥、繁，每一朵桃花都像天上的一位精灵，我相信它们都有灵性，是不能轻易触摸的。单是嗅一嗅花香，就让人沉醉。我找不到妥帖的词句形容，我语言的拙劣令我羞愧。在中国文字里，我徜徉了多年，但依然不谙人情世事，我只是有许多聊以自慰的想象。

桃花带雨，总是让人按捺不住内心情感的涌动。摸过一片温润的花叶后，我就想到多年的往事。小时候，家里不富裕，渴望吃到一颗熟桃，那是奢望；长大后，到远方去上学，渴望坐在一棵桃树下，和一位知心的人说些私密的话。寻求内心的安宁，大抵都不算是坏事。人有感情，所以才复杂；人有要求，所以才高贵。可是，在一个春天，我生出了一种梦，终究又失去了梦。我的渴望有很多，大都如梦幻泡影。我放不下一种执念，我的心里装着一个人的影子，常常晃动于眼前，消失于身后。人间里，真实与虚幻总是纠缠不休。就像那位崔护先生，心里生出了牵挂，放不下，还得去看。看了之后，只能是怅然。一首诗写下，流传千古，但是，我想怎么也不能慰藉他的灵魂。诗没有下文，我不知道他是否寻见了他的美人，后来的他，想必是孤独寂寞的。崔护应该是至情至性的人，他个人心理的不掩饰，让他成了天下名人，而我还得有许多掩饰，我不能说出的话如山沉重，如海幽深。只要我想起桃花带雨，我就想起总有一种力量，对美的袭击。人活于世，总有许多遗憾，心有渴望而不得见，这种伤害是无法言说的。世上的人，大多是隐忍的。情动于衷而发于言的，并不是所有中国人。中国人大都没有法国人的浪漫，英国人的冒险，而有的是中国式的规矩。立于一树桃花下，心仪的姑娘当然只能在诗文里，但是美妙的想象终究还是会有的。我想，每一个人在桃花下的心理活动都是复杂的，虽然我并不知晓，但是想来都应该是希望生活和美、财源广进的。因为，千百年来，我国人民就借桃花歌颂自然美、劳动美、创造美，表达出了对自然永恒和生命永恒的无限憧憬。

酥雨含羞，这也是中国文人心里的一种特有的情感体悟。一片花叶，细雨滋润，面带善意，遮遮掩掩，不便完全裸露一切，更显女性的那种缱绻的柔情，这是男权社会里男人的审美意趣。当然，真要用心去看桃花，是不必太过凑近了去看，稍稍走远了一点看，最好在烟雨朦胧的情境下，好像看纱帐里的美人，不要寻求一下子看透了一切，留下一些悬想在意识里，在自己的诗文里，在前世今生和来世的爱恋里，在自己的好梦里。一个“酥”字来形容春天的细雨，大有让人形销骨立的感觉。至于“含羞”用在雨后的桃花上，也是别有一番深情。娇羞是女性的美，但是，在春天的桃林中，每一个有爱的人都会发现的。粉红的、深红的桃花上，应该蕴藏着自然的某种密码，桃花不仅仅是桃花，而是生命的力量，生命的灵性，生命的精神，生命的昭示。那雨后的微风里，轻轻荡动的叶片，多像一份酝酿已久的感情，招引着人，纠缠着人，让你欲说难言，欲罢不能。

芬芳迷人，这也是一树桃花给中国文人的一种心理安慰。世上的花，大都是芳香的，桃花的香味可能没有丁香的浓郁，但是我以为，淡而有味就好，任何情绪、情感都应该在一种节制的范围内，过度地宣泄总是不好的，花香也是如此。在灵武枣博园里，三四月份，百花盛开，各种花香交融在一起，你难以分辨出纯粹的味道来，这是另一种表达。倘若去记住一种香味，显然是不适宜的。除非你凑近了去嗅，可那似乎又是对一朵花的冒犯。我相信花是神圣的，纯洁的。假若真要记住一种花香的味道，走远了，在一处幽僻安静的地方，用心灵与花说话，就会记下。林黛玉的一颦一笑，都记在了贾宝玉的骨子里，所以他爱她，并犯痴。人间里总有我们的所爱，因此，我们也应该放下一些什么，执着一些什么，比如一树的桃花。

古人写桃花，最多的还是落花。王维《桃源行》：“春来遍是桃花水，不辨仙源何处寻。”杜甫《绝句漫兴九首·其五》：“癫狂柳絮随风去，轻薄桃花逐水流。”李白《山中问答》：“桃花流水窅然去，别有天地非人间。”落花总是与流水联系在一起，这反映了古代知识分子的人生失意。惜花怜花，是唐诗宋词中常见的主题。过去，桃花落得并不平静；今天，桃花落得悠然。事过境迁，桃花被赋予的意义渐渐地消失了，桃花只是桃花。人过半百，我不知道是不是都成熟了，看淡了一切，连感情也淡漠了。当然，对于桃花，爱者自然爱着，不爱者安于时间。从城市到农村，从塞北到江南，种桃的人不会少，因为吃桃的人并不会减。桃花红了的时候，谁也不能遮住天下的一道风景。一切怀着深情的人，都会在桃花面前，想到爱情，想到一生唯一不能放下的牵挂。

现在，桃树已经成为城市景观树种，许多公园里、街道上也能看得到桃花了。桃花红了，人心红了，红红火火的日子过起来了。即使风雨来了，摧残了一树桃花，落花流水人去也，有些许无奈，但终究会少了许多伤感。盛世多欢乐，人情多浅薄，忧伤的事确实不该多说。

悲壮的石头

王凤国

游山归来，妻子问我印象最深的是什么，我向来回答说，是那些石头。妻子不解。

她和我想的不同。

石头不应该算是大地上的俗物，我以为，它们携带着鸿蒙初开、万物肇始时的浩荡、壮观，甚至是惨烈之气而来，经千百万年之磨砺、激荡、侵蚀，毅然庄严地向世人宣告：我是火中的英雄，我是电中的勇士，我是风中的骄子，我是水中的弄潮儿，我是时间长河中的伟大的力量啊，我以不朽的生命、坚强的品格、执着的信念、恒久的耐力，立于天地之间，彰显着一种永恒的存在。我是过去，我是现在，我也是未来。我与天地同寿，我与日月争光。

也许，有人说，石头也是有生命的，它从来时来，它自死时死，谁能说它永恒？时间也是会死亡的。从某种意义上讲，这也不能说没有道理。但是，假若天地不灭，我想大地之上石头就会随处可见，它比人类的历史要漫长得多，也许它还从遥远的星球而来，汇入我们这个美丽的星球，成为地球上的一个庞大的石头家族。100亿年，200亿年，300亿年……它们的历史我们无法测度，在茫茫的宇宙之中，任何一块飞翔的石头的年龄可能都要用天文数据来表示。而我们人类的寿命不过是时间长河中的一滴，是何等短暂！

我到过祖国的一些名山大川，我所见到的石头千奇百怪，有的像天女散花，有的像童子拜寿，有的像巨大的卧佛，有的像痴情的女郎。有的斜斜地立于山巅之上，似乎摇摇欲坠但岿然不动；有的心中早已被流水凿空，成为巨大的洞穴，供游人观赏；也有的层层叠叠，挨挨挤挤，堆积成石墙石壁，成为天然的壁画，挂在自然之中。石头是神奇的，你只要是用心抚摸过它，就会赞叹它外在的和内在的精气神。昨天，我就坐在一块光滑的石头上，它们是沉默的，冰凉的，你感受不到它们的壮观、惨烈，但是就是这些沉默的山石，我认真地抚摸了好多块。不错，有一块石头像一位静卧的女子，我伸过去的手，不知是否准确，是否简洁，是否得体。

一场雨刚刚下过，云雾里透出的光线格外热烈，石头变得很干净，也很光滑，渐渐地也有了些热度，我想坐上去，就像坐在一位姑娘的腿上，但我不是累了。我想，这该算是一种美好，一种幸福吧。但是，这不是我要说的话题。假如，你是坐在一座火山口上，你以你聪明的大脑，展开你无限的想象，你的眼前也许会看到那喷射而出的岩浆，红色的，像在燃烧，你是否会想到那岩石的产生呢？岩浆冷却后，石头便形成了，然而它们经受了炼狱之火，从火光中飞翔而来，你能不说它们是壮烈的吗？

是的，它们是壮烈的。前日的此时此刻，我正对武夷山上的那玉女眺望。玉女亭亭玉立，山花插鬓。乘坐于竹筏之上，从水上仰望去，俨然是一位秀美绝伦的少女。“插花临水一奇峰，玉骨冰肌处女容。”这就是玉女峰风采神韵的真实写照。玉女峰与大王峰隔溪相望，像一对脉脉含情的恋人。玉女峰东侧有圆石如镜，光洁照人，是玉女梳妆台，壁间“镜台”二字，是武夷山最大的摩崖石刻。想一想，那玉女是谁雕刻而成的呢？是大自然。大自然之手，有着鬼斧神工，而且是人类最高超的工具不能比拟的。

是的，它们也是神奇的。在武夷山，一面巨大的石壁斜斜地立在我的面前，石壁下，许多游客在它的下面支起了数不清的木棍，寄寓着美好的祝愿。在青岛崂山，我也曾观赏过号称崂山三大奇石之一的聚仙台。“聚仙台”实为一方形山峰，四壁陡峭，巍峨险峻，又称“华楼峰”，高30余米，由一层层岩石组成，宛如一座叠石高楼耸立晴空，故称“华楼”，传说八仙过海途经崂山，何仙姑于聚仙台梳妆，又名“梳妆楼”。那时，我就想，那样一座石峰该是经历了多少风雨的冲刷才以它神奇的面孔示人的呢？登山之趣远抵过攀山之累。在张家界，山木深处鸟语喧闹，野花烂漫，山石之上苔藓厚绿，古木苍劲，这些也许都是美的享受，但是，我以为，只要你是一个有思想有品位的人，就是单看那奇奇怪怪的石头，也会让你玩赏不够的。有一回，我去游须弥山，一进山就是一尊高达20多米高的弥勒大佛坐立于红褐色岩壁中，庄严肃穆的古朴气息顿时迎面扑来，不由得让人感叹。然而，我想，如果没有这些巨大的岩石，那纯熟的手法，细腻的刀法，神形丰满而多姿，栩栩如生的石刻艺术又从何诞生呢？凭吊这些经岁月淘汰而幸存下来的石刻珍品，在惊叹古时工匠高超技艺的同时，我们也颇有历史兴亡、人事沧桑之感。

解开思想的缰绳，回到那远古的时代，来看一看我们古老的先民是怎样地崇拜石头。据说，在大不列颠索尔兹伯里平原上，有一个巨大的石建筑群，占地大约11公顷，主要是由许多整块的蓝砂岩组成，每块重约50吨。这是英伦三岛上最著名、最神秘的史前遗迹。有地质学家认为，巨石阵的石头种类繁多，也许是由冰川活动把它们从更遥远的地方带到附近，然后被建筑者采集来用作材料的。如果这种推测属实，那么也许那个时候的人们把这些不明来历的巨石纯粹作为具有神力的东西来崇拜，把它们树立起来并不是为了建筑（比如天文台）的目的，或者，它们可能是一些原始的祭拜对象。在我国新疆北塔山，也有数不清的神秘石球，绝大多数石球内部为同心圆，有的中间又有一个坚硬的圆石球，形态宛如鸡蛋中的蛋黄；有的内部却有远古芦木等植物化石；有的破开就只有单一的石质；有的从外部看酷似蜗牛。更为奇特的是，我们在离此不远的另一山沟中，发现了大量蛋环状分布的带把石球，看上去它们像是从地里长出来一般，简直不可思议。有地质学家研究后认为，石球是大自然的杰作，是地质作用的产物，在很久很久以前，砂岩和黏土结合滚动而成。也有地质学家研究后认为，石球是在火山喷发时，大量高温岩浆顺山坡移动、冷却，在结晶过程中，以结核为中心向四周均匀扩展而形成。也有学者认为，世界上相当一部分石球是人为的产物，它们可能是古人信奉原始宗教而雕刻的星神或祭品。北塔山神秘石球究竟属于上述何种原因所致，目前尚无有关专家作出令人信服的肯定性判断，也许，它是人类尚未认识的某种力量所创造，而这一谜案还将继续留在历史长河中等待后人的破解。

世上怪异的石头不胜枚举，所以各地收藏奇石的人不少，许多奇石的价格高得惊人。在这里，我只是想说明，每一块石头的来源大致都是不寻常的，它们也许都经历了痛苦的煎熬、无情的摧残、种种的考验，就像一位坚强不屈的战士，经历了地狱中的苦刑而没有倒下，最终以一种傲然天地的气魂，彰显于世，虽历经千百万年而没有消亡，留给世人许多秘密。大抵古人们说不清道不明的东西，古人们也就有了敬畏它们的意识。只是今天，人们都觉得自己是地球的主宰，也就对什么都漠然待之了。

“读万卷书，行万里路”。大自然就如同一本厚实的百科全书，每一章节甚至每一行文句都会给人以启迪，给人以识见。大自然本身也许就是一座艺术宝库，随时让你领略山之博大，水之悠远，石之神奇……只是，我们往往都跻身于追名逐利之圈，胡作非为之境，招蜂引蝶之门，狐朋狗友之群，割断了人之慧根，泯灭了人之善性，眼睛里只看到浮名、恶利、贪欲、魔权，对于几块顽石，大约都是不屑一顾的。所以，石头的品质和精神，市侩的心灵是无法感知的。

有一年，我在贺兰山中游览，看到那高高的山巅之上，有一只雄鹰冷冷地看着远方，我突然产生了一种莫名的孤独感。今天，我还想到，假如把那由数不清的石头组成的一大块山地看成一座刚刚经历过一场最艰苦的拼杀的战场，那么，不妨把那每一块石头比作是倒在战场上的将士，何等壮观，何等惨烈，仅仅用眼睛去看是远远不够的。

倒在山坡上死去了的每一名战士，都是孤独的，但是他们杀敌的精气神是不会灭亡的。对于一块石头来讲，它们不论是埋伏在山腰中，还是倒在山脚下，或者是立于山头上，它们都是勇者，我们不应该嘲笑它们，即使我们有睥睨天下的野心。

能做一块傲然于天地的石头，我心足矣。

此情无计可消除

杜艳梅

暮色已经降临，玻璃窗划出四块均匀的黑。不知谁打开了单元楼的门，一股冷风挤了进来，它是来取暖的吧？屋子里的温度似乎降了降。想着明天又是周一，一周顺利地度过了，下周的安排似乎就那样了，周而复始的日子里，时间流逝的速度总是快的。

孩子跟我分享了两本书，堀辰雄的《起风了》和梁实秋的《雅舍遗珠》，一本优雅忧郁，一本诙谐美丽，于是就忽而忧郁，忽而快乐。由来高明的作者是能左右读者的情绪的。

“抒情诗，遁走或爱的遗书”，这是《起风了》的译者序的题目。也是译者对作品的一个总的评价吧。“新绿的浅间山，少女如夏花般易逝，相遇和离别，爱与死……”春夏秋冬四个季节，在作者的笔下，就像是把明快的水粉画做了雾化处理，又明媚又忧伤。明明是在枯燥的病房里疗养，或者是等待某个时刻的到来，病情谈上三五行，作者的目光却又转向了窗外的远山……

“你在想什么？”节子在我身后开口。

“我在想，很久很久以后，再来回忆这会儿的日子，不知道有多美。”

是的，一切都会过去，苦难或者幸福，快乐或者忧伤。当一切都过去以后，当我们回想起这些，定然有一些东西被时间过滤掉，我们记住的只是那些我们愿意记住的东西。比如我总会提起我幼时的爱犬，总会提起它挣脱绳索，跃过围墙来救我那一段，它怎么从我的生活中消失的，到现在为止我全然不知。比如我提起奶奶院子里那棵梨树，我会告诉你梨花如何皎皎如玉，花香里有丝丝的甜，月下花影婆娑，这清雅美丽的梨树是怎样的结局，我也没办法告诉你……比如我遇到的一位芝兰玉树令人见之忘俗的男子，我可以向你描述他的眉眼，双眉斜飞入鬓，眼睛灿若晨星，但是一眼之后还有什么，我也忘得干干净净……你呢，是不是也有一些被岁月加工过的记忆封存在记忆最深处？那时候，我还不懂得时间的魔法。现在回忆起那时的日子可真美啊！

那么，将来回忆起现在的日子是不是也很美呢？

文章里反复出现这样一句话“她一边说着，一边凝视我的脸，那个凝视里藏了些东西，她没有告诉我”。

那个凝视里究竟藏了些什么呢？

让您费心了，很抱歉；照顾我您辛苦了，请您也照顾好自己吧；我就要离开了，剩下你一个人可怎么办呢？作者从春季写到冬季，美丽而脆弱的爱人，她那句没有说出来得话究竟是什么？

短短几十页，读读停停，停停读读，我才从春季读到秋季，最伤感的时刻还没有到来，我在这个失意的冬季抑郁了起来……除了上课时间，我居然沉默寡言了……

那个凝视里究竟藏了些什么呢？

我猜测着。

心里有多少话要说，最终化成了一个凝视，一声叹息，或者飘忽的一瞥……当时究竟要说些什么？最终不能确定该不该说，能不能说，愿不愿说。那不一定是个秘密，只是彼时彼景彼人彼情让人不知从何说起，如何说起。

山中的岁月缓缓流淌，眼前蔷薇色的少女一天天憔悴了，“我”望着窗外，或者走出户外把满腔的心事托付给辽阔的原野，新绿的山峦，潺潺的流水，暮色将至的时候，心头会浮现少女的脸庞，于是急匆匆地赶回疗养院。

岁月有情，岁月无情。“我”试图通过什么方式留住那些易逝的脆弱的美丽。

写作无疑是当时最好的选择。

写作无疑是现在最好的选择。

将一些隐去，将一些留下。当时没有说的现在不必再说，当时已经说出来的，现在再说出来，也算是重现当日的情形。也可以看作是对美好往昔念念不忘。

想想当初做微信公众号的时候，何尝不是如此?

忽觉岁月匆匆无法挽留，就写下来，拍下来。有人愿意看就看，没人愿意看就好好留着，将来老了自己看。不知不觉，居然到了2019年。在多年前，2000年都还是遥远的事情啊。

我的目光随着作者在山中流连。

春天，山是清新的浅绿；夏天，山是深沉的墨绿；秋天，山是一团绚丽中夹杂一点点憔悴的绿；冬天，山是大地色上着一层浅浅的灰绿。四季缓缓从山中流过，那个脆弱的蔷薇色的少女最终还是归于尘土了。

尽管舍不得，还是得接受这样永久的离别。

接受了离别，还是要在自己所有的故事里把那美丽的蔷薇色少女提了又提，写了又写。

我竟然找不到合适的诗句来表达这样的情绪。

转头看向窗外，一幢楼后面是另一幢楼，一幢楼旁边是另一幢楼。虽不是庭院深深深几许，每一处都是满满当当，竟然没有什么可以寄托这几分闲愁了。

作者简介：杜艳梅，灵武一中政治教师，宁夏作协会员，有诗歌、散文、小说发表于纸刊和文学平台。

周末烟火

杜艳梅

忙碌了一周，周五临下班，突然想起来该带孩子去趟医院，孩子不舒服有段时间了，虽然看上去像个小毛病，耽搁下去可能会变成大麻烦。拿着手机发呆了发呆，给医院的同学发了一条短信，简短地说明一下情况。片刻，同学回复：“明天早上过来。”

周六，到医院已经九点多了。挂了号，母子俩上三楼。孩子犹豫着站在门口，我推开专家门诊的门，老同学抬起头，白我一眼：“过来啦。”叫过孩子，仔细检查……直到拿了药，我才知道，人家周末是不上班的，我们这次居然是让专家专门候诊了……果然有个医生同学大有好处。

周天，无意中翻翻包包，一堆零碎。

突然发现还有一张 VIP 卡没有消费过，天气正好，不如出去买点零食，顺便走走。

室外，天空是灼目的蓝，看惯了手机和电脑屏幕的眼睛对上这湛湛的蓝天，几秒便刺出泪来——穴居太久，几乎适应不了室外的光线了！仰头，看见上次杨树顶只留下屈指可数的几片叶子，恹恹地在风里晃荡，就像一个面无表情的大高个儿，应付着跟人打招呼，你如果热乎乎地跑过去，那真是太不识相了。

虽然一切看上去都是疏疏朗朗，干脆利落的样子，我还是有点怀念华冠高悬的秋天。冬天，多少让人有点闷闷不乐。

怔怔地站在街头，好似走进了一段无声的视频，周围的人物被虚化，既听不到声音又看不到风景。

绕了一大圈，才看见熟悉的招牌，进了蛋糕房，光线暗了些，眼睛似乎适应了一点。玻璃柜明亮的色泽，蛋糕温暖的甜香令我放松了一点。我略略看了看，里面有点点爱吃的蛋挞和牛角包，其他几种糕点的卖相也不错，蛋糕房的小姑娘默默地站在旁边，并不多话。老李夹了支烟，进来溜达一圈："你看着买吧。"又溜达出去了。于是甜的咸的买了一大包。

"你先待着，我去把车开过来，然后我们去买菜。"

"你们可以把东西放这里先去买菜，完了再回来取东西。"

收银的小姑娘笑着看过来，白皙的皮肤，体贴的笑容，让人很舒服。她的笑容让人觉得她家的蛋糕味道一定很好。我不能拂了她的好意，于是致谢出门。

华联超市在这个点上顾客居然也不多，老李推了购物车，我慢慢在后面看着，时不时拣个甘蓝或白菜、豆腐干丢进去……后来嫌跟在他后面麻烦，干脆自己拖过购物车在超市里瞎晃。瓜果蔬菜干干净净的，都陈列在货架上，远远地有熟食的香味飘过来。有这么多选择，这就是人间烟火之一吧？这样的烟火我是喜欢的。沉闷的心情轻快了许多。"买肉吗？""哦，对了，买点肉，炒个糊饽吃吃。"想起儿子下午就要返校，正经饭都没吃几顿，不由惭愧，拖着购物车就去买肉。肉食柜台一字排开，牛羊鱼虾任君挑选。这边人也不多，两个干净利落的女人系了黑色的围裙在角落里闲话家常，见有人来，并不忙着招呼，只是睨一眼。我也不好扫人家的兴，只有往前走。

前方那位售货员刚刚完成一笔交易。我们停在她面前。看一眼她白净的皮肤和秀气的眉眼，我不由暗自奇怪：这样的人物不是应该安排在化妆品柜台吗，怎么跑这里卖肉？嘴里却和老李讨论着买哪一块。老李选了一小块，看上去不错，新鲜，嫩滑。我看看表，这个时间回去再切肉切菜，太麻烦了。

"你能不能给我切成肉丁？"我问那位售货员。

她疑惑地看了我一眼，低下头去："这会子也没啥人，切就切吧。"老李奇怪地瞥了我一眼。我只注视着那把切肉的刀："刀功真好，真不一样啊。"我看着那被分得均匀的肉片赞叹出声。老李瞥了我一眼，在他的法眼里，我要哄着使人干活的时候，嘴巴总是格外甜。

我欣赏着美人的刀功，当然，肉丁切得均匀。美丽的售货员什么也没说，安安静静地切，麻利地装袋称重。临走，微笑致谢。

购物活动圆满结束，老李去开车了，我在路边等。无聊中点开手机，看前面的微信短信。原来这两天，已经圆满地完成了许多任务。不由微笑。

回家后，饭前，随手拈来一块糕点，香甜可口，果然美味。

原来，貌似杂乱无章的生活中，也有些许温暖香甜的滋味。这些，才是人生值得留恋的地方吧！

小路弯弯

杜艳梅

我的老家傍着黄河，目光越过黄河西望便能见到巍巍贺兰山，站在河畔东望，东边是无际的平原。往北走你也许能领略“大漠孤烟直”的萧条与寂寞，秋冬季节的黄昏，立于河畔，常常能充分品咂“长河落日圆”的韵味。塞上江南说的是它。萧瑟荒凉说的也是它。就像一位善变的美人，它一年四季展示着不同的风貌，可妩媚，可凌厉，可丰饶，可萧瑟，变化就在顷刻间，神秘难测，个性十足。

一条弯弯的小路，连着我的老家和我。老家在那里，我在这里，老家在岁月里呈现光阴的故事，我在路上，与它时远时近。是的，对我而言，最亲切的，还是家门前的那一条曲曲折折的小路。

在我遥远的童年记忆里，这条路是一条灰扑扑的土路。路东是田地，路西隔一条渠是逐水而建的农舍。土色的路，土色的房子，高大的白杨树默默守护着村庄和农田。春夏两行绿，秋天画两行缤纷的颜色，到了冬天则是满目萧瑟。路上偶尔会有人经过——步行或者架一辆驴车，晃晃悠悠，慢慢吞吞。一天能见个几次。最热闹的时候，是李家大爹赶了羊群路过，羊身上也是灰扑扑的，羊屁股上用红墨水或者蓝墨水染了一大片——那是主人给羊做的记号。有青草的时候羊儿慢悠悠地啃着渠边的草，没有青草的时候，就啃草根、落叶。咩咩的羊叫声里，谁家的大门打开了，主人笑嘻嘻地将自家的几只羊赶进渠边的羊群里，跟李家大爹招呼一声，目送着羊群远去，越是往前，羊群越是壮大，就像是一堆硕大无比的云朵，缓缓地朝着罗山的方向去了……太阳落山的时候，各家的大门又随着“咩咩”“咩咩”的羊叫声打开了，开门的往往是放学回家的娃娃或者守在家里的老人，人们热情地互相问候，一双双眼睛带着喜悦，看向自家的那几只肚子吃得圆滚滚的，好像胖了一圈啊！李家大爹挺着他同样圆滚滚的肚子，踌躇满志，四下打着招呼，就像一位得胜归来的将军，接受着人们的欢迎。我站在家门口，紧张地盯着羊群，那么多羊都做了同样的记号，究竟哪几只是我家的呀？就在我不知所措的时候，几只羊向左一转，一股脑儿冲进院子……原来，羊也认识它的家。我提前在羊圈里放好了诱饵——半捆新鲜的玉米秆，散落一地，多汁植物甜甜的味道吸引着羊群……当它们一个不落冲进去大快朵颐的时候，我快速拴好了羊圈的门，再数一遍，一只也不少。

圈好羊出门喂猪的时候，还能看见李家大爹赶着羊群往北走，越走，羊群越瘦，不知道他究竟要把它们赶到哪里去。羊群越来越远，慢慢地和村庄一起被吞进夜色里了。

弯弯的小路南北方向延伸着，路面上是厚厚的白色的浮土，有时候让脚底脚面热乎乎的，舒服极了，有时候沙子钻进鞋里面硌得慌。

某一天，村子里某个拖着一根长辫子的孃孃要出嫁了，我混在人群里，跟着送亲的队伍走了半截，好奇地看着一个小伙子骑了一辆崭新的自行车带着脸蛋红扑扑的新娘子向北而去，新娘辫梢上系的红绸子在微风中舞动着，就像一只红色的蝴蝶缓缓飞向神秘的北方……这个世界不止脚下的村庄这么大吧？盯着送亲的队伍，手指放进嘴里，我停下了追随的脚步。那时候，家里最先进的交通工具就是一辆永久自行车，家里孩子多，父母农闲串亲戚的时候，只能带上一个，放在车前的横梁上，车把和父亲坚强的手臂、厚实的胸膛围成一个圈，搭就了世界上最舒服的宝座，叮叮咚咚的车铃带着我在附近的庄子里转过几趟。这个庄子和那个庄子的差别不大，那时候，我觉得世界也就那么大。我的好奇心和那位新娘发梢的红蝴蝶一起飞远了。

对于童年的我来说，比起外面的世界，还是田间地头的那些生机勃勃形形色色的花花草草，埋藏了无数秘密的沟渠更有吸引力。

春去秋来，我一天天长大了，该上小学了，家门前的那条路也有了变化，不知道哪一天，这条路上铺满了小石子，路上突突奔驰的手扶拖拉机在路面上留了两道瓷实的印子。路上那层厚厚的浮土被层层石子压在了下面。土路变成了石子路。石子路看上去是美丽的，尽管那些石头在太阳下灰扑扑的，偶尔还会见到一些形状奇特的石头，比如长得像个小脚丫的，一半灰一半白的，或者是红色的小石头，或者细细小小的白石子，拣回家，从门前的井里打些水洗净了，摆进罐头瓶子，再倒点清凉的井水养着，拎起瓶子迎着光一看，漂亮极了！运气好的话，父亲会给我带回来一只河蚌，丢进装了石子的玻璃瓶里，看着那蚌壳一张一合，简直美不胜收，能乐上好几天。

炎热的夏天，放学回家的路上，经常碰到一群男娃娃，光溜溜地泡在渠里，见有女孩儿过来，会猛的一下从渠里跳出来，一手拍着他自己的屁股，一手在脸上画圈圈，嘴里不停地嚷嚷："羞，羞，把脸勾。"路上的女孩子的确羞得不行，拿书包遮了脸，扭扭捏捏走过去……现在每每想起都会哑然失笑。这样的夏天过了五次，我上中学了。

上中学的时候，还是得走这条路，拐两个弯就上了一条马路，家门前的小路，把我带向更遥远的地方。每天早上天不亮就出门，晚上回家往往是走到半路上天就黑了，星星和月亮的光辉撒在石子路上……两头不见太阳，熟悉的庄子隐进了夜色中，显得神秘又陌生。我的自行车在空荡荡的夜里叮叮当当地响着，那结实的自行车似乎都要被这路上的石头颠散了……偶尔有谁家的大门"吱吱呀呀"响几声，我会暗暗松口气，借着那露出来的一点灯光快速地蹬几下自行车。朝前冲几十米。偶尔有谁家的院子里冲出一条狗，我赶紧做出一副不紧不慢的样子，生怕被狗盯上，攥着满手的汗，缓缓骑行而过……偶尔下雨，自行车的前后轮满满的都是泥巴，根本骑不动，只能推着，走几步，用树枝划半天，扛又扛不动，我走着走着会被这沉重的自行车弄哭……那时候并不知道每个人成长的道路上，总会遇到一些风雨，面对这一路泥泞，扛着沉重的自行车在黑沉沉的雨夜独行，我一边流泪一边默默地想："什么时候这条路也能铺上柏油呢？"

夏天天长，我偶尔回家早一点，放下书包，急急忙忙赶到地里，帮着父母把第二天上市的菜摘了，三个人合力把木头架子车推到石子路上，再推回家——那时候村上的土地已经承包到户了，父母留出了几亩地种菜。虽然辛苦，家里也算能存点钱了，这一点，令父母格外欣慰。夏天的早晨，天麻麻亮，父亲赶着骡车，去早市上卖掉大部分菜，剩下的才走村串乡继续卖，一走大半天甚至一整天。晚上回到家里，和母亲两个把卖菜的钱分类整理。攒够一个整数，便装好了，拿到银行存了……我看着他们满足的笑容，心里很踏实，觉得每天都充满希望。

那几年，石子路上经常会有摩托车开过，有时候车把上挂着肥鸡羊腿，后面坐了抱着胖娃娃的年轻女人。从进村开始，大爹大妈叔叔婶婶一路招呼着向前走。那是出嫁的姑娘回娘家了。回娘家的姑娘都喜欢系条红头巾，随着摩托车带起的风，红头巾飘啊飘，就好像一面招展的小红旗，喜气洋洋的。那个时候，摩托车是奢侈品，是一个家庭家境良好的重要标志，一般都是娶媳妇才置办的。在儿子结婚前，出行还是自行车。

有几次，父亲满脸带笑地问："别人家的女儿回娘家不是给爹妈买鸡买鸭就是买羊腿子，我丫头明儿给我买个啥呢？""羊腿，我给你买羊腿子。"我不服气地噘噘嘴，选了一样我认为比较好的。"噫——你姐说是给我买鸡呢。""哦，那你不是鸡也有了，羊腿也有了，还羡慕他们个啥哟。"母亲插了一句。我莫名其妙地看着他们笑个不停。"生儿跑断筋，生女吃点心。"那时候懵懵懂懂的我不明白他们在说什么，但是看着父亲那满脸羡慕的样子，暗暗下定决心，将来挣钱了，一定给他们买很多羊腿，让别人也羡慕羡慕他们。

我们在时间的长河里随波逐流，身边的一切都在变化，放羊的李家大爹去世了，为了保护环境，几乎没有谁家养羊了，更没有人放羊；庄子上，我们这一批孩子都长大了，原来老旧的村庄随着年轻一代的成长焕发出前所未有的光彩，土坯房消失了，取而代之的是一排又一排崭新的红砖房；突突奔走的摩托车取代了叮叮当当的自行车，偶尔还会有小轿车经过；皱纹爬上了父辈的额头，村里的姑娘穿上花裙子走到路上也有了城市姑娘的派头。

我上大学的时候，村里的许多小伙伴也先后进了城。新时代的面貌越来越清晰，热情洋溢的年轻人自然而然地融入了新生活，我们的父母大多留在了庄子上，继续日出而作日落而息的日子，虽然他们步履蹒跚，新生活在他们身上也有了明显的印记。比如：小卖部装了一部电话，大妈们过年开始烫头发……家门前的小路越来越热闹。

我上班了，成家了，有孩子了，在城里住得久了，成了一个城里人，我这个乡下人，看起来和城里人一个样了……弯弯的小路连接着城市和乡村。我兑现了我当初对父母许下的诺言，提回许多羊腿子。而我的大姐他们的长女也在回娘家的时候给他们提回来许多鸡。某一天，当我和还是小李的老李提着羊腿子带着还是个小胖娃娃的点点回到娘家的时候，发现父母的眼里却没有了以前的快乐和满足。半天，才意识到现在人们的生活条件好了许多，羊腿子什么的，大概不稀罕了吧。那年，电视上反复播放那则广告："今年过年不收礼呀，收礼只收脑白金，脑白金……"于是，过年回娘家的时候和老李一商量，得，就买脑白金，再捎一盒黄金搭档。我现在仍然记得父亲第一次看到新款新年礼物的表情。想必也是想起了那则广告吧。于是，年年买脑白金。后来庄子上的人都知道了，老杜的二丫头爱给她爹买脑白金。脑白金这个昂贵的补品当时在老家也只有我的父亲能够享用——对于淳朴的村民和他们淳朴的女儿们来说，它太贵了。于是，父亲终于有了新的吹牛资本，走在门前的石子路上，满脸都是矜持的笑意……我知道让他开心的不是礼物，是礼物所透露出来的亲情，还有我的日子越过越好的信息。

一个夏天的早晨，我牵着我的孩子走在回老家的路上，一路讲述老家的种种趣闻，走到家门口才发现，家门口的石子路不知道什么时候变成了柏油马路。人到中年的我手里牵着我的孩子，怔怔地望着眼前平平整整的马路，突然想起了多年前的那个雨夜里，自己许下的愿望，这就是美梦成真了。

"丁零零——丁零零——"对面有几个打扮得整整齐齐女孩子骑着灵巧的女式自行车，一路说说笑笑，不知道谁按响了车铃，把我从恍惚中拉回了现实。她们的笑声比车铃还要清脆，她们的身姿如燕子一样轻盈，纤巧的车子载着美丽的少女从我们身边轻轻滑过。

"如今，我的老家，看起来不比城里差呢。"我不由感叹。

"丫头来了咋不进门呢？"有人在打招呼，我赶紧笑着回了过去："羡慕你们的好日子呢，怕是没有走错地方？""哈哈哈……"

小路弯弯，这头是起点，那头有终点，见证过去，迎接未来。我站在家门口，这里是我生命的起点，是我的兄弟姐妹生命的起点。也是我们的孩子生命的起点。一代人磕磕绊绊走过，为新一代人拓展了道路，留下一些提示，一些期许。比起我们，他们应该会有更美好的未来吧？看看身边的孩子，我抬头看向蔚蓝的天空，一群鸽子带着哨声飞过，飞向更远的远方。

春天放歌

刘耀华

一份简约的情怀，一颗简单的心，在这样一个温暖如春的季节，就这样让我们踩着不变的步伐放歌，出发走向春天的原野。

——题记

柔柔的一抹蔚蓝，悠悠的一朵云彩，从头顶飞过。遥远的天际，风儿轻轻地吹着口哨，由南而北一路向我们走来。冰层下潺潺的流水随着时间缓缓流淌，静静地，悄无声息地把厚厚的冰面融化。亲爱的朋友，你有没有觉得有种押韵的幸福在心田停留呢？哦，原来，不经意间，春天来了……

当清晨的第一缕阳光柔柔地挥洒在你我的身上，当清脆的鸟鸣啁啾在你我的耳畔，当芬芳的花儿向着你我的方向绽放，新的一季，新的一天又开始了，难道不是吗？

春天，是花开如诗的季节。在微风的吹拂下，漫山遍野的野花欣欣然睁开了眼，连成了片，汇成了海。面对这气势磅礴的色彩海洋，你还有烦恼吗？你还有忧愁吗？我想，在这个色彩缤纷的季节里，当你看到这一切，所有的不安、连同一切的“不如意”，都无法打破这份安详与宁静！

是的，春天，不失为一个踏青的美好季节！还犹豫什么呢，又有什么值得我们去犹豫的呢？换上轻装，让你我相约，骑着单车，一路哼着小曲，慢悠悠游向野外去踏青吧……

在我看来，生活是需要你我时常调剂的，情绪也是需要你我时刻呵护的。工作之余，让我们多出去走走，你我能够舒缓压抑的情怀；多出去走走，你我能够体味生活的完美；多出去走走，你我能够感受完美情绪的变迁……

随着生活节奏逐渐加快，某种时候，人的心会在雷鸣的夜晚，感到落寞而忧伤。但这个季节的雨滴，却是那么温柔，它会依旧伴着柔和的雷鸣缓缓地来到你我的身边呢喃。也许是刚刚经历了冬天里的不安和压抑，也许是冷风、飘雪在记忆的底片上留下了太多的忧郁与凄凉。一夜微风，还有阵阵春雷，唤醒了早春二月的晨曦，也迎来了一场久违的春雨。

春雨如烟似雾、如梦似幻，悄悄地落下来，飘飘洒洒，淅淅沥沥。慢慢地享受春雨的滋润，感受春天年轻的心跳，是否你的心里也有一种痒痒温润的感觉呢？

每当春天来临，春雨会时不时地光顾，只要下雨，一会儿工夫，雨点儿就会越来越急，越来越密，追追打打，嘻嬉闹闹，在干燥的土地上留下密密麻麻的雨穴。春雨，留给了土地深情的感动与守候，也留给了万物新的面容与微笑。

在春雨过后的时日，带上简约的心，去乡间的小路上多走走，你会感到一种难得的温馨与舒畅。走在乡间的小路上，任细细的雨丝自由地落在脸上，痒酥酥的，滑在嘴里，甜丝丝的。此时，能够真正感受与大自然亲密接触的惬意与舒畅。

遇到雨大的时候，雨点会噼里啪啦地掉下来，洒在头上、落在脸上，有说不清道不明的舒爽。忘情地站在雨里，虽然衣服被打湿了，但心里依旧还是很高兴、很高兴的。脸上绽放的笑容，忘情地吮吸着春天里那份难得的清凉与惬意。

就这样，万物焕然一新，为我们迎来了踏青的好时光。魁梧的白杨树耸立雨中，紫红的芽儿摇曳着甜美的心事。当卸下烦恼，去寻找欢乐，春雨也是珍贵的、很不错的心灵寄托！

邀上几个知心的朋友，带着简单的心出游，定会让你忘记琐事的烦恼、忘记内心原有的焦躁与彷徨。青山、晚霞、夕阳、连同清香的花花草草，还有什么比这个时刻更惬意的呢？大自然的温情与完美，都被贴上了一层薄薄的膜，这一切的一切都将会在蔓延的气息当中，慢慢陶醉你我早已出游的心。

当学业烦闷了、工作厌倦了、与朋友闹矛盾了……我们能够携带一份简约的情绪，在这个踏青的季节里，尽情地让心流浪，投身到大自然的怀抱。我想，再也没有什么比这更惬意的了，只有此刻的你我，才显得更加真实，更加逼真。都市的喧嚣都绝于耳畔，尘世的烦恼也不再纠结于心。感谢这个美丽的季节，感谢这一份简约的情怀！

拍拍路边的野花野草，随着照相机一声声“咔嚓”的脆响，我们刻录了一页页完美的风景，定格了一个个完美的瞬间。伴着蝴蝶，在阳光下追逐自己跳跃的影子，珍藏一些欢心的回忆，没有什么能够带走我们永远的怀念，除了我们自己。赏赏花开的情怀，听听鸟鸣的声音，在大自然中肆意地放歌。置身于此情此景，满心的“不乐意”，你还会记得多少？

在空旷的草地上，抬头看看天空，看看飘逸的浮云，看看浮云过后的一片片蔚蓝。带上耳机，听听美妙的音乐，体味幸福，感悟人生。在这样的季节里，回味人生，笑对生活，拥有着这样一份简约的情绪，定会让人无牵无挂、无拘无束。眼神里洋溢着青春的色彩，身边除了宁静，剩下的就只有工作压力慢慢消弭后留下的祥和。

春天，是一个适合隐藏秘密的季节，更是一段让我们流连忘返的完美时光！在这个踏青的季节，让我们放下手中的琐事、卸载心中的不安，带着简单的心拥抱自然、一齐放歌，让歌声来抚慰幸福的情怀！

“走在乡间的小路上，暮归的老牛是我同伴，蓝天配朵夕阳在胸膛，缤纷的云彩是晚霞的衣裳。荷把锄头在肩上，牧童的歌声在荡漾，还有一支短笛隐约在吹响。笑意写在脸上，哼一曲乡居小唱，任思绪在晚风中飞扬，多少落寞惆怅，都随晚风飘散，遗忘在乡间的小路上……”

作者简介：刘耀华，灵武一中心理健康教育教师，宁夏诗歌学会会员，有作品发表于文学平台和报刊。

秋之吟

刘耀华

不经意间，忽然发现往返于上下班的那条青砖铺就的小径上，几片微黄色的树叶稀稀拉拉地散落在脚下，使我不由得眉角上扬，心想着，炙热的夏天才过去几天呀，季节的轮回怎么就这么迫不及待地把人们拉到秋天了呢？秋天它来得是那么温柔，踏着犹如二八芳华姑娘般特有的细花碎步、撑着那遮阳的细花阳伞与每个生活在这座小城里的人们热情相拥，朝夕相处九十多个日日夜夜，与我们昼夜不舍、不弃、不离、相生相伴……

秋天来了，秋雨也就自然而然地相约而来……

昨夜，淅淅沥沥的一夜小雨，使得前几日还温暖许多的温度骤然下降了许多。早晨，我们生活的这座小城如同是遭受过一场洗礼似的，寂静的街巷上，到处都落满枯黄的树叶，横七竖八，凌乱的落叶上沾满水珠，惨淡、凄凉、悲切，如一幅写意画，将这秋意写就得格外扎眼。我的心情猝然变得有些伤感。究竟是为被秋色遮盖的小城，还是为人生已来的秋日，我语塞了。

走出小区的东大门，我继续沿着街巷向东郊的秦渠公园走去，凉意一次次扑面而来，从心底透出一股股寒意，于是我禁不住地想起昨夜不期而来的那一场秋雨来了……

好久没有下雨了，这散乱的落叶，谁知道在昨夜发生了什么样的事情？狼藉不堪，模糊了人们的思绪。街道两边的风景树前几日原本还是碧绿青翠的，而在经过一场秋雨的洗礼之后，竟然让这曾经碧绿了一夏的树叶经受了别离的痛楚，那满地散落的片片秋叶不也是这深秋的记忆吗？一次次地在这季节的末页将这不舍秋意的文字留下。望着这满眼的落叶，我陷入沉思，然而脚下似乎也不听使唤，步履减慢，生怕踩坏地面上的枯叶，让这颗本来就受伤的心更加的伤痛，于是一种吝惜、怜悯之情油然而生，我深深知道，繁华之时总是要遭遇这一场秋的冷落，想到如落叶的人生，不知道为何，我的心却渐渐地有些孤独！也许不知道自己曾经拥有的繁华在这深秋还能支撑多少个时日，但是，离去于秋而言却总有些不得已的无奈。

来到秦渠公园，已经是早晨七点左右，一片萧瑟的景象映入我的眼帘，横七竖八的树叶，到处散乱在小径、草坪上，再加上各种树叶上凝重的湿气，那夹杂着些许泥土芬芳气味儿的空气无比清新，不禁使我心旷神怡！我想，不容置疑，这令人陶醉的杰作应该和昨夜这场秋雨有关。晨练的人和往常一样，有的在曲径通幽的小径上跑步，有的在跳舞，有的在林荫下青石板铺就的空地向着远方和蔚蓝色的天际大声呼吼，有的也如我一样在树林里慢悠悠地散步。清淡冷静的秦渠公园或许因为有了晨练人们的活动，才显得不再冷清，则是一份安然的心情在接受着岁月的来来往往。难道说是我想得有些远了吗？

是啊，公园里的秋意早已分明了，茂密的树叶再也没有了往日的绿意，在浓郁的绿叶间渗透着些许的红叶与黄叶，有人说这是秋天成熟的表现，而我却说这是秋天对生活在这片土地上的人们最长情的告白。

生命是一场赛跑，我们每个人从十月怀胎的母腹中落地那一刻起，就已经肩负使命，向着人生之旅本该前进的方向迈进。和其他季节相比，秋有着双重的性格。在文人墨客的眼里，秋自古以来就是一个充满诗意充满伤感的季节，像一首悠远哀怨的伤感歌曲，在夜里静静地用心灵去熨帖这一季。而深秋的诗意却显得格外落寞，如同一个老人在翻阅着自己人生的日历，心里留下的只是无限的眷恋与不舍的回忆，特别是遇到秋雨，被水淋湿了的心情尤为明显。

2018年的秋，雨水分外多。而昨天的雨却是这个秋日不多见的一场雨。然经过这场雨之后让人们确实感受到了秋天的到来，秋雨，虽没有春雨般的细腻与温柔，也没有夏雨般的豪爽和热烈，却是如此地宁静、典雅、温润、恬静和安然。深夜听雨，在秋日的倾诉中我领略到了一种如烟雾蒙蒙下扬州般的曼妙，一种水晶般的清爽。也如同是一位腼腆的小女孩，羞涩地却又如此静谧地在聆听着我的心事。绵绵的秋雨一次次淋过秋日，把秋天最后的余温带走，给这个季节留下的是一丝淡淡的凉意，秋凉啦，也让人们那颗原本炽热的心清凉了许多，难怪人们在荒野面前发怵！漫步在秋雨浸润后的思绪中，我独自一人感受着秋雨后的寂寞、孤独。是呀，凭寄离散重重，易得凋零，更多少无情风雨？原来这丝丝秋雨，虽然让人仿佛感受到了生命的秋天已经悄无声息的轻轻临近，但自然景观中涌入人们眼帘的那一朵朵依旧盛开着的秋菊却傲然于风雨中。蓦然间，不由得使我在“惜春更选残红折”中又看到了生命依旧从没停歇的活力。刹那间，我心中愁云烟消云散，又显现出了依旧年轻向上的勃勃生机。

不敢在这深秋的文字里游走许久……踩着地上枯黄的树叶，看着那凋零的落叶，总是莫名地被这深秋的凄凉、寂静、壮美触及到了自己的思绪。于是我常常寻思着，在这一瞬间我究竟在为谁感到凄凉，又在为谁而感到伤感呢？是为大自然，还是为自己的人生之旅，仰或是为其他的人生遭际伤感而伤感？悲秋，这是我们无法阻止的一份心绪。“秋阴不散霜飞晚，留得枯荷听雨声，”在以往，读李商隐的这些诗句，我似乎还没有那么多感触，随着年龄的增长，特别是走进不惑之年，每每在这深秋时节，我都会猝然感到一份从未有过的莫名其妙的伤感和追忆！

聆听着窗外沙沙的雨声，我的心在这绵绵的秋意里挣扎着，就像是散落的树叶，似乎在极力地控制着自己在这个季节最好的心情，然而谁又能抵挡住这岁月的脚步呢？秋意眷眷的深情在这个季节末格外明显。

秋风吹来我秋日的思念，秋雨淋湿我秋天的心情，而这般秋意，只有在这个季节让人感受至深，倍感人生之旅的温暖！

生如夏花之绚烂，死如秋叶之静美，也算是我对人生之秋的感怀和感念吧！

陪你慢慢变老

刘耀华

今天的青年报上，B4板有一组照片。一对相爱了62年的夫妇的照片。照片的主人是当代著名学者、历史学家周一良教授和他妻子。

第一张，是两个人在上世纪30年代最初的合影。男的文质彬彬，充满书卷之气，女的透着年少青春的娇羞，矜持而美丽。透过照片，看到的是掩饰不住的喜悦与和谐（就像我们每个人当初和自己相爱的人在一起的样子。那时候，有青春、有激情、有爱情，所以洋溢出来的恩爱和甜蜜，让他人羡慕）。然后，是各阶段的照片。孩子出生、母与子、1948年合家欢、幸福晚年。反映的内容都是幸福人生的一个个小片段。可是最后的两张，一张，题目是惜别，老太太去世了，老先生在吻别病床上的妻子；还有一张，叫作最后的合影，看得出来，是在追悼会上，周老先生和静卧在花丛中的老伴儿的最后一张合影。

一组照片，我反复看了好几遍。直看得我泪雨潸然。我不知道，究竟是什么打动了我。照片，都很普通。可是，也许就是那份平凡，就是那份每个人都能都会经历的最普通的爱打动了我。在常人看来越是普通的爱，也许越难长久。因为普通，所以会被忽视，因为普通，所以会偶尔让你去追寻新的刺激。也正因为普通，而敌不过光阴的磨砺。可是，就因其普通，想一想他们相濡以沫几十年背后所走过的光阴，真的，又有谁能淡然视之呢?

做为一个平平常常的凡人，我希望，我所拥有的爱也能天长地久，也能陪我到老。所以我喜欢那首堪称经典的《最浪漫的事》中“我能想到最浪漫的事，就是和你慢慢变老，直到老得哪儿也去不了，坐着摇椅慢慢地聊，而我依然是你手心里的宝”。可是，同时我也知道，总有一天，我们每个人都必须要面对衰老，面对死亡，面对与我们共同携手走过慢慢人生旅途的亲人们最后的离别。我知道这一切我们任何一个人都逃避不了！我唯一的希望，就是不要让你比我先走，如果那样，你不会放心，天冷了，没人提醒我加衣服，我感冒了怎么办？生病了，谁能陪在我身边，为我拿药，给我递水？我的寂寞，我的快乐，谁能和我分享？可是，我也不希望我比你先走。留下你，孤零零的一个人。天黑了，害怕了，没人陪你说话、聊天；伤心了，心烦了，没人安慰你；晚上睡觉，没人用体温温暖你的被窝和你冰凉的身体;（我一直记得这么一句我喜欢的话：爱，就是在寒冷的冬夜，一双冰冷的小手被一双温暖的大手自然而然地握住）受委屈了，也没人为你抹去泪水，没人为你遮风挡雨……

伏在桌旁低头私语的当儿，耳边响起林忆莲的歌声：“我已不能动也要看着你，直到看着你的发线有了白雪的痕迹，直到视线变的模糊，直到不能呼吸，让我们行影不离；如果全世界我都可以放弃，至少还有你，值得我去珍惜。而你在这里却是生命的奇迹。也许，全世界我已可以忘记，只是不愿意失去你的消息，你掌心的痣，我总记得在那里……”

你是我的全部，你是我的唯一……

关于桃子的记忆

李　峰

那天到市场买菜，路过水果摊，一下子被那些还带着许多细毛的桃子所吸引。正好前几天女儿就嚷着要吃桃子，一直没时间买，今天正好碰到，我毫不犹豫地买了几斤。看着这些鲜桃，我的思绪一下子又飞回了小时候在陕北农村的快乐时光。

我的老家在陕北黄土高原上一个贫瘠而又落后的小村子，那是一个人稀地广的地方，我家最多的时候曾种过一百多亩土地；但你千万别以为我们是那种地主式的家庭，相反，那是一种典型的广种薄收、靠天吃饭的最原始的农耕方式。纯朴的农民每年都祈祷着风调雨顺，但真正能旱涝保守的年景从我记事起到我离开那个地方二十多年似乎并没有过。我的父母和所有生活在那片土地上的人一样，一年四季劳作在农田里，尽管他们不知道自己所付出的辛劳能否得到相应的回报，但他们依然无怨无悔且默默地苦着、累着，却从不叫苦，因为他们觉得这是命，是生而受苦的命。在我的记忆中，父母无论风沙漫卷、春寒料峭的春季，还是骄阳似火、赤日炎炎的夏日，甚至是滴水成冰的冬天，他们或背着背篓在捡粪，或在田里拔草……他们永远在忙碌着、忙碌着，在我的印象中他们总有干不完的活。记得母亲嘴里常说的一句话：田旱不忘锄苗子，雨涝不误浇园子。因为这些虽老实巴交但淳朴的农民心中始终有一个信念：一分耕耘一分收获，所以他们在土地上格外地卖力，企求着脚下的这片土地不会辜负他们的汗水。尽管我小时没干过多少农活，但也许是再也不愿意像父母一样永远过着面朝黄土背朝天的日子，不愿意过像父母一样一辈子辛劳、纵然满脸都是岁月刻下的沧桑却依然要期待上天的赏赐的生活，我小时便渴望有一天能摆脱那种无聊而又枯燥的永远的重复。直到现在，我每到夏日，空气中总是热浪蒸腾的时候，看着“野田禾稻半枯焦”，想着“农夫心内如汤煮”时，我心里总是有一种揪心的感觉，眼前仿佛都是父母期盼焦急而又忧郁的眼神和他们渴望丰收但又无能为力的无奈。

虽然那时每天只能吃着黄米饭，穿着仅能遮体的衣服；但幼小的我那时总还是有很多乐趣的。最能令我开心和自豪的就是我家房前屋后都栽种的桃树以及母亲为了给我们姊妹几个解馋而种的各种瓜果。孩子总是贪吃的，所以从每年春季桃花盛开时到“花褪残红‘毛桃’小”，再到刚刚能闻出小桃飘出的清香……我们几个总是备加关注，桃子的每一点变化都逃不出我们的火眼金睛。为了在夏秋之时能吃到可口的各种鲜瓜，只要母亲一声吆喝，我和妹妹总是特别卖力，有时把自己弄得像泥猴，但乐在其中。

每当春天来临的时候，黄土高原上一点生气也没有，到处是一片死寂。好的年份风沙少一些，那些放羊的赶着大群的羊上山啃青也总是勤快些；若是黄风肆虐的时候，可能五步之内都不能见人，人走在路上都要一进三退的，满眼皆是黄沙，真是“一片萧瑟春又至，入眼全是凄凉人”啊。所以春季是一年中最乏味的季节，唯有早开的桃花给这枯萎的黄土地带来些许生机。

我有时真是惊讶上天造化，如果不是仔细观察，你是不会注意到桃树的伟大的。桃树和其他树种不同，从秋季树叶落尽到第二年新叶长成的这段时间，桃树就像一个美艳芬芳的少妇一下子就成了八十岁满脸褶皱且浑身沧桑的老太婆，这时你看到的桃树真可以用“枯萎”二字来形容，好像一个行走了万里路的人，突然到达了目的地，释放了自己所有的能量之后那种委顿不堪之状。但只要春风吹过，春雨滴过，你就会感觉到有一种化腐朽为神奇的力量来自那些看似苍老的面孔。在一树树干枯的枝头，你会慢慢发觉有“绿杨烟外晓寒轻，红杏枝头春意闹”的诗情画意，那干树杈上到处是红星点点，那欲放的花苞不仅带来了春天的希望，更唤醒了人们久违的热情和冰封的信念。你根本无法想象在那些看似干瘪的树枝上是如何孕育出含苞待放的新花蕾的。而那些点缀于枝头花苞无论对于桃树本身还是整个枯黄的大地而言，都是一种欣喜与希望，而最喜欢也最高兴的当然是我们这些还少不更事的小孩子了。只要闲来无事，便三五成群地结伴来到桃树下，或看不够、怜不够、赏不够地留恋于此，或乘着春日已经和煦的阳光快乐嬉戏，仿佛与桃花共享这节日的盛典。当然姐姐和妹妹有时也自以为聪明地剪下一枝桃花，插入装了水的瓶中，想让这一丝春意也走入我家那低矮而黑暗的小屋，可她们的这一美好愿望虽能让这些桃花得以回光返照般灿烂，但往往也会加速它们香消玉殒的速度。每当这时，姐姐和妹妹总是叹息这些桃花的脆弱，更叹息到秋季又少了许多可以品尝的美味。

人们都喜欢欣赏“其华灼灼”之时的桃色艳丽，而我却珍惜和爱怜那些顶立于枝杈的粉红花蕾，我不愿意看到“春色满园关不住”的热闹，因为我不想它们过早地“桃之夭夭”，不希望它们“化作春泥更护花”的伟大与悲壮。过去如此，现在依然如此，无论人生际遇的挫折与顺遂，我心中总是不绝对生活的乐观和憧憬，也许这就是我为什么喜欢那在乍暖还寒的春季却敢于耸立于还没有从冬的睡意里缓过劲来的枝杈之间的那一抹红色的原因吧。

青黄不接之时，也是我们胃最需要滋养的时候。家里只能保证每天让我们还不至于挨饿，但想要补充正在长身体的营养需要，那是想也不敢想的。那时候我们真是什么都吃，刚刚露出地面的蒲公英草、辣得钻心的辣辣根我们吃过，青苹果、青杏我们吃过，公路上货车上撒下的粉条我们也用火烤着吃过……贫苦的生活极大地考验着我们饥饿的胃，对于那些刚刚孕育的生命而言也是一种挑战。毛桃自然是逃不过我们的眼球了，毕竟相对于那些青杏来说不会酸倒牙，也不会吃得胃痉挛。可以这样说，只要花苞落地，桃子的形状已成，这些桃子就已经进入了我们寻食的视线。尽管还有些苦涩，虽然有时也难以下咽，但这还应该算“水果”吧，所以也就将就着吃了。那时家里的桃树，等到秋天，只有我们够不着的地方才能有成熟的桃子，还能让我们品尝到桃子真正的美味，好在家里屋前屋后都是桃树，要不然会永远以为桃子的味道就只是苦涩呢。

瓜果成熟的季节也是小孩子最高兴的时间，干瘪了大半年的胃在这时可以美美地享受一番了，每天从眼睛一睁到睡意朦胧，嘴总是停不下来，所以每天也都是肚儿溜圆。刚刚脱离了一种煎熬的胃，又跌入了另一种煎熬。那时晚上做梦都带着笑意，梦里总是有吃不够的鲜桃，那时心里总想着，要是一直能过上这样的日子，可能就离歌里唱的共产主义社会不远了吧。

苦难的生活总是让人难以忘怀，快乐的时光更容易让人回味那段曾经的不容易，也让我更加珍惜现在来之不易的生活。希望所有人都能快乐，健康地过好每一天。

家

李　峰

前几天有位朋友对我说，好想有个家。其实只要是正常人，到了一定年龄都会有这种正常的想法。而有些人对于这种想法更甚，尤其是当一个人遇到了生活中的莫大困难，或是遭遇了人生的挫折，抑或是感情上受到了委屈之际，那种对生活的归属感、寻求感情寄托的安全感缺失，会更想有一个可以依偎的地方，就更想有一个家了。

对于家的渴求是每个人都应该会有的，无论其贫穷还是富有，无论其幼稚还是年迈，这是人和动物的一种本能。因为有了家就有了温暖，有了家就有了归宿，有了家就有了可以遮风避雨的港湾……

“金窝银窝不如自己的狗窝”，哪怕这个家再残破，哪怕这个家再贫穷，哪怕这个家再冷清，但至少有一个空间是属于自己的，是不受外来因素干扰的。一个人可以在这里尽情地宣泄感情，也可以宁静地享受孤独，还可以擦拭在家之外那个世界的惊涛骇浪中摸爬滚打之后留下来的斑驳伤痕。这里没有别人的嘲笑，没有杂乱的纷扰，没有强作欢颜的逢迎，也没有你争我夺的博弈；家就是我们拖着疲惫身心回来之后可以把臭袜子随意扔在卫生间不必看别人脸色的地方，也是可以从凌晨睡下然后到下午再起床也没有人来唠叨的地方，因为这里属于你。当然这只是空间意义上的家，只是一个物质的空间，如果生活在两人甚至三人世界的家，那可能前面所说的许多东西就会要打一定的折扣。虽然温馨仍在，但自由就会减少；安全感增强了，和谐度有可能下降。当然这也是因人而异，不能一概而论。

在外漂泊久了的人，对于家的渴望感是最强烈的。一方面希望能有一个真正属于自己的空间，再也不必过那种今天还睡在这里，明天却不知身往何处的日子。这类人对家的渴望是希冀通过自己的努力能融入他（她）所在的城市，也成为其中的一分子，从此结束漂泊一族的历史，我曾经就有过这样的感觉。那还是二十年前，我孤身一人从贫苦的陕北来到了塞上宁夏。因为家里并不富余，所以我刚结婚的时候只能寄宿在学校。随着学校家属院里的老师一家家地搬离了那座空旷的院子，随着每一次送走了一户又一户乔迁新居的同事，我的心也久久难以平静。我记得那时我去过一个同事的家，那时他家是所有搬进城里同事里最狭小的了，大约只有40平方米左右，但就是如此局促之地，竟然也让我暗羡不已，我那时就想着如果我什么时候在城里也拥有一个这样的窝就好了。那时的我，只是想像别人一样也能在城里有一个安身之所，不至于再每到周末只能守在空荡荡的校园里，像幽灵一样从东头走到西头再从西头走到东头。而那时就连这样特别卑微的愿望也难以实现；所以每次有事进城，哪怕再晚我也得回学校，而那时对于城里有处房子的渴求是最甚的。相对于那些只需要一所房子来安身的人而言，也有很多人更希望能在偌大的人群中找到自己的另一半。这时的他（她）只想在无助、委屈的时候找一个肩膀来依靠，有一个怀抱来拥抱，寻求一个可以听自己倾诉的人，能有一个自己可以撒娇的人……这时他（她）需要的是给自己漂泊的心找到一个可以安放的地方，让自己回到家的时候也能有一桌热气腾腾的饭菜，有一个激情四射的热吻，有一个真情的拥抱。这时的家能化解一天在外奔波的疲惫，也能消除工作压力笼罩在心头上的阴霾。

处于困厄的人，也特别渴望能有一个家或是回到自己的家。经常听到别人说这样一句话“吃饱了肚子不想家”，仔细品味觉得很有道理，因为我就有过这样的体会，所以很认同这个道理。其实广而大之，就会发现，不仅是因为生理上的饥饿，我们会想有一个家或是想自己的家，而且这种规律也适用于心理上的困顿疲乏。当一个人独自在外打拼事业的时候，总希望给家里人报平安，哪怕自己忍受了再大的委屈、再多的痛、流了再多的泪，拿起笔给家里写信的时候总会写上一切安好，拨打电话的那一刻也总是要擦干净刚还是泣不成声的泪眼，因为他（她）明白不能让家里人为自己担心，因为他（她）也明白，即使自己把出门在外所受的委屈全都告诉了亲人，也不能减少自己所要承担的责任；与其如此，还不如让父母和爱人对自己还抱有一份荣耀的期望。这是很多有责任、有担当的人的常规选择，但放下手中的笔，挂上电话，也许那颗孤独无助的心会好想好想有个家（或是回到家）。我也有过这种漂泊的时候，我总喜欢狼吼那首《流浪的人》，也喜欢哼唱《父亲》和《白发亲娘》，因为在这些歌里可以表达自己无助的心和自己那份思念，也可以在歌声中找到自己认为最安全最可信赖的依靠。

远方的游子也容易产生触物伤怀、思念故土的思乡之情。漂泊异乡者其感情和心灵也较平常人显得脆弱。如果境遇平顺，可能会减少一点思乡恋家的心；倘若命运多舛、时运不济，那就会“一草一木总关情”。夕阳西下、牧羊归栏，飞鸟入巢、母唤儿回这些平素见怪不怪之情之景，都会触发如马致远对家那份沉重的呼唤——“断肠人在天涯”之感，或是王禹偁“村桥原树似吾乡”之慨。

寄人篱下者更渴望有一个自己的家。古有“男以女为室，女以男为家”之语。女子结婚就是归家，《诗经》所谓“之子于归”，即指此。女人找到了感情的归宿，把感情交给了一个人，就有了家的感觉；男人的心里时刻惦记着另一方，心里装着自己心爱的人，那份甜蜜、那种温馨与浪漫就有了家的踏实与温暖。家不是房屋、彩电、冰箱，也不是物质堆砌起来的空间。物质的丰富固然可以给我们一点感官的快感，但那些都可能转瞬即逝。试想在那个空间中，如果充满暴力和冷战，同床异梦、貌合神离，家也将不成为其家。家有时其实很简单，就是一分内心放不下的惦念，一句淡淡的关心，一个回到家来爱人的拥抱，一桌还有余热的晚餐。这些对于寄居于他人屋檐之下的单身者而言，都感觉离的那么近，又似乎让自己遥不可及。那种对家的渴望，对生活的憧憬，对人生不公之哀怨又有几人能懂，几人能知?

家是什么？千万个人有千万个说法。有的说，家是一种文化；有的说，家是一段时光；有的说，家是一种情怀。还有人说……家其实什么都是，又什么都不是。拥有它时，它平凡如柴米油盐酱醋茶；失去它时，掏心掏肝也找不回。

愿有情人终成眷属，愿有家的人都幸福，愿漂泊在外的游子能有个稳定的窝，愿所有期待家的温情的人都能身有所归、心有所属……

孤　独

李　峰

孤独是一种心态，孤独有身之孤独和心之孤独之分。身之孤独只是一时的感受，也容易消除；但心之孤独却是一个痛苦的过程，大有一种不经历“烈火焚身”不会有“扬眉剑出鞘”的那一刻。而经历过孤独之后，你就会有炼狱重生的感觉，你也会发现天是那么蓝、水是那么绿，你周围的人也是那么友善可爱，你对生活也会充满乐观向上、积极进取的热情。

一个人独处一室，外无红尘之纷扰，内无噪音之嘈杂，与世隔绝，这是一种孤独；而置身于闹市之中，却不能融入其中，仿佛鹤立于鸡群之中，凤翔于禽鸟之间，那种高洁傲岸、卓尔不群的风范大有一种“海到尽头天作岸，山登绝顶我为峰”之高处不胜寒之感，这也是一种孤独；曾经卿卿我我、花前月下，恨不得捏个泥人儿再打碎和成泥重新捏一个你和我的两个人，经历了生活中锅碗瓢盆的磕绊与争吵之后，虽同处一室之中，睡于一床之上，却是同床异梦、形同路人的无奈岂不更是一种孤独；在灯红酒绿的宴会之中，看着云裳羽翠、笑靥如花，却不能与之融为一体，心中暗叹“举世皆浊我独清，世人皆醉我独醒”，这份孤独寂寞又有几人能解、几人能知；也有一种如《潜伏》中的余则成般身处逆境，看着身边的城狐社鼠却要与之周旋，整天说着不愿意说的话，做着不愿意做的事，扮演着自己不愿意扮演却又不得不暂时委曲求全的角色，那种“粉骨碎身浑不怕，只留清白在人间”的大义气节其实也是一种孤独；节日喜庆本是令人高兴和幸福的，但由于自己的心境不能与之相洽，这时虽不得已强颜欢笑，而内心的那份落寞和寂寥又有谁懂；尤其是逢年过节那种举国同庆之日，唐婉儿“怕人询问，咽泪装欢。瞒瞒瞒。”的无奈与勉强，更让人觉得由内到外的孤冷。

有一种孤独是不能名状、无以言表的。有时孤独是一种心境，没有经历过那种感觉的人是不容易体会到的。当一个人遇到不顺心、不如意的事，而这些事又属于个人隐私，这时内心真是一种孤独无助的感觉。亲戚、朋友、同事、家人或不能说，或不便说，或不愿说，或不敢说……所有孤苦只有自己一个人承受，所有的痛只有自己默默地忍。有时真想一个人痛痛快快地哭一场，释放一下自己的内心苦闷，可连这听起来挺容易的事做起来也并不十分容易。我们生活在这个社会中，在家里是爸妈的乖儿女、是子女的好父母、是弟妹的好哥姐，所以不能哭；在单位是领导眼中的好同志、是同事眼中虽不起眼但也不张扬的老好人，因此不敢哭；在街上看着熙熙攘攘的人群，芸芸众生来也匆匆去也匆匆，这里又哪容得你哭？你只有在所有的人面前都装出一副坚强快乐、永远乐观向上的面孔，尽管别人可能会夸你能笑对人生，但那种要把所有痛都自己一个人来扛的沉重与压力又有几人能知，几人能晓？这份难言的孤独只能和了泪往肚里咽。

男人和女人的孤独也有不同。女孩子内心苦闷可以找人抹着眼泪诉说，哪怕再没有同情心的人也会安慰劝解，弄不好还有怜香惜玉者会鞍前马后尽释其怀；估计很少有大男人动不动就哭哭啼啼地向别人诉说他失恋了、失业了或是失足了，男人要承受起来自工作、生活和社会中各方面的压力，哪怕你身处夹缝也要笑着面对，这才是所谓的男子汉。有时女孩子哭也就哭了，毕竟连贾宝玉都说了女人是水做的嘛，所以女人可以呜呜咽咽地哭，可以号啕怆然地哭，也可以捶胸顿足歇斯底里地哭；但男人不能这样，说“男儿有泪不轻弹”，说男人是家里的顶梁柱、主心骨，说好男儿应该顶天立地，说男子汉就应该有作为有担当，因为是男人，所以哪怕是心里有说不出的苦，眼中有忍不住的泪，也只能是把所有的痛、所有的苦、所有的无助无奈无情，都化作满面春风哪怕是强作欢颜。

所谓情由心生，心随景定。同一个地方，在此时感觉孤独，在彼时可能就会有种豁然的感觉。愉悦时，身边群山环绕，看着绿树清泉，听着虫鸣蛙叫会觉得如此心旷神怡。这是因为你去聆听大自然，已经达到物我两忘、物我合一的境界；所以，所见所闻所感的都是阳光明媚，鸟语花香，自然有神清气爽，陶醉于上天之造物的神奇。如果你心有芥蒂，那此时会觉得自己在大自然面前是如此孤独无助、平凡渺小，眼中所见只有那些单调的绿色和无边的大山，耳中所闻尽是知了烦人的噪音、鸟儿怪唳的鸣叫，感觉是不是全世界都把我忘了，为什么只有我一人在这穷山恶水之中，如果能有选择我也再不到这种地方来的痛苦。同一种景象，却因为心境不同而产生了不同情怀，自然有一种“奈何繁华人世间，满眼尽是凄凉人”的感觉。

孤独并不是一件坏事。孤独的人情感丰富。因为他（她）能体会常人感悟不到的东西，能耐住常人耐不住的寂寞，也能忍受常人不能忍受之痛苦。孤独的人意志坚强，常言说得好“曾经沧海难为水，除却巫山不是云”，有过内心的煎熬和炼狱，即使再次身处困境也会乐观地唱着“不经历风雨怎能见彩虹，没有人能够随随便便成功”。经历过孤独，会给你的人生增加一笔不菲的精神财富。正在经历着孤独的人，我要恭喜你买了一只绩优股，你就在猪年里期待着心灵涅槃后的快意与喜悦吧；而将要经历孤独的人你也不必胆怯，人只有经受过各种生活的洗礼才会成长、成熟，既然不能躲避我们为什么不能勇敢地面对呢？

面对孤独，每个人的选择和对待是不同的。李白孤独之时，能“举杯邀明月，对影成三人”，何其潇洒自如，不怒、不嗔、不怨、不尤，随时、随性、随景、随情；朱敦儒更是会享受孤独，他能“日日深杯酒满，朝朝小圃花开。自歌自舞自开怀，且喜无拘无碍”，这份自在安详任谁看了都不会同情，只能羡慕了；葛长庚哪怕在山野之中，阒无一人的荒原里，也能“细草如毡，独枕空拳；与山麋野鹿同眠……看二更云，三更月，四更天”，那份淡定从容，那种安之若素随遇而安的心态，若非出世性情，红尘之人有几人能同？

孤独并不可怕，可怕的是我们耐不住这份孤独。无论身处何方，无论身处何地，只要你永远用一种积极乐观的心态去面对和处理人生中的人与事，你就会无往不胜、一往无前。

一年有多少三百六十五里路，我依然要饮尽那份孤独！

悬一灯，烛照千山夜色

张树俭

这该是一个多么幸福的下午，一口气读完了郭文斌的小说集《吉祥如意》，一扇门被我蓄谋已久的冲动打开又关上，手中茶杯里茶水如我眼角的层层热情，由激情澎湃渐次落幕，直至入定敛静。

这个下午，一颗心被深深地安慰。

移步窗前，窗户被错综的钢管封锁，据说这样花式的防护栏目前极其流行，怀疑它的安全性是对辛苦的装修工人的极大不敬。我目光到天空之间的距离被寒光铮铮的钢管分割，平行或者交叉成各种菱形。对面一片新的小区即将拔地而起，我的目光是菱形的。

孟春时节的午后中庸虚静，极目之处是无边的谦卑与安宁，在我和对面楼房之间的狭小空间里，一个小男孩呼啸而来，撞进我的眼窝，他身后拖着一只白色的风筝，几乎成匀速运动向前奔跑。我紧攥茶杯，水温显然已经失去了耐心，正带着仅存的热情弃我掌心而去，像那风筝，时刻谋划着挣开阳光里的线，将男孩深深地弃于孤独的匀速运动里。

从风筝的做工判断，小男孩肯定有一双倔强的手和一颗认死理的心，否则怎么会做出那样一只憨厚到笨拙的风筝，没有任何颜色的渲染，也没有任何图案，洁白的纸张被糊了一层又一层，他太想让风筝结实再结实，这单纯的想法过于热切，结果风筝被他的缜密和谨小慎微给毁了。但是不管沉重的风筝能否飞起来，他只是跑，拼命地跑，从不回头看看风筝的状况如何，可怜的孩子以为只要他跑得足够快，他的心就会飞起来，只要他的心飞起来，他就不允许风筝飞不起来。

在他小小的心脏里，一根或笔直或弯曲的线时刻都在某个节气的阳光里抖动得很像样。

孩子拖着风筝跑远了，我杯底的水也变得冰凉，斜靠在精致的防护栏后面，我开始想念，想念小时候在老家放过的那些飞起来或者重重摔在田间的风筝，那些起伏的山梁从我眼前像是有人用绳子拖着一样徐徐经过，那与天相接的起伏线条不是激烈地跳跃，而是舒缓地滚动，推着童年的酸与甜踯躅前行，我的风筝随着山的节奏落下又升起，闪耀在天作地合的时光机器里。

那些回忆不是离愁，是温暖，是安详，就像郭文斌在他的小说中气定神闲地吐出的秘密。

当我真正想要就郭文斌的小说说点什么的时候，我是语穷词尽的，我稚嫩的文字很难对他的作品给出任何诠释和注解，他的小说也不需要诠释与注解，你只需体会，体会中国哲学中最温情恬淡的一面，他飘逸的文字与空灵的遐思化道家抽象的玄想为饱含人间烟火之气的真性情，他用大巧若拙的笔墨诠释着天地无言有大美的道之真意。天地生灵血液里的东方气质被他充满儒家思维化于无形之中，比如崇礼尚义，比如去私存仁。他的笔下出现最多的词是“美”，简单，纯粹。他甚至任性地用最土的方言喊出“美死了！”这样的句子，这种纯真的寓于万物的审美体验来自西海固地区保留至今的先民气质与上古思维，来自作者内心诗化了的人文国度，它的终极指向是自然。

郭文斌小说大多是以孩子视角展开叙事的，我们只须从孩子的名字里就能嗅到强烈的泥土气息，四月，五月，六月，明明，亮亮，放放，牧牧，地生，桃花，杏花……如水一般洁净如光清亮的名字，是他对大地上茁壮成长的万千草木温情而充满爱意的命名。很有幸我和他来自同一个地方，到了而立之年的我，看到这些童年小伙伴的名字，才深刻领会到我们曾经和大地的关系如此密切，人和大地上的一草一木，甚至大地同根同祖，我们来自相同的地方，前往相同的地方，也必将抵达相同的地方。我们同享阳光，同吮露霜，我们是大地上生出的名字，是大地的须根。我们在名字里寻找安宁，在太阳的安详之光里吐纳调息，我们和光同尘，我们就是大地本身。

《道德经》有云："知其雄，守其雌，为天下溪。为天下溪，常德不离，复归于婴儿。"郭文斌正是通过孩子的纯真慧眼，天然思维，以老子哲学中抱朴守真，以庄子观天下以天下的智慧表达了来自土地的温情，来自自然的安详。

夕阳里的世界瞬息万变，我褐色的杯中之水平静而轻盈，阳光让水的无影之影投在黑色的大理石窗台上，郭文斌的水也该是充满对生灵的无限善意，他的茶叶在某一刻一定也是静卧杯底，充满敬意地仰望清洁之水随天而去，又驭风而来。

放风筝的孩子不知从什么地方又冒了出来，他显然丝毫没有被无法飞翔的风筝挫伤甜美的飞翔之梦，至少他认为自己的风筝时刻盘旋在头顶，这种想法让他由心安而坦然，由安详而幸福。现在他不知道从哪里得来一只苹果，蹲在尘土飞扬的帐篷下仔细打量，面对被铜绿色的夕阳打湿的苹果，他正在盘算如何从这滚圆的世界边缘咬下第一口。如何体会第一缕汁液流经食道，安慰他清洁干净的心。

阅读郭文斌，让我心往神驰，让我跟随着他飘逸空灵而宏大无形的淡淡笔触去体会那不言有大美的美，在读《吉祥如意》时一句"五月是被香醒来的"，我便料定这必是一篇不俗之作，"甜醅子"的清香，"花馍馍"的清香，上山采艾时露水的清香，群山的清香，满街香料的清香，爹和娘之间的一段清香，姐姐哈出气来让弟弟闻时的清香，姐弟间关于草中之蛇与人心之蛇所引出的朴素的道德之香，朦胧而深远的山间，采艾的孩子们如土中长出的地之精灵，在草色与浓雾里穿梭，如处混沌未开，大荒未成的人类本初，如游离于母体温暖芳香的羊水里。《论语》中曾点有云："暮春者，春服既成，冠者五六人，童子六七人，浴乎沂，风乎舞雩，咏而归！"孔子曾大加赞赏他，认为他道出了人与自然的本质关系，这和儒家传统的天地人伦互通之理是相符的，自孔子以降，子思关于内在的道德律，孟子关于求其放心，再到董仲舒的天人互证无不体现出这种放仁道与万物，同人道与天道的观念。而爹娘朴素的德行教育与先民传承下来的芳香的道德传统，知礼尚义，顺天时，尚大同，周贫不继富，老吾老以及人之老，幼吾幼以及人之幼，等等观念，无不让人为底层劳民的芳馨大德而怦然。

郭文斌的文字，更是《老子》思想的世俗图景的具象表达，母亲在院中扫雪的情景寓言式地解构了道家思想的核心，飘飘洒洒的雪花中母亲起起起落落的扫帚所创造的映像如时间机器冲洗出那些过往的底片，万物静而道动，道静而万物动，无可无不可，无不可无可，恍然前兮，忽飘脑后，惚兮恍兮，恍兮惚兮，贵身退而不敢为天下先，虚静而讷言等等道家观念都包含在一组组长镜头里，如神立于时间之盘的中央。这种禅境佛意流淌着汩汩的宗教之气，强谋其名，可谓之安详！

郭文斌的文字不是借魏晋玄学之气，尚清谈，重出世，而是积极入世、入俗，直至浑然于朴素天成。他对生命怀有近乎宗教般的敬畏，他同情苦难，但他不述说苦难，更不描摹苦难，他看到更多的是苦难的苍生血液里的纯真与富足，是他们在生命原始意义上的道德守望。他们的世界有“大满之美”，更是“大空之美”，“满”在传统道德之厚重，“空”在自然生命之晶莹。无可讳言，每每阅读郭文斌作品，总让我泪水崩流，荣幸的是我和他正好出自同一片地方，几乎来自同一个村庄，我想，只有生于斯长与斯，而今天又如他一样离开故土的人才能真正体味到老家人最朴素的可爱，也只有从他们中走来才让我们对原生态的道德与情怀充满敬意，满怀感念。他们将善作为最高宗教，亲民，孝慈，悯生，仁义，在这片土地上心存儒道之风，吐纳黄老之气，用笨拙的方式保存着真善美的最初定义。这是流淌在乡民们身体里的东西，生死疲劳，无须哲学，道存乎于无，道即自然！

黑夜就要来了，放风筝的孩子也消失得无影无踪了，所有的孩子必将如宇宙间的水滴，杳然而逝。我放下水杯，弯腰点灯，在夜的碎片里，写下了文章的标题：悬一灯，烛照千山夜色。

作者简介：张树俭，灵武一中英语教师，宁夏作协会员，有多篇作品发表。

在低处，在远方

张树俭

常忆少年时，世界恰好也少年。四季安宁，风物静默，时间的脚步，那时是轻盈、细碎而绵密的——从童年的田间地头，到麦场树顶，不紧不慢，不问春秋，童年，是酣畅大梦一场。

后来，当身边的四季物候被描摹于启蒙课本，在初识文字的孩子们的鼻尖之下，四季冷热，草木枯荣，秋月夏花，燕子黄鹂都能被读出声时，文字便轻易就击中了孩子小小的心脏，在脑际间，成为一辈子的回响。

春天，页角翻卷的课本被捧在脏手里，他们仰天大吼："春风吹，天气暖，冰雪融化，种子发芽，我们来到小河边，我们来到山冈上，我们在这里找到了春天。"秋天，书依旧页角翻卷，唱词变成"秋天到了，天气凉了，一片片黄叶从树上落下来。一群大雁往南飞，一会儿排成个人字，一会儿排成个一字。啊！秋天来了。"他们群情激昂地吼着读，要让头顶的大雁都听到。而天空里，飞鸟过境，并不为人间停留，地上的孩子却依旧在远眺，想象那些排队的鸟儿，眼睛也在看向自己。那时，挤在孩子们心里满满的，都是灰色的翅膀，是对遥远南方的无限想象。

彼时，秋天的高地，孩子们站着，像被忘记收割的高粱。无论春天秋天，故乡风物，季候流转，只是从孩子眼角飘过的一瞬间，像风经过枯叶，像炊烟经过村庄。

无论哪个季节，欢乐的笑声是一样多的。

孩子不会懂，生命的广阔背景下，自然涌动着暗处的力量，它起于毫末，悄无声息，如一片落叶，一声鸟鸣，又惊心动魄，摧枯拉朽，似那春雷滚滚，秋风乍起或者凛冽隆冬，大雪满天。

少年们更不懂什么阴历阳历，春分秋分的节气密码，但物候流转的生动景致，在他们眼里却是具体而触目的——广阔天地撒过野的孩子，最懂书上文字之美，但未必能解得文字之味。读“风入蒹葭秋色动，雨余杨柳暮烟凝”，他们能感受到风清水寒，未必能感受到悲愁抵心；读“秋风萧瑟天气凉，草木摇落露为霜”，他们只道凉意扑面，“霜露”下的人生他们并不能看到。

“睹物感怀”是留给大人们的。

对孩子来说，秋天无非一场和母亲之间的、事关穿衣的拉锯战而已：做母亲的，直说天气转凉，絮叨孩子加衣保暖，甚至不惜棍棒胁迫，孩子却嫌棉衣厚重累赘，捆绑束缚，有碍他们上蹿下跳尽情撒欢。

真正体味到“欲说还休，却道天凉好个秋”时，谁的母亲没有老，哪个人生不中年?

再大一些，到了中学时代，读到了诗人海子的《秋》:“神的故乡/鹰在言语/秋天深了/王在写诗。”短短几行，竟那般摄人心魄。鹰眼神性，点染秋气肃杀；神之故乡，满眼秋的洗练与清远；而“王在写诗”四字，道尽浮世的荣耀和零落，也写足了“王”对生命诗意的孜孜探寻。

在海子的诗里，秋日有寥落深远之广境，也有万木飒然之哀鸣，而秋日之“王”则神秘、孤傲，身披悲剧英雄的战袍。

秋主要以秋分为标志。《春秋繁露》中讲：“秋分者，阴阳相半也，故昼夜均而寒暑平。”南下的冷空气与逐渐衰减的暖湿空气相遇，便产生一次次降水，同时，也让秋季成为最易给人复杂感受的季节。

清晨，草叶上的白色露珠，晶莹剔透。到了午后，则是凉风习习，碧空万里，推开家门的人们，总不忘说一句“嚯！秋高气爽啊！”

这个时节，“白露”已款款走远，“寒露”正在赶来的路上——生活的瞬间，无论喜乐，此时恰恰到来。秋分之时，我们手心向上，等春分播种的那些善缘，这一天能稳稳地落在手心上。

时间不紧不慢，刚刚好。

关于秋天,《诗经》上说:"蒹葭苍苍，白露为霜。"楚人说:"皇天平分四时兮，窃独悲此廪秋。"唐人说:"穷秋感平分，新月怜半破。"宋人说:"平分秋色一轮满，长伴云衢千里明。"清人说:"归帆宜早挂，莫待雪纷纷。"今人林夕则深情写道:"那段盛夏灿烂过，长过一声叶落，短过世间一甲子，如雾水不堪风沙挥霍，那段日月转动过，荷塘哪可不干涸……"

生命走到今天，转眼已是不惑之年，早已脱去"为赋新词强说愁"的少年稚气，脱去"待到秋来九月八，我花开后百花杀"的青年锐气，生命如平地之大河，已无须借助落差，制造凶猛之势。此时的自己，更愿顺势而为，唯对季候的感受力却似绵里藏针，敏锐而直接——"感时花溅泪，恨别鸟惊心"，少年时哪里懂得这些。

走在校园，引颈闲看那满眼秋色——可爱的花圃，小小的林子，此时竟也有层林尽染的意味。草木枝叶葳蕤，五色杂陈，颜色浅处参差如皴染，颜色深处起落似水墨。秋天时光，这一段飞来的珍贵的节气的序列，借着季节的风，斜斜地飞进灵武这座小城，飞进校园，成为这书香空间里温柔的一部分。

低处，爬山虎绕过陈旧的夏天，将触角缓慢伸向可能的空间，小心翼翼似初恋之辗转，火红浓烈又似热恋之盛放。小路两旁，树下的黄叶望向树上的绿叶，小小的花朵们穿红的倚着戴绿的，这时，一群学生从斑斓的深景之处谈笑着走来。

我抬头，一只麻雀，单着腿，独独地立于墙头，它喳地叫一声，尾巴就弹一下，喳喳叫两声，就弹两下。一片枯叶离开枝头，在空中悄悄闪了个身，便轰然坠地，继续沉睡了。

但愿你能感受到，此时的徐徐秋风，正从操场那头过来。昨日的墙头，一夜间便被褐色浸透，阳光就在那褐色之上滚动，我在这校园里停留过多少年，阳光就滚动了多少年。我那些平凡的同事们，一批一批的孩子们，便如那不知名的秋虫，在这里留下多少喜怒哀乐，欢笑、叹息、得到、告别。恍惚之间，已将那些细碎如尘埃的影子，留在了往事经年里，他们并不确定，是否会留在彼此的回忆中，留在多年之后的闲谈里。

时间疾驰，一切都在长，在离开，我们也在长，最终也必将离开。只有叶子不会离开，它们只是低头生长——栖于枝头时，它们在夏风的歌里长；飘零于半空时，它们在秋雾的怀里长，春冬时节，它们则在雨雪霏霏的泥土之下长，在惊蛰的春雷里，在除夕的鞭炮声里长。

像诗一样长，像爱一样，长成五颜六色的模样。

孩子们必将从这里出发，由懵懂走向成熟，由远方走向更远方，像昨天的叶子由小到大，从绿色变为深红或者金黄。年复一年，岁月不欺人啊，一切都会准时到来，像已经承诺过的一样。

再往更高处，更远处，在那云端，秋之国度的号角，如丝如缕，从晴空里温柔地播撒下来，被无边的土地承接于手心中，再将那清冷而馥郁的空气向上无限托举，重新靠近天国之门。

季节如是，生命如是，周而复始。

云朵下的人间，那些步入生命之秋的人们是有福的，年月周流转间，它们既享有了繁花遍地的热烈之夏，也拥抱过落叶静美的饱满之秋。在义无反顾奔向下一个路口之时，有悲怆，也有深情，有迷茫，更有顿悟。

生命自有高远之处，但愿它们手提冰凉之笔，却能用热烈的颜色，涂抹英雄主义的天空。

奥地利诗人里尔克，有著名诗作——《秋日》，是对秋日最好的感怀篇章之一，我愿将它记录于此，表达对秋日这一重要生命序列最深沉的敬意。

主呵，是时候了。夏天盛极一时。
把你的阴影置于日晷上，
让风吹过牧场。

让枝头最后的果实饱满；
再给两天南方的好天气，
催它们成熟，把
最后的甘甜压进浓酒。

谁此时没有房子，就不必建造，

谁此时孤独，就永远孤独，

就醒来，读书，写长长的信，

在林荫路上不停地

徘徊，落叶纷飞。

从杏花泉出发，前往九月

张树俭

我在春天醒来，听到铁桶低沉的撞击声，近切如昨，又恍若经年。

我眼睛上方，是一枝柳条，别在窗棂上。柳枝已干，成了一碰就碎的模样。脱水的枝叶在晨风里吱吱响着，轻盈得像要随时飞走。

柳枝下是窗台，窗台上，几年前的灰尘被风吹皱了。

柳枝是祖父插在那里的，直到临走那一天，他都没想起，一枝插在端午的柳条，被他忘在了人间。

院墙外有个草棚，草棚里传来隆隆的石磨声。祖父走了，祖母还在，她该是又在磨炒面吧。躺在炕上，我能想象到她的一对小脚，正跟在拉磨的驴子后面，一圈又一圈。石磨声声，低沉、厚重，如来自地下。

小院在绵长的隆隆声里，要飘起来了。

回忆的早晨，屋外一片新鲜——树木抖动小小的叶片，铁桶欢脱的铛铛声，夹杂着新翻的泥土的香气，穿梭在炒面味里的，肯定是党参的甘甜。所有的声音和气味，跨过院墙，趁我翻身的刹那，一齐挤进门里。

庙洼山脚下的戏台子上，鼓音已落，正月里吼秦腔的人们终于收住了喉咙，静默地将戏服道具封箱入库，有人不经意间念叨了一句——

该立春了。

众人仰头掂量——可不是嘛，春打六九头，又到开春了！

我家屋外，矮矮的田埂下，是一方菜园，小小的，四四方方，甚是可爱。冬天时，冻土坚硬，上面闪烁着点点霜花；有时，它也会被大雪覆盖，只留周围被我们爬墙时的屁股磨矮了的围墙。雪越白，墙越亮。

夏天，菜园是绿意盎然的。西北角，有一块长方形的园圃，平平整整，种着新育的土豆苗。每到黄昏，祖母就绕着这块方地走动，在晚风里凑近幼苗，反复探看。墙角有一条水渠，也是祖母挖的，她的小脚不便使用铁锹，只能跪在地上，用小铁铲一点一点地刨。更多的时候，水渠被青草掩盖，并没有真正的大水流过。孩子们每天从渠上呼啸而过，有时会在祖母的水渠里毁掉蚂蚁窝，或者挖一大把辣辣草，和着泥嚼出口水来。有些草木干了，另一些新鲜的就及时补位，将春天塞得满满当当。

总有暗处的力量，在如此这般的日子，催促各色草木探进人间，吐露出崭新而连绵的问候。

我走近初春的母亲，她正在园中种蒜或者别的吧，回忆总是靠不住的。她的身后，是两只铁桶，一只黄铜马勺漂在桶里，正敲打着桶壁，发出微妙的响动。栽好一大片，母亲就舀出一勺水，马勺先在空中颠，然后手腕顺势一撇，小小的水帘在离地一尺高处一闪，就扑腾腾地摔倒在了土地上。

母亲身后是父亲，他撑开装了蒜籽的袋子，噗地一口，将蒜皮吹起。白色的蒜皮腾空，有些落在脚下的湿土上，有些越过他的肩膀，朝水渠那边蝴蝶般涌动。

菜园外面，是明亮的大路，村里的主干道，偶尔会有陌生的面孔，踩着外乡人的足音经过，或是破旧自行车抖动的哒哒声，夹杂着浑浊的铃铛声经过，哗的一声，惊得路上溜达的公鸡们跳上墙头，短暂的聒噪后，声音渐行渐远。

路的那头，连接着村童们有限的想象。他们知道，一直往前走，会到达县城，再往前走，早晚能到省城，多早多晚？不知道。而大路那头送来的，是他们熟悉的，也是他们关心的。瓜贩子的拖拉机吧嗒吧嗒，简单地讨价还价后，大瓜往铺开的树叶上一摔，瞬间啃瓜的吸溜声一片；收头发的，旧鞋换洋蒜的，贩柿子的，收豌豆的，做铝锅的，耍把戏的，在不同的季节里，他们是轮番站上大路那头的主角。手摇拨浪鼓的秦安货郎，挑着扁平的木箱经过，木箱上镶着玻璃，玻璃下各种小物什，闪着诱人的光。无须吆喝，扁担往树荫下一横，盘腿往扁担上一坐，他就被女人娃娃们包围了。

拧开褐色的玻璃瓶，货郎用掏耳朵的微型小勺舀出一丁点黑色粉末，捞起小媳妇的手，将颜料倒在她的手背，再用食指蘸一点口水，一圈圈揉开。

原来是红色的!

货郎一边拿指尖在小媳妇手背摩挲，一边用甘肃方言解释殷红粉红和大红的区别，小媳妇听懂听不懂不说，脸上只闪过一缕红色。

看货郎说累了，嘴干了，女人娃娃们朝着河湾那边努努嘴——

河湾里有泉哩，箱箱我们给你看好。

货郎将信将疑，退到河沟边沿，伸长脖子往下子瞅——

嚯！好清的泉。

等货郎喝足了水，急匆匆地爬上河沟，发现女人娃娃们动也没动，眼睛依然瞅着货箱，等他回来。

邻村的吕老师骑着车子，每天都从菜园下经过，一路骑，一路哼着歌。车子经过水坑时，他就收住喉咙，猛蹬几脚，像是跟谁撒气，等过了水坑，吐出一口气，他又欢快地哼起来了。背上斜挎的二胡，是他音乐课上永远的伴奏乐器，头顶上土黄色的八角帽，不分冬夏，也像是永远的。

上音乐课时，三四五年级的孩子集中在一个教室，人挨人，头挤头，挤不进的，就趴窗户上，蹲在院子里。只有前排的孩子们，才能有幸目睹吕老师云淡风轻地紧一紧弦轴，弓子一甩头一扬时的风采——

泉水叮咚，泉水叮咚，唱!

坐在后面的孩子猜不出吕老师领唱时的表情，只看到八角帽随着“泉水叮咚”在前排头顶上摇晃。但听到“唱”字，他们都像得令的士兵，肩头一振，底气铆足，吼出声来。

唱累了，吕老师就边拿块帕子擦二胡，边和学生们聊天。

你都说说，咱这庄上的泉，不也是叮咚响吗？泉上头还有杏树，我看叫个杏花泉也合适哩！吕老师说。

学生娃们正是爱美词的年纪，“杏花泉”，多美的词！一呼出，就像能看见粉白粉白的一大片，唇齿间像是升起满满的香气。

这香香的名字在校园传开了——

走，走杏花泉抬水走!

但诗意的名字，大人们无暇留意，苦日子里，没人会蹲下，听孩子间美好的暗语，更难想象那股盘踞少年们嘴角的香气。

暮春时节，当清凌凌的溪流漫过水草，漫过摆尾的泥鳅，淙淙地奔向下游，你沿着小溪逆流而上，追根溯源，就会看到杏花泉。有时，泉边会有两个小姑娘，孱弱单薄点的攥着两手泥巴，吸着鼻子嘤嘤地哭，强悍点的并不看她，只顾追着流水逮泥鳅，或者临妆照水整头发，一根光溜溜的木棍躺在坡上。她们是村里小学的学生娃娃，是来这里抬水的。

两人肯定又为洒了的水斗气呢。

男孩子们则是生来逍遥的，哪怕铁桶一次次从坡上滚下，也丝毫不会破坏他们逃课中的好心情。他们并排躺在泉边的斜坡上，嘴角嚼着辣辣草，仰面端详头顶的满树杏花，目光勾画着花瓣们小小的模样。

但是，耳朵是要随时竖好了，下课铃声一响，就意味抬水的借口成功了。此时要么是老师提着棍子撵来，要么就是逃课中的幸福感，跨过水草，朝他们撵来了。

记得每天东方微启，母亲就下河去挑水，去迟了泉就被舀干了，就只能刮两桶黄泥浆回来。婆婆们品评媳妇子的标准之一，就是验看厨房里的大水缸。

缸中水满，茶饭赢人。就是好媳妇子。

要到达沟底的泉边，得经过一段陡峭土坡，坡上几代人的脚跟磨出的粗糙台阶，从沟底迂回到沟沿上。小道的宽处能容两只脚，窄处勉强只能蹬上半只。无论男女，扁担一沾肩，蹬上第一个台子，就没有机会放下水桶了。中途要歇缓，只能双脚并排，原地不动，让水桶在半空里略微摇荡，借着惯性来喘口气，换个肩。挑着空桶站在坡顶的，嘲笑半坡上双脚并拢往上看的，催着要其让道，半坡上的身前身后悬着两桶水，喘着粗气，是绝无还嘴之力的。

停留在半坡的母亲，膝盖抖动，肩头战栗，额头通红，浑身汗气蒸腾。它的目光努力向上，看到高处错落的土台，也看到自己鼻尖上密密的汗珠。再蹬六个台子，四个大的，两个小的，低头横穿过小道的杏树枝，她就能稳稳当当地将水桶放在大路中央，舒舒坦坦地看着漂在桶里的杏花，舒舒坦坦地呼吸了。

挑第三回的时候，天大亮了，河湾对面二队里的大喇叭响了，放的是秦腔《花亭相会》（村里只要是娶媳妇嫁姑娘，大喇叭里永远放的都是《花亭相会》），路边歇缓够了的母亲，长长地呼出一口气，便跟着《花亭相会》念白起来——

美不美，泉中水，亲不亲，故乡人。香花不离底生草，乡里见了乡里亲。官去衙门在，水去石头存，离家三五载，焉有不亲人……

晴天挑水不是最难的，到了雨季，土坡上滑得脚都搭不住，连人带桶滚落沟底是常有的事。有时候你连爬带滚好不容易到了沟底，却找不到泉了。

泉坑早被过往的山洪冲刷不见，或者淤土塌方，将其深深掩埋了。

所以每到雨天，早晚会看到某个淘泉人，在泥水混浊中呼哧呼哧地挖出泥浆，找回泉眼，但看不清他的脸。

他可以是村里的任何一个男人。

淘泉人头戴草帽，身披塑料，站在细雨里。杏树黑亮的枝条在斜风中抖动时，湿淋淋的杏花便掉落，有些拍在坡上，有些落在他的草帽上，有些正娇艳，有些已枯萎；等下回再淘这泉时，杏花们或许早已隐匿人间，消融于杳然了，或者换来指尖般大小的酸涩山杏，继续守着枝条，一些平安长大，一些坠入清泉，随水流远。

初夏世界，天气放晴的日子，我就下河去逮泥鳅。听到上庄劳作归来的母亲的说话声，我会一口气冲上河沟，布鞋常常被跑丢。

母亲这时一定在沟顶的大路旁靠着背篼，背篼靠在田埂上。她会从口袋里抓出一把豆角，放进我掬在半空的手心，背篼带子勒红了她的脖子和肩胛，袖子也被草汁染绿，

我能从浮游于母亲肩头的味道，叫出好几种草的名字来。

一个绿色军用水壶，那时常挂母亲腰间，壶塞悬在壶嘴旁。上山前带的泉水早被喝干，敞着的壶嘴被风吹得呜呜响。

有时，母亲会采上一束狼毒花，将它们插在背篼上，就有蝴蝶循着花香，一路跟她到泉边。那时我曾深深担忧过：形单影孤，天黑路远，贪恋花香的蝴蝶啊，

你还能找到回家的路吗？

河湾的对面是打麦场，要不了几场雨，苦苦菜和辣辣草细碎的叶片就将麦场的一半涂抹成绿色，另一半依旧是白花花的地面迎着暖阳。

万吉站在绿白交界的地方，身后是他的磨坊。

学生娃们六一儿童节的活动，每年都是在麦场上举行的。跳绳的，滚铁环的，勺子举着蛋黄你追我赶的，娃娃们的喧闹呐喊声不断，万吉就咧嘴呵呵笑着。他会不自觉地将手攥在腰间，悄悄为娃娃们加油鼓劲，喉咙里是被努力压制的呐喊声。

万吉是个热情的小个子，磨好了面，他总会帮客人们捆绑好袋子，顶着满头满脸的白面，帮他们推车上坡。上坡的万吉弯腰躬身，皓首苍颜如老人，等他下坡来，衣襟迎风鼓动，大步流星。

山风刮走了万吉头顶的面粉，像是带走了老者，及时归还给磨坊一个年轻人。

山的阴影在半空里倒下时，青烟刚好高过墨绿的树冠，便是麦黄六月的傍晚。

被放牧一天的牛驴牲口们归来，跑在最前面的是驴群。驴子们从四周的山坡冲下，像土地深处蹦出的精魂。这些撒欢的精魂们扬起蹄子，跨过田埂，腾起一路烟尘。夹杂在驴群中的是放驴娃欢脱的调笑和喊声——骑在驴背上骄傲地唱，摔在田埂下爬起来，撵着驴屁股追。大点的孩子则背着背篼，沿着路边的水沉默地走，背篼里是白天边放驴边折的干柴，捡的驴粪。干柴烧火，驴粪煨炕。生活的艰辛正一点点没收走他们的笑声，你已能从背影里，看出他们父亲的身形。

驴群后面是羊群，蹄声嗒嗒的，像十月的雨滴打在包着塑料布的麦垛上。这哗啦啦声一路漫过山冈，穿过密林，绵密而温柔。

走最慢的是牛群，他们温文尔雅，成熟稳健，每走一步，分叉的蹄脚会在坚硬的地面摩擦出咯吱咯吱的声音。

牲口们踏起的尘埃笼罩着庞大喧腾的队伍，缓缓朝着河湾的方向幻影般移动。

傍晚的河湾是醒目的，小溪两侧的土坡，在夕阳里一明一暗，这边是无边的暖色，那边已染上夜色，清凉而暗淡。牲口们平息了起伏的气息，在溪边左右排成安静的两行。晚风中，牲口们伸长脖子，摇动尾巴，贴紧水面，吱吱地吮吸清凉的黄昏。

在山上跑了一天的孩子，此时也冲到泉边，双手铺在软泥上，再将双膝跪在手背上，四五个人围着泉水，伸长脖子吱吱地吸起来。也有牲口偏不去溪边，倒要加入放驴娃的行列，脖子也伸进泉里。那一刻，人也喝，牲口也喝，也不知那咕咚咕咚声到底是哪个发出来的。

突然，有不安分的牲口跳入溪中，溅起水花淤泥，某个孩子就会糊个满脸满身，随即大骂，八辈祖宗问候一遍，或者一掌劈下一条树枝，抡起就打，打牲口，也撵着牲口的小主人满河沟地跑，逗得半坡上玩泥巴的小伙子们咯咯笑。牲口们的撒欢嘶叫声，孩子们的笑声打闹声，站在泉边等着舀水的人们的闲聊声，各家门口扯着嗓子喊孩子回家吃饭的父母们的声音，巷子深处的鸡鸣狗吠声，汇成一首火热的歌，飘向高处，朝着那逐渐清澈起来的月亮缓慢移动。

等万籁俱寂，一切归于宁静时，小孩子终于沉默地扒饭，大人们也摆好磨石，舀一勺泉水，浇在磨石上，为明天割麦磨好镰刀。凉风从高处下来，吹动门帘的下摆，天地间除了刺啦刺啦的磨刀声，空无一物。

等麦子被割倒，拉上麦场的时候，是大人们最忙的时候。秋天雨多，瞅准一个好天气，将打捆的麦子摞起，这是关乎温饱的头等大事。女人们在麦垛下用木杈插好麦捆，顺势一捆一捆地往上扔，摞麦的好把式们在麦垛上将麦捆码圆压紧，眼看着麦垛越摞越高，把式们通常会在最后给垛子加个尖顶，再心满意足地顺着梯子下来。不远处，瓷盆瓦罐里，盛着杏花泉里的凉水，也有锅盔、韭菜饼、浆水面。

但是没人能永远猜对好天气，晌午时明明艳阳高照，却也难料那晚来风急时，转瞬便是闷雷滚滚，而雨滴掉落之前，满场的麦子是无论如何都要被摞起的。山雨欲来，空中越来越黑，麦场边临时挂起的灯泡，孤零零地摇晃在杆子顶端，灯下，成群的牛虻麦蝉在浮游。

闷雷滚动一会儿，突然哗啦一声，天崩地裂，一道闪电击穿长空，照亮了远处的山顶，也照亮了麦垛间的人们，照亮了他们舞动的胳膊，战斗的身影，也照亮地上的盆盆罐罐。跟着，又是一阵轰隆隆，像是谁在半空转动巨磨，恍惚间，所有人都像是静止不动了，只有脚心下的打麦场在动，带着众多的麦垛移形换位，缓慢转动，闪电中是我的父亲母亲。

大人的难处，对雷雨可能夺走口粮的惊恐，孩子们是体会不到的（有一年山洪经过，很多麦垛都被洪水冲走）。不管苦辣酸甜到来，还是狂风暴雨经过，他们都是欢笑的。不管是杏花泉边，还是麦垛之间，都是他们的欢乐天堂。

孩子是艰难日子里的解忧大师，总能通过高超的技艺，轻易地沥干往日的苦水，留下他们的天堂所需要的那部分。

河湾那边，当“耍把戏”的外乡人进村时，已是秋风渐起，天气转凉了。他们在麦垛下的空地上铺开把戏摊子，有人负责吆喝，有人一言不发，只闷头表演。场子中央一位瘦削老者，手牵长长的绳子，绳子那头是同样瘦削的猴子。老者是圆心，绳子是半径，那猴子一边轻捷地绕圈蹿动，一边铛铛地敲起铜钹。你看得稀奇时，身边有人悄悄靠近，张开布袋提醒你，想继续看就得回家拿米面来。

河湾的这边，村里男人们的车子从下庄村口浩浩荡荡地进来了，每个车子上竖着绑一把铁锹，锹柄拖在后面如车子的尾巴一般。作为每家的顶梁柱，这群干了一天活的苦命人，是不关心马戏团的，他们每天背上干粮，早出晚归，趁着年前的农闲时间，抽空在县城里做活打工挣几个钱。快过年了，不能让女人娃娃们过不好年。

我曾看到他们中一个，在经过杏花泉时离开队伍，立稳车子，独自一人下到沟底去泉边喝水，正要伸出脖子时，或许因为秋天水凉，他又忍住，坐着不动了。我看到他发了一会呆，突然嘴角一咧，呜呜地哭了起来。哭完，洗脸，抬头看到沟顶有个孩子正看他，他尴尬地叹了口气，爬上坡来，仓皇地跳上车子。

打麦场上的猴子，还在铛铛地敲着铜钹。

对故乡最后的回忆，停留在了九月，都是关于打防疫针的。那时母亲拽着我，绕过河湾，绕过杏花泉，最后，一步跨进保健员的小院。母亲说，打了最后一针，到下一个九月，我就会长大，就要转学到县里念书了。那时我在想，终于我要扔掉我的破布鞋了，父亲答应给我买双新球鞋，我要前往新学校，让我的新鞋子，踩在九月的操场上。

保健员家的屋子很矮小，门槛却奇高，屋外亮堂，门槛里黑洞洞的，当时我一脚踩空，差点栽在地中央。

站定之后，屏气凝神，我听到周围女人们的私语声，突然，一声高腔，嗓子一甩，在我不留神之处炸开——有女人在祖宗八代地呵斥被带来打针的自家孩子，因为孩子动了保健员煮针头的铁盒子。虽然一刻不消停的调皮孩子仍在调皮逗闹，喉咙下的肌肉却始终被小小的针头震慑得战栗发抖。

正当我伸出手，小心地抓紧保健员的桌角时，一只大手从天而降，扳开我的嘴，一颗糖豆塞了进来。

甜的！

我反应过来。

那时我没哭，打针时我也没哭，针打完了，也没哭。

了不起。

保健员说。

又是一颗糖豆！

跨出保健员家的高门槛，我实在装不下去了，我迫切地要表达我的委屈。

哇的一声，我哭了。

糖豆从我舌尖跳起，掉在地上，滚得老远。

（原载于《朔方》2020年第7期）

晨雾中

孙继承

大雾突降，置身迷朦之中时，有那么一刻仿佛穿越时空，如梦似幻，仙意美禅。

其实走过千山万水之后，你便知道，美就在那里，几乎无处不在，没有大小，也没有高低，与你也没有什么关系，唯一不同的是你能否看见能否感受，心灵邂逅，瞬间幻化。人生已然不同。这就是一切。

在清凉的晨雾中，这一片是静谧的安详的，静若兰枝，幽似晨星。其实一切皆在于心，心静则如朗月。

然而又是热烈的、蓬勃的、张扬的。美若丹霞，娇若红日。心下涌动着生命的甘泉，呼啸而出，势如破竹。

大自然有如此神奇的力量，可以把那么多矛盾的相反的元素统一在一起，毫无纠葛，浑然天成，而且还可以把各自推向极致的震撼之美、和谐之美。

当色彩满溢，漫过你的眼睛，塞满你的胸膛，溢出脑际铺排向整个空间，浸透身心之时，这就是醉了，酣畅淋漓，太阳神的金舆碾过额头，酒神的酒杯满酿，轰隆隆空中作响，秋声贯耳，秋色如诗，秋风似醉。

每年我都会在这里驻足，走近这些红叶，欣赏这片五彩缤纷，然而这个秋天似乎有些不同，在这亭下，路边，枝旁，在周围的空气里更多了些积极勤勉、奋发有为的味道，这便不免让我增加了希望，感受着愉悦。那些红的粉的黄的绿的叶子在未来会燃烧得更加灿烂、更加蓬勃、更加辉煌。风景固然美丽，鲜活的青春更值得赞赏。

枝叶坚挺着伸向空中，像一张张大手抚摸着天空。希望每个心怀天下的人都能努力达至自己人生的高度，触摸到自己的蓝天。

雾还锁着晨空，心已不再迷茫，即使美景凋残，梦里仍旧安详。

我只是过客，在风中潜藏，你旺盛地生长，虽不曾留意，那卓卓风华，已在风中传扬。

祁连七月

孙继承

放假了，可以走了。

日子像一筐烂茄干，这样那样的杂事，让身心零碎成片。出去看一看，走一走，不为别的，换个空气，可以喘口气。

出行，不一样的遭遇，不一样的人，怎样都好，交付身心给时间，任他流淌、汇集、漫漶、浸渗直至黄昏日落沉下去，静下来，不思不想可以酣然入睡。

路上，长途奔驰，直到深夜。堵车却有风景好看，停下正好吃一顿备好的午餐。登高远眺，青翠的山坡遍抹油菜花灿烂的金黄，并不整齐恰恰显出不经意涂抹的自然，一阵小雨正好抖落了一路疲乏。远山戴青云，翠坡抹金黄，大坂三千七，正是观景台。山云中国画，水墨韵五色，山坡欧园林，条块正分割。峻岭与墨云，油菜与青稞，飘逸的淡墨青云，飞跃的灿烂油黄。中西合璧的中国，在这里如此相得益彰，遍铺山峦，随意布排，在无数峻峰翠坡间点缀金黄丝绦，在挺拔健美的腰间镶嵌玛瑙美玉。

山在那里，静若处子，静静妩媚，是俊美的阿郎，是待嫁的娇娘。欣欣向荣，幻若彩霞，如此灿烂，如此辉煌，不用歌唱，永远高亢。是和谐的交响，不败的唢呐。人生只要歌唱，字典里没有败亡。

山家小店坐落在沟壑出口，旁靠深涧浅流，有木桥跨过，有简易标间，还有保暖帐篷。清晨乍醒，小鸟清唱，山光和煦，门廊遍挂的青绿绢叶映入窗棂，甚是养眼。不慌不忙地起来，眺向谷口、远山、青云、城围、一幅幅美景，想这店主天天看这景致，定是惯了。住在美景之中，养了一百头牦牛，四百只山羊，拥有后山整片草场，油菜花开，招呼些客人，都是向花之人，心怀美丽。戚戚然心下竟然生出些羡慕。院子里随意种了些花草，借山气湿润，个个茂盛，有一种小草，一串灯笼似的花果抱紧了枝干，簇围而上，查了一下，叫柳穿鱼，好形象有趣的名字，还发现荷苞牡丹竟然正值盛开，我们那儿的牡丹早就败了。

店家说，从后山上去，可观美景。饭后，一队人顺山路而上，果不虚言，这里也是观景平台。丹霞壁立，如酱如漆。油菜半坡，靓若彩旗。远眺雪山，孤傲雄奇。青云围脖，奇幻轻盈。道展弧线，似割如框。村房如扣，休止音符。赤橙黄绿青蓝紫，这里是颜色的盛会。雄健劲俊柔媚靓，这里是形款的宴席。试妆亮亢的美颜，体验奔涌的律格，恰恰是新妆上身正抖弄青春的靓丽，忽然别具慧眼瞥见年轻的鲜美。

盛夏正浓，花宴方兴。你急匆匆赶来，沾一沾花气，捧一捧丽颜，莫辜负花海靓色，这一方光明磊落。抖落尘埃，挤出湿疥，不贪不伪，成就人生，光明美丽。

倘若舍不得皮袍下那些虱子，纵然喝尽菜油，也还是一只肉虫，穿梭在人席中间，不过是假面舞会，心下难免羞愧难当，污染了花香，肮脏了云彩。

如果门源花海是俊朗的少年，张掖丹霞则是深厚的中年，门源花海亮丽妖娆，明朗欢快，张掖丹霞沉郁厚重，雄壮广博，都是色彩斑斓，一个明快，一个浓厚；一个轻盈，一个郁博。

这里的丹霞浓郁深沉，雄壮辽阔，有群僧拜佛的思想，有灵猴观海的机变。一道道一缕缕浓重渐变的油彩，恰似唐三彩满溢的窑变，色韵调和，调味飞扬。绵延曲折直到远方，雄壮神奇漫山遍野，是将军的胸襟，战士的情怀。壮丽的河山，雄奇的大地。

一路走来，色彩撞击心怀，彩带拨弄情弦。这样壮丽神奇的美丽，这样丰富广阔的情怀，是否在你的性灵之中平添了几缕色彩，感受到几丝提升和净化，丰富和美丽。

还记得康乐草原上那场急雨，打得脸生疼，正在旅程的最后，洗去了尘埃，绿化了心灵。

春天结束的雨

徐　静

整个春天都过去了，一直没有雨的踪影，干旱的天气使春天那么疲惫，树儿懒懒，叶长得那么缓慢，人们走在路上，口鼻忍耐着干燥的空气。远处的沙漠里几年来封山禁牧后长的草儿被风吹干了好不容易冒出的尖儿。这就是北方的春天。气温升得很快，这几天几乎是30度了。春天就这样清无声息地过去了。天天注视着天气预报，带着雨的云儿总忘了在北方停留，匆匆而过。到了南方才想起要落雨了，可是却落错了地方。南方那么多的雨水，北方却这样干旱，这怎么才能相互感觉一下呢？让南方人看看北方的晴空万里，让北方人淋一次透雨。

我在盼雨。其实有没有下雨对我没有任何影响，我没有树儿，也没有草儿，我没有小麦，也没有水稻，我不会因为下雨得到什么，也不会因为不下雨而失去什么，最起码我的生活暂时不会因此改变一丝一毫。可是，内心深处依旧那么盼望它能到来。

今天下雨了，从太阳还在酣睡时就开始了，是小雨，落到地上听不到声音的小雨，那么小心翼翼地来到这儿，怕惊扰了睡梦中的人们，从空中一小针一小针那么轻地落下来。清晨儿子起床上学的声音把我从乱七八糟的睡梦中叫醒。闭着慵懒的眼睛，想回忆起谁是梦中飘忽的身影，“下雨了！”儿子带着惊喜叫道。哈，一下子，所有东西都从心里荡出，下雨了，是我盼来的雨呀，梦中的所有怎能和雨相比，这雨是那么真实。我终于在春天快结束的时候盼来了雨。

这几天忙评职的事情，它并非想象的那样简单。自然这不是因为我不够资格，也不是别人的过错，而是工作调动和岗位变化带来阴差阳错的事情。于是除了填写必要的表格之外，我要把前几年的档案全部重新做。早晨在单位两个小时把下午要做的工作完成后，其他时间都来做自己的事情。我把档案写好，把所有章盖好，心里轻松了一些。走出办事的地方，天上依旧还在落着小雨，夹着冷冷的风，仰起脸感受着那份清冷。走在大街上，空空旷旷，只有飞速开过的汽车，早就没有闲情游逛的人们，他们都回到自己温暖的家。这里离城区较远，我是打车过来的，现在只想让自己孤独着、淋着小雨想想心事。今天在那儿办事的女人挺多，好多都熟悉。人家有人是丈夫陪着去，我感觉自己形单影只。老公忙工作、忙出差、忙事业，歉意的笑容是对我表示的无声抱歉，于是这样也成了我的习惯。自己没有委屈。习惯的力量是伟大的。对不?

小雨慢慢湿了我的头发，也慢慢理清自己内心乱乱的思绪。不要太盼望什么，该来的一切自然都会来，就如同这春雨，即使迟了，也一定会在春天的末尾，滋润着山川泥土与你我的心田。

作者简介：徐静，灵武一中数学教师，爱好文学创作，有诗歌、散文发表于文学平台。

天龙山小记

徐　静

昨天一天是在床上度过的。近一个月离家求医的辛苦与劳累打垮了我。可能是心情和天气的原因，我头痛、眼痛、嗓子痛，只想流泪。一整天只喝了一袋奶，不过药倒吃了不少，感冒药、消炎药、去火药，还有妈妈这位中医医生给我用黄连和蛋清泡制的药，要我敷脑袋和眼睛的，本来是虚虚发白的脸色，被染成金黄色，很可爱的颜色。折腾到晚上，才有好转，感觉身体轻松了许多，暗暗舒了一口气。今天早晨天气半阴半晴，打起精神起来，暗暗告诫自己要振作起来，不能让妈妈为我操心。为自己打打气，于是一切都正常了，做该做的去了。

算算日子，如果这儿的院长从北京回来给妈妈做完第三次手术后，我们就要打道回府了。想想，陪妈妈再去个什么地方，让她有个回忆呢？晋祠是一个大家都推荐的地方，在报纸上有报道说大型群雕塑像“唐太宗归晋”晋祠公园落成，是唐太宗李世民及其勋臣长孙无忌、尉迟敬德、魏征、李绩、马周的青铜塑像，青铜用了23吨，好家伙，真该“瞻仰”一番了。再说，我估计再没有机会到这儿来了。中午休息后，就和妈妈坐车往晋祠去。路挺远，在校区时路过一条缓缓流淌的河流，凝视着它渐渐远去，想这可能就是汾河吧。每逢佳节为爸爸他老人家买的汾酒就是这“河水清且涟漪”的汾水酿造的吧！“坎坎伐檀兮”，裸着上身的晋人祖先在烈日下击壤而歌，嘿哟嘿哟的劳动歌也是在它身旁响起？

到了晋祠公园附近的停车场后，马上有司机挡住了我们的去路，介绍我们上天龙山，晋祠附近的，说晋祠没什么可看的，只是博物馆形式的。喜欢登山的我当然乐意，只担心妈妈体力不够，司机说：“没事的，我把你们送到山顶上，你们只需走一半下山的路，到山腰的圣寿祠等你们，再把你们送回到这。”看来只是下山一半的路，不会太累，妈妈表示没问题，母女俩便坐上了这位热情司机的车。由停车场到天龙山上的平台有13公里，是弯弯曲曲的盘山路，路况还好，虽然绕来绕去，比起我曾经过的崆峒山的盘山路来，远远没什么惊险可言。往车外看，看不到山下任何景色，朦胧间有雾，只是影影绰绰的一片绿灰。渐行渐高，终于来到了海拔1700米的天龙山。下车后，又是一群姑娘、小媳妇涌上来，做导游的、租相机的、卖导游图的、租鞋的，叽叽喳喳的，说着还能听懂的山西普通话，挥挥手，走出她们的包围圈。可是妈妈要我租双鞋子，好走山路。低下头看自己纤细的凉鞋真有点不合适，便挑挑拣拣，找双洁净的鞋，要双新垫，换下自己的鞋子，往山下走去。

现在已是四点多了，但在山顶，太阳反倒明亮了许多。延着潮湿歪斜的青石小径，缓缓往山下走，路两旁长着许许多多的松树和大一些的不知名灌木，高高低低，错落有致，仔细看，却没有特别润绿的感觉，蒙一层灰一般，不过向远处眺望，密密的松林倒有些许新鲜的颜色。石径大都隐藏在树木之中，远远近近可以听到其他游客清晰的说话声，但转来转去，也看不到人影。最近看到的一个景点是个孤单无依、古朴的小亭，里面两块青黑的大石碑，一个中间一个偏后一点，静静无言地立着，前后都刻满了字，仔细看倒还认得几个。我对古物没有太多的兴致，没看下去，只绕到中间的石碑前面，上面的文字告诉人们这是东魏大丞相高欢的避暑宫的遗址。当初这大丞相的避暑宫会是什么样呢？我想象不出来。“偶向深山访旧踪，宫名避暑在天龙”，这是谁的诗，是谁到这高高偏僻的地方来寻幽访古述怀作诗呢？看来古人的情致比我们今人高雅多了。

延着山路往下走，没有看到导游图上的白龙洞和冯玉祥将军题词的地方，可能隐藏在山上某个地方吧，不想让妈妈受累，我也不去探幽寻奇了。歪歪斜斜的小石径透着深深的苔绿，沉默着，我也沉默不言慢慢地一步一步往下走，跟在妈妈的后面。不经意间抬眼望去，一座高大雄伟的楼阁出现在眼里。它依山壁而立，三层四檐歇山顶，气势宏伟壮观，这就是天龙山有名的景点漫山阁了，它的景名叫“佛阁停云”。我用一探究竟的眼光打量了它许久，没想出这个漫山阁名字的来由，于是在导游图上寻找答案：原来这个高阁因每每雨过天晴，漫山烟云缭绕，在阁间飘飘荡荡，故名漫山阁。这会儿没有雨，于是也没有云雾，就看不到那美妙的景色了。这个阁又名叫弥勒阁，北汉时已建弥勒大阁，明正德初年又建高阁，以护石佛，现在的大阁为1986年重建的。走进大阁，只有仰着头才能看到内里乾坤了。一座高高在上的石佛头顶蓝天，足踏莲花从容地坐在那里。这个石佛，高八米，可是看起来一点也没有比例失当的地方，自然而和谐，那石雕的衣纹线条流畅，仿佛风在吹动一般。供台上香火萦绕盘旋，两边悬挂的经幡飘飘荡荡，无由的，一种庄严与肃穆笼罩着所有的人。上香的善男信女们默默地跪拜，那么多人竟没有太大的声响。他容貌端正，盯着他看，你会感受到他洒向普天下芸芸众生的慈祥与悲悯来。下层一些地方中间立十一面观音，文殊、普贤两位菩萨各骑青狮、白象分别站在大佛的左右。了不起的中国古代匠人，他们就是真正的艺术家，千百年来的风吹雨蚀，依旧没有毁去这些佛像丁点光彩。这些石雕造型精美，技巧娴熟，是唐代雕刻的珍品。在阁楼的一角有一陡立狭窄的木梯，我让妈妈在下面等我，自己小心翼翼地登上去，上面全是木制的地板和护栏，在这可以更直接看大石佛了。站在他的正前方，凝视着他看似突兀有白的眼睛，自己的灵魂要被他摄了似的，心灵中的许许多多的东西都被沉淀了下去，全身心空了许多，也轻松了许多。我不由自主地万般虔诚地跪在他的面前，为我亲人和爱人祈福，祈求佛祖赐予他们幸福和平安。站起身来，居然有种从容不迫的心境，慢慢从脚底生起。

从大阁里走出向下不远就到了那个停车坪，租鞋的小摊主也在此等候。一切交结清楚后，又坐原车向山下返。累了的妈妈也不说话了，饶舌的司机也沉默了。回过头去，在心里对着天龙山轻轻挥挥手！

爱笑的女孩

——老师与学生的一场对话

王建军

从墨湖廊桥上来，我就认出了女孩，只是想不起她叫什么。看得出她也瞧见了我，只是不好意思打招呼，侧着脸躲闪着从我身边慢慢走过，但我看得清那表情是害羞的。看她欲言又止的神情，似乎并非真想避开，我就故意盯着她——好像课堂上发现开小差的学生似的——然而目光是和蔼的。

女孩似乎感觉到老师的善意与调侃的眼神。

“老师……你也来枣博园？”看我认出了她，女孩羞涩地问道，脸颊上浅浅的雀斑，在夕阳下，就像淡淡的云霞。

我看着她，点点头，并没有出声，算是回答，这可能是为师者的一种习惯姿态吧。

其实我对所谓的“师道尊严”并不很在意，虽然课下有些冷漠，但课堂上对学生比较宽容，“严肃活泼”算是我的课堂风格吧。我曾试探性地问学生：

“你们最怕哪个老师？”

“数学老师！”

“为什么？”

“数学老师的眼神像刀子，看的时候都会让人发抖！”

说这话的女生歪着头怯怯一笑，看得出她有些后悔，觉着失言。

数学老师们的暴脾气我是见识过的，那箭步腾空仰手“晴空霹雳”（我曾经在楼道里看到一位并不年轻的数学老师在教室过道一个箭步，腾空仰手劈向学生），场面绝对惊心动魄，超出我的想象。不过这已经是十多年前的事了，那时的学生的确让人头痛，师生冲突并不新鲜。记得二十多年前在乡下的时候，学生追打老师也非奇闻，——那是一个多么混乱的年代啊！

“你家在附近吗？”

“老师，我只有周末才出来一会儿！”女孩着急地解释，生怕我批评她贪玩。

“我们班的男生在那里踢球，你可不要说是我告诉的！”女孩告密似的悄悄对我说，我朝女孩目光的方向看去……

枣博园里有几处小型足球场，周末那里是孩子们的天堂。这几年灵武市青少年足球发展迅速，成绩骄人。上周高中组获得了西北赛区冠军，市委书记在闭幕式上当众宣布奖励灵武一中五万元。

“在哪里？你带我去。”我明知故问。

“他们……现在可能已经回家了。”女孩有些顾虑。

“我们去看看。”女孩的迟疑没有拗过我的执意。

仲夏的黄昏有些燥热，但女孩已没了拘束，一边聊着她的心事，一边咯咯地笑着，似乎讲的是别人的烦心事。不知不觉到了球场。

“老师，你看，那是王硕！”女孩抬起双手，做拍手状，眉目含笑。

“就是那个‘睡仙’王硕吗？”我笑道。

这男孩我倒有些印象，他似乎在语文课上就没清醒过，总是一副睡眼惺忪的样子。我曾问他，是否晚上玩手机，他矢口否认。

“老师，王硕的理科可厉害了！上次考试生物竟然考了60分——年级最高分也不过70分——同学们好吃惊！”女孩羡慕地说，“我最不喜欢生物和英语，但我喜欢英语老师，可我英语就是学不好。”女孩悻悻地低下头，若有所思。

学习是件很奇妙的事，有时连老师也说不清。总有那么一些学生，上课不听讲，作业敷衍，但成绩不差。女儿上高中时曾说，同桌上课看小说，作业经常抄袭她，可成绩挺好，有时分数还比她高，女儿很不服气，但又很无奈，感叹道：“只能说明人家很聪明！”有老师对这种现象解释道：“你只看到人家上课睡觉，却不知道人家睡觉时还在听课，回到家里是如何用功！”对这种解释我虽然表示怀疑，但又说不清楚。我忽然想起“砍柴娃与放羊娃的故事”，但这只不过是个寓言罢了，生活比寓言复杂得多。

看着女孩不悦的神情，我问道：“你看球场上还有谁？”

“好像还有刘正飞。”这是一个很淘气的男孩，而且“常有理”，因为打架留校察看。

“走吧，免得他们看到。”我担心男孩会找女孩的麻烦。

踢球的男孩心思全不在学习，是校园中的另类，一般的学生不敢招惹。“校园足球”拯救了这些孩子，现在他们是校园中的“明星”，但在师生的眼中他们还是“另类”——终究学校依旧以成绩来衡量学生，虽然每年体育特招生为学校的高考红榜装点了门面。

不只是体育生，艺术生也是校园的“另类”，尤其是学舞蹈的女孩，无论什么课堂都不能束缚她们钟爱“自由”的天性。女儿上小学时喜欢跳舞，舞蹈老师说女儿节奏感强，是个跳舞的苗子，但我坚决不答应，为此女儿很不开心。我总以为跳舞的孩子好动，这是学习的大忌，最后让女儿学习钢琴，理由是器乐能培养孩子的耐性，有益于学习。虽然现在我还在以此说服家长，但看着那些小时候学习舞蹈，长大后气质优雅、身材曼妙的女生倒心生了怀疑：或许舞蹈妨碍学习，但对人生却有益得多。我一直对体育生、艺术生有偏见，以为他们或好动、或野蛮，不服管教，然而体育生闯社会的“侠气”却令人佩服。

黄昏的枣博园，人越来越多，那是一天里最热闹的时刻。虽然才过仲夏，但炎热的天气还是把人们从沉闷的室内逼出室外，枣博园是最好的去处：亭台、楼阁，小桥流水；齐腰的冬青环绕步道，百年的枣树，盘虬卧龙，不是江南胜似江南。曲曲折折的塑胶步道，虽然弥漫着胶糊味，但踩踏上去似落蕊般轻柔的感觉还是吸引了热衷锻炼的中老年人，小情侣们也喜欢蹦蹦跳跳地在这风行全国的休闲步道上牵手嬉戏。

“你家在那个小区？”天已经暗下来了，园子里的路灯光越发明亮，但偌大的枣博园却一片朦胧，我有些担心。草木茂密的枣博园很不安全，去年傍晚就发生过抢劫女生的事件。

“老师，不远，就在附近。”女孩笑笑，倒不介意，随手指向远处的一个小区。

“天不早了，我送你回家，免得父母担心！”

“没关系，老师。”说着我与女孩沿着回家的路走去。

“晚上一般学到几点？”

“老师，学到十点多。”

“哦，马上高二了，至少应该学到十一点！”

“老师，过了十一点，我第二天上课就发困。”

“哈——幸福是奋斗出来的！多喝点牛奶，吃些牛肉，增加营养。”我打趣道。

“我……没条件。”女孩支吾。我有些诧异，女儿上学时，这是很普通的饮食。女儿上高中，学到一两点也是常事，只好靠这些增加营养弥补精力不足。

“爸爸做什么工作？”

“我也不知道，每周我只能见到一两次，他回来很晚。”女孩说得很平静。

“和爸爸处得怎么样？打过你吗？”女儿小时候没少挨过打，尤其是上小学前，现在想起来有些内疚。

“打，经常打我与妹妹！”

“妹妹在哪上学？”我很好奇。

“职中。”

“与妹妹处得如何？”

“妹妹可厉害了，小时候爸爸送她学过武术，”真没想到女孩有这样一个妹妹，“我很少与她聊天，她又高又大，常欺负我，我如果还手得赶快跑开，不然可就惨了。她现在住校，有好多男孩追求，周末很少回来。”女孩并不怨恨妹妹，不时发出“咯咯”的笑声，似乎妹妹欺负她是件开心的事。

“爸爸现在还打吗？”女孩点点头，我有些吃惊。

“不过打我的时候妹妹会帮我，她劲可大了！”女孩咯咯地笑道。

女儿上学后我就没打过。记得初三毕业，女儿把我喜欢的“马尾”剪成了“齐留海”，我气急败坏地怒斥：“看你这发型，我就知道你的前途！你赶快把这发型给我变回来！”我也只是在女儿的肩膀上恶狠狠地猛击两下，留下了深深的指痕，过了很久才消退，现在说起这事，竟然成了母女调侃我的“暴行”。

“他经常打我的头。我说你不要打我的头，打傻了你养我一辈子！”女孩笑出声，似乎并不很生气，但看得出与父亲有隔阂。

“那妈妈呢？难道不管吗？”

“妈妈……我好久都没见了。”女孩声音很小，昏暗的灯光下，我看不清她的表情，但感觉出女孩的心事。女孩似乎知道我的顾虑，淡淡地说：“她又成家了。”我有些意外，没想到女孩是单亲家庭。

“妈妈常来学校看你吗？”我关切地问。

“她又生了俩小孩，很少来学校。好像找过我妹一次，说现在很忙，让我俩好好学习。”女孩说得很轻松，看来父母离异很久了。时间能冲淡一切，亲情也无法冲破这魔咒。

“平时你一人在家吗？”

“我爸又成家了。”女孩说得很轻松，我感觉自己好可笑，总是触碰女孩的心事。

“和新妈妈处得怎么样？”出于老师的职业习惯，我追问道。

“父母是孩子最好的老师，家庭是孩子成长的港湾。”专家如是说，老师也将它作为训教学生的箴言；然而千万次的告诫为何变为浓重的说教？不但学生抵触，教师也开始怀疑。学生的抵触可以理解为无知，终究中学生的心智还不足以理性地认知，深入思考父母与家庭之于教育的重要性；老师的怀疑却源于社会对教育、对职业的功利。教育早已偏离了育人的轨迹，变成了名利场，甚至演化为莘莘学子问鼎高考的血腥战场，成为所谓的企业家锻造产品，牟取暴利的车间。父母早已失去育儿的耐心，怀揣辛苦打拼的血汗钱，不知疲倦地为孩子满世界里寻觅“速成班”，正如盲目的香客似的不问神仙菩萨推门便拜。那一个个身处闹市，装潢简陋的培训机构张着贪婪的血盆大口，吸食着无畏的家长与无知的孩子的魂灵。教育从来不应该是学校或教师的孤军奋战，社会、政府、家庭的全情投入才是孩子的希望。

看着若有所思的老师，女孩倒像清澈的小溪，无所顾忌地袒露着她的心底。“她其实对我挺好，可我与她在一起特别扭，不知道说些什么。”女孩的心里已经容不得“妈妈”了，“每天放学我就在自己的房间，周末待家里太久，一个人好无聊，所以出来散散心。”

“可以看看书！”

“我除了教材，也没啥可看的。”女孩显得很无助。

女孩的处境让我陷入了深深的沉思：这些孩子的家庭，看似已经从农村走向了城市，其实只是居住环境城市化，而他们的思想还停留在农村，他们只是暂住在城市里的无田可种的农民，是城市里的边缘人。这些来自农村的家长，可以毫不犹豫地花费几十万元打造漂亮的居室，然而却不想、不能或不愿为孩子为自己购买几本书籍。漂亮的房间，竟然放不下一本薄薄的书。孩子的书桌除了教材教辅，还是教材教辅，那些懒散或胡乱地堆放在书桌上的教材教辅，毫不隐瞒地暴露了孩子对学习的无奈和厌倦。

天已经彻底黑下来，没有月亮的晚上路灯光特别刺眼，远处的小区只能看到模糊的轮廓。枣博园散步的人渐渐少了，远处广场舞那单调的旋律也听不见了。

出了枣博园，街上行人已很少，我有些不放心：“已经太晚了，我送你回家。”

“老师，不用！前面就是！”女孩执意，说话有些躲躲闪闪，我也不再坚持。

“哦——，我订阅的《读者》有不少，明天你到办公室来拿。”

“好的，老师，我明天一定去。”灯光下，女孩笑得很甜：“再见了，老师，路上小心！”女孩向我挥挥手，消失在夜色中……

过了两天，女孩与班里几位女生一起来办公室，我笑道：“为什么不一个人来？”

女孩望着同伴咯咯地笑道：“好东西要和大家一起分享！”

“你们先看这几本，我这还有许多，看完后再来，”我笑着叮嘱女孩们，“别忘了写读书笔记。”

几位女孩故作惊讶地看着我：“老师！那您就等着吧！”说着女孩们牵着手笑呵呵地走出了办公室。

看着女孩出去了，小马老师责怪道：“这些女孩太‘疯’了！她们平时一定不怕你。”

小丽老师叹了口气：“王老师，你性格太好了！我们啥时候才能像你一样心平气和呢。”

……

几周过去了，女孩没有再来拿书，我有些奇怪：应该早看完了。我给她们准备的几本《读者》静静地放在桌子上。

常言道：孩子是父母的一面镜子。学生何尝不是老师的一面镜子？

作者简介：王建军，灵武一中语文教师，灵武作协会员，爱好文学创作。

《人生天地间》畅想

——记一个人的行走

王建军

有一种来自天命之年的幸事：崇尚艺术不分先后，更无贵贱。

行走在路上，并非全是辛劳，至少一个人的旅途对我来说倒是种幸事，更是种快慰。平日里，在嘈杂的环境里想说而不能说的话，想做而不能做的事，在一个人的行走中全然不顾，尽情挥霍。

人生总有许多意料之外，以为戊戌年孟夏的津京之行必是三五年不再回首的慰藉。曾几何时，己亥年才拉开序幕，新春的脚步将近，我却又漫步在皇城根下，走进了“人生天地间”。虽说“国话”（国家话剧院）的这出《人生天地间》由一个人支撑的舞台剧演绎了阿Q的悲剧人生，但我的新春之行却充满了人生快意，其间即使偶遇恼人的“小插曲”，但此行浪漫的调子还是主旋律，尤其是了却了夙愿。幸逢中外大师的杰作算是行前未曾预料的惊喜，游走于“人艺”与“国话”或许是圆梦三十年前在“青艺”初识那场《虞美人》了。为艺术的人生在人之暮年似乎有了最好的诠释，虽有些许遗憾，但总归有了一个还算完满的收官；虽说还远不是人生的尽头，但在天命之年有这经验，对于偏安西北边陲的一书生，能不是人生大幸事吗？

年少时怀揣梦想，执着艺术，虽是穷人家的孩子，却觊觎了县城图书馆太多画册中大师的名作，俨然小偷似的避开少有人去的阅览室中的眼目，怯怯撕下画册中鲁本斯、柯罗、雷诺尔、伦勃朗的彩页，装进浅浅的裤兜，悄悄溜出小县城那仅有的一处图书馆，飞快地蹬上破旧的自行车消失在树荫浓密的街道，带着一脸窃喜驶向十多里处尘土飞扬的村落……而今，“彩页”变成了眼前真实的存在：黄宾虹、林风眠、潘天寿、李可染，刘海粟、吴冠中……还有毕加索，大师的真迹触手可及。《花瓶边的男人和女人》《抽烟斗的男人》这些定格在艺术史上的毕加索名画，竟然收藏于中国的美术馆，或许有人臆测这价格不菲的名画要花费纳税人多少钱。谁承想外国友人的一片好意完全出乎礼仪之邦的意料，请我们不要忘记这位捐赠者：德国路德维希夫妇。

潘先生的画早年也看过不少，虽说写意，但工笔的底子还是很深厚，《记写雁荡山花》这幅纸本水墨设色，色彩丰富，构图细腻，虽没有大写意的泼墨酣畅淋漓，但藤蔓山花、杂草奇石，尤其是那两只伏在山石上的蟾蜍“翘首企望”煞是点睛华彩。其画落笔胸有成竹，随兴而不随意，精心又不失洒脱，撷一隅尽显具体而微之雁荡山色。

吴冠中先生是我久仰的一位大师，其画多着色小桥流水、江南风光。画风恬淡、闲适；意境清雅、悠远；画面澄净、脱俗；笔墨简洁、率性，骨子里流淌着五柳先生“悠然见南山”的孤傲。之所以对吴先生印象深刻，我以为除了他是现当代最后一位大师，还在于他作为美术教育家的责任与担当，尤其是对现当代美术界追逐功名利禄不潜心绘画的陋习进行了无情的披露与鞭挞。先生钟情艺术的赤子之心在其文章中可见一斑：“从艺以来，如猎人生涯，深山追虎豹，弯弓射大雕。不获猎物则如丧家之犬，心魂失尽依托。”他告诫青年画家：“你一定要穿着大师的拖鞋走一走，然后把拖鞋扔了，在穿和脱的过程中，你就会找到自己。”在现当代的画家中，能秉持理想，不为金钱所惑者鲜矣，至于自诩“坐四望五”的“大师巨匠”之流，与之相比，只能成一笑柄。“穿与脱”之高论，为画如斯，为文如斯，为人更如斯矣！

对于毕加索的现代派及立体主义艺术虽略有所知，但不敢妄议，只堪小议。毕氏的作品已经成了美术界的稀世珍品，即是早年的草图也可卖出天价，但真正能理解的人有几多呢？世人的追风一方面说明毕氏的伟大，另一方面似乎也在昭示世俗的可鄙。毕氏最不可思议处就在于其中后期那些画面人物扭曲变形且充满张力的作品，“其确立的崭新的绘画语言已不再从事物的视觉表象来表现事物形象，而是着眼于从事物的内涵去认识和解析绘画形象。”传统绘画那种固定视角，在毕氏的笔下已蜕变成多视角的立体透视。其作品中的人、物是全方位、立体化的呈现，它不但让你看到人物的前身，还让你看到了人物的后背，在五官的扭曲变型中，你会体会到人物内心的纠结、挣扎及撕裂的痛苦。其人与兽的组合不是一幅画，而是一部书，一部关于战争、情欲、绝望的社会全景图。从来没有一个画家以这样怪诞而充满理性加野性的思考来诠释世俗的病态与神秘，其线条的张力与色块组合的爆发力足以震撼观者的视觉。中国美术馆内也展出了当代国内“现代派”味十足的作品，但相较毕氏的作品，其差距不只是一个世纪。呜呼，仅以《花瓶边的男人和女人》来拯救国人已迷失的想象力与思考力罢了。

艺术总是相通的，总有不可抵御的诱惑，视觉盛宴也不能满足我难厌的欲望。较文学，舞台剧最具艺术范，有什么能比近在咫尺的舞台更能给人带来视听的强大冲击呢！有谁见过这么简洁却富有意蕴的舞台？而这舞台又需要多大的才气才能由一个人支撑！更何况从2016年以来一直是位“国话”的年轻人环球巡演，其间有多少掌声，又有多少“口水”，因为它是最不像话剧的话剧——《人生天地间》。七十分钟里，舞台上只有“阿Q”的魂魄在发泄着、幻想着他在人世里的遭际、不满与奇遇；时而癫狂，时而骑墙，时而又可怜可恨兮兮，在“我”与“赵太爷”“秀才”“假洋鬼子”“王胡”“小尼姑”“吴妈”的角色纷争里上演一出出人间悲喜剧，难怪有人攻击它的怪诞，斥之为“说书”。舞台剧“独角戏”，如果没有演员深厚的舞台功底和剧本丰富的内涵，有谁敢冒天下之大不韪。从这个意义上看，我们要感谢演员，更要致敬鲁迅先生，而对我来说，更重要的是让我看到了书籍里掩藏一个“大天地”，心有多大，世界就有多大。

我们总是埋怨这个世界亏欠自己太多，可曾想过，你给这世界带来什么，更何况世界早就给了你，就看你如何找到支点撬动它。

童年夏日

杜晓丽

我无数次回到故土，渴望着母亲的温暖。对它的怀念，让我无数次把自己当作一个迷路的小孩。最后，我怅惘地发现：我的母亲已经有些不记得我了。

现在的她只看到她新生的孩儿，眉眼间才会有暖阳般的微笑；而我，只能从记忆深处拾取点滴记忆，从点滴记忆里乞得一点温暖。不得不承认，当背井离乡的我们再次回到故土，无论如何都只能做一个异乡人了。隔断过去的，是年复一年的光阴。留下的，只是随着摸索而逐渐清晰的零碎记忆。

想起儿时，那么多的快乐都是和夏日结缘。柳枝妩媚婆娑，我们爬树折枝、编织花冠，褪去一层青涩的树皮，肆无忌惮地吹亮纤细的口哨；溪流潺潺、暖阳辉映的时刻，是我们光着脚丫坐在独木桥上掀起浪花、嬉水打闹的快乐时光；炙热消退、晚风徐起，儿时的我们仰望着一弯月牙躺在打谷场上，讲述各种奇谈怪说，任思绪和星星一同明灭。

成年后的夏天，再难有那种绵长慵懒的意味。那些都像是一首唱不完的韵律悠扬的哼唱小调，一本被微风吹动着的读不到结局的故事书。

那些叫卖声，卖冰棍的，卖凉皮的，卖油盐酱醋的，从新春持续到秋来，陪伴着夏日里每一条孤单的乡间小路。骄阳似火，地面热气腾腾，空气被点着了似的冒着白烟，卖冰棍的吆喝声从坑洼的土路那头浮到尽头。那时的我一个人躺在里间的大炕上，想象卖冰棍的人被太阳折腾得发红，自己也觉得干渴。光着脚跑出去，只能看到卖冰棍的后座上那个方方的盖着白色棉被的木箱子。

六月初，麦穗锋芒毕露，懒懒地垂下头。九成熟，十成收，剩下一成再暴晒。

大门前的水泥台子上，一望都是黄澄澄的麦子。一粒粒麦子像是被热锅炒过一遍，收紧稚嫩的身体，往上一蹦跶，就变成了个瓷实的小伙子。躺在屋里，你能听到麦粒暴晒时痛苦的叹息和嘶吼，也能感受到它们蜕变后获得新生的平静和从容。这是一切杂念都被骄阳晒干、最恣意寂寞的夏日，漫长的正午，小孩是最无睡意的，便被委以晒麦子的重任。光着双脚，脚板放在发烫的麦粒上，倾着上身，绷直双腿，双脚平行开始往前划出两道直线。上面的麦粒开始与下面的麦粒分享阳光，发出簌簌的响声，成为了这个慵懒的夏日最动听的伴奏。被晒干的麦粒才真正算得上是成熟了，干爽、纯粹、炙热；新翻上来的麦粒潮湿、沉闷，像个内向的孩子，也要把心事放在太阳底下晒晒。一趟翻过，太阳底下全是一行行旋律悠扬的小诗，我们对自己的作品颇有些得意洋洋。

这节骨眼上，一两声闷雷就是最危险的信号。一家老少侧起耳朵听，雷声一旦密集起来，大家不言不语，如同收到军令，立刻奔赴战场。乌云滚滚而来，黑风从门外呼啸着穿过，院子里的一切都有点摇摇欲坠了。一家老小热火朝天，大人挥起大铁锹，小孩拿着簸箕，齐齐铲成一堆，哗啦啦倒入袋子中，齐刷刷拉到屋檐下。屋檐下堆着一袋袋麦子的时候，所有人还没来得及喘一口气，就都望神地看着雨点在空中慢慢坠成了一条细线，在红砖上砸出了噼里啪啦的声音，又变成了晶莹的珠子，隔成了雨幕，那头是檐角下被打湿了的有些失神的燕子，乌黑油亮的羽翅耷拉着。

捆麦子的草绳要赶在小麦收割前准备好。那段漫长的农闲时节，在夏日悠长的午后，在谁家红漆斑驳的木门前，一群妇女儿童，三五成群地忙活着。女人们坐在草甸子上双手搓着草绳，被水浸湿软的稻草在手掌里左右起舞，女人们的手上留下了一条黑色印子和新的茧子。这丝毫没有影响到她们拉家常的兴致和效率，她们红润的脸时而眉飞色舞，时而随着一阵唏嘘不住摇头，阵阵爽朗的笑声贴浮着路间两面滚烫砖墙，浮在午后昏暗的日影里 。小孩们在树荫下跳皮筋、跳房子，玩得忘情投入，玩得斤斤计较。那些时候，没有身体上劳作的艰辛，所有人的精神也都空得只盛下自己的喜怒哀乐。

六月，育苗、移苗，插秧。万里晴空蓝得澄净，一团团、一片片，一丝丝、一点点，白云悠然浮动、恣意变幻。一畦畦水田被大自然裁剪得精妙无比，明净的眸子里映着蓝天、云朵、飞鸟，光影浮动，熠熠生辉。鲜绿的秧苗点点，静静地立在水中，娴静不语，楚楚动人。阡陌纵横，我们赤脚奔跑，仿佛在一幅色彩明艳、意境阔然的水彩画里。拖着轮胎，拉紧绳子，仿佛大河上的小纤夫，在泥水里艰难行进。小腿深陷，使出浑身解数拔出，继续将腿插入，在被绵软的泥水吞噬前迅速挪移一步；身体瞬间失衡，瘫坐在一片浑浊里，干脆要起小脾性，逗逗水田里百无聊赖的青蛙，惊起青蛙一阵咆哮。现在想想，日后身体里的那份坚毅、笃定，都是在泥泞水田的跋涉里炼就的，思想里那份镇定、那一种恬淡，也是在东山下广阔的苍穹和幽静的田间酝酿的。

最美的夜空在夏日，最明耀的星子也都闪耀在儿时的仲夏。日沉西山，霞光辉映，在家家灶头还没有升起烟火之前，我们就已按捺不住。锅碗瓢盆，砰砰作响，收拾碗筷的声音叮当一阵，夜沉了下去，四周漆黑一片，茫茫夜色里只有急促的狗吠声。我们已在小院后废弃的羊圈里集合完毕，已是断壁残垣，头顶的椽子上绑着绳子，架好木板，我们自己做了个秋千。秋千任性地荡起，投入无边夜空的怀抱，又静默地落下。清风徐起，天上隐隐有一颗星星闪现，而后，在我们专注的目光里，微弱的星光彼此点亮，成为一盏盏灯，绘成了一幅幅画，又幻化成一个个动人的故事。那时，《水浒传》正热播，一曲波澜豪壮的《好汉歌》响彻在寂寥的夜空，而我们的心底却清凉如水。都只托腮注视着浩瀚的夜空，彼此静默不语。

十月，庄稼入仓，野草成灰。一场场肆虐的秋风，扫尽了落叶，也扫走了我们夏日的快乐时光。白茫茫的雾气笼罩着乡间，人们好像要开始进入梦乡。秋水大灌，世间只剩下那一面寒意逼人的明镜。望望黯淡的天，也都只是悻悻的。

作者简介：杜晓丽，灵武一中语文教师，灵武作协会员，爱好文学创作。

小楼昨夜听秋雨

杜晓丽

林清玄说：当我们回到生活的原点，还原到朴素之地的生活，那无非是“轻罗小扇扑流萤”，无非是“短笛无腔信口吹”，或者是“小楼昨夜听春雨”。这样的原点生活都不能让我心动，繁忙之余，独处片刻，我总渴望时间定格在那样的刹那：小楼昨夜听秋雨。

这个春天要来了，而我却越加渴盼秋天，渴望聆听一场秋雨。

是秋雨，九月里开始上演的淅淅沥沥的长调，十月后电闪雷鸣的金属摇滚。那一场场清寒，收敛了日光的任性和骄纵，驱褪了所有的浮躁与不安，也赶走了乡间屋檐下热闹的身影。小时候，当我开始拿着锅碗瓢盆满屋子找漏雨的地方，我知道这是秋天到来的信号。当雨点敲击着盆底噼啪作响而不可遏制时，小孩子的心也跟着收紧了：是不该再那么淘气啰。初秋的雨下得绵长，下得无情，秋雨落下，总感觉有人要离去了。记忆中的铺着红砖的小院，雨落得无声无息，雨槽中的雨水仿佛泄洪的小河堤，从四面八方汇集成一股汹涌的溪流向着河沟奔跑。年幼的我牵着母亲的衣角，踮起脚尖越过一条条清透的小溪流，呆呆立在家门口，目送着赴远方求学的姐姐瘦小的背影，也无数次送走了外出打工的父亲。总是在那样寂寥的黄昏，灰暗沉闷的天地间，看着逝去的模糊背影，我独自咀嚼着一味不知名的少年愁情。

无数个清寒的秋夜，震耳的雷鸣劈闪着榻侧的玻璃和门窗，我这样的孩子是不敢睁眼去看可怖的夜色的，侧耳去听成为大胆的尝试，雨点裹挟着狂风，用劈天盖地的攻势冲击着大地，我听到的是无力反抗的断残枝丫、慌张而迷途的灰色野猫及被暴风戏弄的铁门无助的呻吟。拥着秋凉入梦，一觉醒来，满眼的残枝败叶，无可奈何地散发着幽怨之气。

长大后，尤其是工作以来，我突然爱上了听雨——只是秋雨而已。

当清秋的天流露出落雨的情绪，我就开始压抑内心的激动和欣喜，这好像是一次策划已久的“阴谋”。我期待着日暮，我默默看着流云黯然，等待着天际收合，当周遭只剩下秋雨，我就开始了自己的极乐享受。我细细消受着这份只有秋雨才能带来的凉意，其于肌肤，触感中有玉的澄明和润泽，玉的微凉，这是令人惬意的，最令头脑清醒的温度，这份微凉传递到人心就变成了一种无以言说的沉静，它沉淀了一切的烦琐杂乱，清空了所有的欲望。拥着一席厚被，心中空无一物，脑中空白得只有秋雨滴滴答答落在玻璃上的节奏。谁家锅碗瓢盆撞击的声音，母亲召唤孩子回家的叫喊声，缥缈而真实，这就是我所期待的朴素之地，这样的秋雨里如果能有几捆青苔上的湿柴，几缕缥缈的青烟，一个匆忙赶回家中与亲人团聚的行人，就真的是我心驰神往的梦境。

秋雨天，是最适宜读书的，它自带着诗意。斜倚在沙发里，随手拉来手边的一本书，随意打开书中发潮的某一页，目光随便落在哪一行，都能入得境，灵魂都能轻松跟着文字上路。耳边的秋雨浅吟低唱着，脑中每每不禁闪过那江南美如芙蓉的容颜，那极富柔情的羁旅过客，“我达达的马蹄是美丽的错误，我不是归人，是个过客”，在江南朦胧的雨季里，流转的雨纸伞下，迟暮的女子是否等来了归人？久久怅然，流连于这份耐人寻味的错位的美感。

声声秋雨，细听来，蕴藏着多少爱恨情仇。就是那样的清寂，就是那样的静然，酝酿出了那么多令人动容的哀而不伤的故事。寒蝉燥，秋雨歇，长亭外的他挣开了红颜的纤纤玉手，闯入沉沉楚天，又是十几年的漂泊流离，又是仕途无望的买酒欢笑。一生放浪不羁的三变死去，送他的除了十里长街的红颜，还有不散的秋雨。就是那条秋雨潺潺的小路，阵阵寒铃催赶着艰难跋涉的御马，车辇中的玄宗蹙眉哀叹，心绪追觅着九州之外的贵妃，花钿委地的马嵬坡，那日是否也是一个秋雨天呢？

收敛思绪，让心灵归于平静。没有秋雨伴唱，难道就不能在内心酝酿出一个静明的秋雨天？如今想来，听雨的不同滋味，其实是心灵成长的一种隐喻。我所钟爱的秋雨，在人生壮年、人生暮年听你，又该是怎样的情思和况味呢？

一地洋芋

蒽天霆

在城里，习惯了晚起，就如那冬日慵懒的太阳。我睡眼蒙眬，带着几分孩子被逼早起的抱怨，一声不响地跟在父亲后面。父亲不住地将兜里的红枣放入嘴中，嚼得清脆有力，旋律和脚步近乎一致。五更的风，刮得疾劲，刮得瘆人，刮得阴森，风声、脚步声映衬出的不只是黎明前的黑暗，更多的是黎明前的沉寂。

眼前一片如天空一样斑驳的洋芋秧子，个个在寒风中像母鸡孵化小鸡的样子，静静地卧拥在各自尚待出世的儿女之上。天边已露出几丝不情愿的红晕，若隐若现，我利用戴手套的间隙，放眼望去，数以万计的洋芋秧子枯萎的身躯在寒风中微微摇曳，口中呼出的白雾一时笼罩了我的眼睛，恍惚间，仿佛我的眼前并不是数以万计的洋芋秧子，而是成千上万怀有身孕的待产的母亲，她们对洋芋儿女们几个月的哺育不正和人类的十月怀胎一样吗？然而，身边的父亲乃至远处在黑暗中我看不清的人们却为了他们儿女们的上学、结婚甚至是生活，正在用锋利的铁锹将它们尚未出世的儿女们一一葬送！我在心底暗自发出一声绵长的叹息，却如父亲一样将锋利的铁锹踏入它们的肚皮，就如猫为了生存将老鼠的幼崽连窝吞食一样。想到此，我内心有种无以名状的酸楚与隐痛，我加快了铁锹的节奏，企图在慌乱中和我内心的隐痛、麻木自己多情的血液。

我和父亲忙中偷闲，边挖洋芋边消磨时间似的你一言我一句，讨论着一些毫无意义的话题。时间伴随着无聊的话题跟随太阳的高度划过，我抬头擦了擦额头的汗珠，眼前一地洋芋，多么像一群刚出生的婴儿，横七竖八却又错落有致，它们的母亲本来枯萎的身子在产下它们之后，瞬间瘦成了一株废弃的干柴，在黄土的掩埋下几乎已看不清身影。

擦完汗珠，父亲的铁锹与洋芋地里施肥时带去的一块石头摩擦发出刺耳的声音，打破了我多情而又忧伤的沉浸。我刚要握住锹把，继续为了生存不断地扼杀时，从远处传来了家中母亲急促的呼声。我敏感的神经察觉到母亲的声音不同于往常那种充满母性的悠长与辽远，而是满含悲戚的哭喊，那断断续续的哭喊太抓人，叫人心碎，叫人肠断。

我和父亲在片刻诧异的停顿后，撇下铁锹，在我抛出的那一刻，锹尖插入地面，黄土的松软未能将其牢牢地稳住，在我和父亲朝着母亲呼喊的方向跑出不到五步远的距离时，我身后的铁锹就如一具遭到枪击的尸体一样，缓缓倒下……

村里的人们像是忽然间从哪钻出来的一样，聚集在了他们平日很少去的我家邻居的院子里。我和父亲刚到村口，整个村中从南到北聚集了三三两两的女人们，她们有的边用头上的围巾擦拭从洋芋地里带回的尘土，边好奇地向邻居家门口张望着，有的拄着从地里带回的那把充满杀气的铁锹，嘴里不知叨咕着什么。邻居家院子里的男人越来越多，我和父亲也成了其中的一员。

燕子死了!

她是邻居家唯一的女儿，比我小两岁，上小学时常常与我结伴而行，后来因为家庭经济条件的限制以及她命中注定的性别原因，小学未读完就辍学在家，跟随父母务农，也未曾走出家门到城里打过工。后来，我上高中了、上大学了，虽近在咫尺也很少谋面，偶尔与她碰面，也因性别原因只是招呼一声便擦肩而过。逢年过节回到家中，也常常会耳闻母亲与街坊邻居闲聊时提及她，夸赞她成熟懂事又能干，而且常常拿她与自家女儿作对比，把自家女儿说得几乎一无是处。

那年，我还在县城读高中，同样是一个萧瑟的秋季，国庆放假，我一如往年，回到家中和父亲一起挖洋芋。村里的土地是包产到户时按每户人口的多少平均分配的，由于燕子家和我家院落相邻，因此，两家的耕地也大多数地埂连地埂。那年，全年气候都较往年干旱，洋芋秧子死得早，洋芋自然也就成熟得较早，燕子家没等村里人正式动工就提前着手挖了，因而，等我和父亲在自家地里挖洋芋时，旁边燕子家的地里已是一地的小土坑。然而，当我和父亲每天去地里时，却依然能看到燕子的身影。她穿着一双破旧的蓝色条绒布鞋，头上围着的粉红色围巾，头顶部分已被太阳晒得褪了色，在围巾下露出的长辫子的搭配下，显得和谐而又质朴，她左胳膊上挽着一个陈旧且极富历史感的圆形竹筐，在她家那块已是千疮百孔的洋芋地里边走边用脚尖拨开那一个个隆起的充满嫌疑的小土包，时而弯下腰去拾起那一个个企图侥幸隐匿的洋芋，随手放入左胳膊上的圆形竹筐中。就这样，每天如此，至少是在我和父亲挖我家洋芋的那些天里，她都重复着这件在别人眼里是极其“财迷”的工作，自家地里的“逃兵”抓完了，就去别人家已经挖完的地里继续抓。几天后，我家洋芋挖完了，我也如期回到了学校，只是不知她是否还在继续着她那件被村里有些好事人蔑视的工作。

就因为这事，村里有些人就在山里放羊时或者搭伙割麦时说燕子是个楸心，“楸心”在当地就是极其抠门的意思。当然，这一评论是燕子家人以及燕子本人所不知道的。后来，在母亲与燕子母亲的闲聊中，从燕子母亲口中才得知，燕子在洋芋地里捡回的洋芋，她从没有拿回家，而是直接拿到村里收购洋芋的王二家里卖了现钱。不过，卖洋芋的钱她一分也没花过，她攒下来放在自己绣的一个小荷包里，等在乡上上初中的弟弟每周走学校时，每次给他五块钱。弟弟在离家十五公里远的镇上寄宿上学，学校条件简陋，也没有学生食堂，学生每天的饭食全靠每周从家里带去的那十几个白面馒头和一罐头瓶咸菜。学校门口有私人开的小饭馆，专为学生做的，但每碗要一块钱，燕子家里穷，所以弟弟每天只能吃馒头咸菜了。看着弟弟每周骑十五公里的自行车回到家中狼吞虎咽吃饭的样子，特别是由于弟弟长期只吃馒头咸菜，胃渐渐收缩，所以每周回到家中，饭后总是消化不良，呕吐不止，燕子打心底儿心疼弟弟。所以，有了她给弟弟每周的这几块钱，弟弟就可以和有钱人家的孩子一样，每天吃上一顿热饭，她也就心安多了。

日子一天天过去，燕子也到了谈婚论嫁的年龄，街坊邻居，亲戚朋友时不时会以媒人的身份带着邻村的或者异县的小伙子登门提亲，但始终没有一家能合她意。燕子没有去过城里，也没穿过时髦的衣裳，从小家里经济窘迫，省吃俭用，从不乱花一分钱，村里人都说她将来嫁到谁家就是谁家的福气，是个过日子的好媳妇……

我目光呆滞地站在人群中，院里的女人们哭出了声，燕子的家人趴在燕子的尸体上哭喊，时而有声，时而近于气绝。燕子的尸体被放在屋檐下的一块毛毡上，她是服毒自尽的，嘴角还有残余的白沫，脸色苍白而又微微泛黄，恰如亡人那张蒙面纸，裆部有明显的湿痕，农药的毒性使其小便失禁。从其父亲的哭诉声中得知，早上天还未亮，家里人就去地里挖洋芋，留她一人在家喂羊、料理家务，顺便为地里的人准备午饭。谁料，等家里人中午从地里回来，进门就发现她上身趴于炕头，两腿横拖于地面，口吐白沫，气绝不省人事，炕檐下还扔着她服毒时用过的那个她平日里吃饭的白色瓷碗。灶前，午饭一切就绪，一如往常，她亲手擀好的一大张面还晾在案板上。

院子里的男人们红着眼睛拖拉着燕子的家人，建言献策开始筹备燕子的后事，父亲也参与其中，母亲边用围巾揩眼泪，边搀扶着燕子的母亲，我一时沉默无语，只是死死地目睹着眼前这令人难以置信的一切，我独自一人走出院子，没有回家吃饭，继续朝着洋芋地的方向走去，深秋独有的凉意拂过我沾满尘土的脸颊，我寻找不到一个合适的词语来形容我的思绪，只是一个人无力地行走在田埂上，偶尔踩在从远处吹来的枯叶上，发出一声叫人哀伤的碎裂声。

我伫立在我和父亲劳作了一早上的那块洋芋地头，一地的洋芋在太阳的照射下愈加显现出其本身的色度，我久久地凝视着那把倒在地上的铁锹，一时泪眼蒙眬……

作者简介：蒽天霆，灵武一中语文教师，爱好文学创作。

新书包

蒽天霆

母亲拆了父亲的一条旧裤子，裁剪开后，先用热水烫洗，再用装有炭火的熨斗仔细地熨烫。

这块经过洗涤、熨烫后的军绿色布料是我人生第一个书包的制作原材料。母亲将它剪成几小块，又按照母亲的设计与构思将它一针一线地缝起来。半天的功夫，我的第一个新书包成形了。母亲是个朴实而细心的女人，缝好书包后，提在手里端详了很久，发现一处多余的线头都要将之用剪子小心地剪掉。

我拿起自己的新书包，心里有种莫名的激动与欣喜。

母亲问我："你想念书吗？"

我迫不及待地回答道："我念呢！"

母亲会心地一笑，将书包挂在我的肩上。

说实话，对于"念书"这个概念，在我的脑海里依然是一个模糊的概念，我只知道哥哥姐姐整天一大早起来背着书包就走了，说是他们在念书。对此，我从内心羡慕不已，多么希望有一天也能像他们一样背上那个装得满满当当的书包。所以，我之所以能如此迫不及待地回答母亲的问题，并不是真的为了念书，更多的是为了能有一个属于自己的书包。

自此，我一不小心真的背上了属于自己的书包，朦朦胧胧地跟在哥哥姐姐的身后开始念书了。没想到，书包一背就是十几年……

背上人生的第一个书包也就背起了人生的第一份责任，而且越背越重。

这个军绿色的书包整整陪伴了我五年，是它陪伴我度过了小学生活的全部。

除了每天上学背书本外，我用它摔打过玩伴，用它装过放学路上捡拾的榆钱和沙枣，更用它装过周末放羊时所需的干粮。

在我要进入中学的那一年，父亲去给城里的亲戚拜年，拿回了一个城里亲戚家孩子背过的已经被人家淘汰的牛仔双肩书包，父亲将这件新奇而又洋气的书包特赦给了我，我激动得热泪盈眶。

这件从城里回来的书包，很是洋气。在它的身上缝有很多小包，而且每个小包上都有拉锁，我总是喜欢在上课的时候偷偷拉开拉锁，然后又偷偷地拉上。直到有一天被老师发现批评后，突然发现，有一种东西结束了。

后来，岁月将我带进了高中，带进了大学，带进了宽敞的办公室。不同时期背着不同风格的包，但再也没有过那件用旧裤子做成的军绿色书包的味道！

前段时间，回到老家，在老家的旧柜子里翻找，企图翻找出那个承载了太多故事和美好的军绿色书包，但似乎是在翻找一个没有做完的梦，翻尽箱底也未能翻出它那副估计早已陈旧且微微泛白的面孔。

我问母亲它的去处，母亲告诉我："估计早丢了！"

我默然不语，对着镜子注视良久，突然发现，丢失的并不只是那个书包，而是我自己。

为生命着色

杨　丽

每一个生命都有属于自己独特的个性色彩。

草木有属于自己独特的绿，那是生机与希望。岩浆有属于自己独特的红，那是热烈与奔放。大海有属于自己独特的蓝，那是宁静与忧郁。岩石有属于自己独特的灰，那是寂寞和冷淡。而作为最有灵动生命的人，区别于这些事物最重要的一点就是人的生命色彩更丰富。

如果说每种色彩都能代表一种情绪，那么，人的生命就是一个调色板，在这个调色板上演绎着不同的生命色彩。我时常在想，我的生命应该是什么样的颜色？我应该以什么样的色彩作为自己的生命底色？年少时，对未来的向往似乎总是以绿色为主，每当考试失利时，似乎总有那么一抹翠绿映入自己眼帘。我最喜欢的季节是夏季，因为每次回家的路上，总能看到微风吹过的麦浪，绿油油的。每当看到起伏的绿色麦浪，似乎一整天因为学习而引发的疲惫都一扫而光了。记得当年高中会考，为了背诵政治、历史、地理，总是会从学校围墙的豁口处翻出去，坐在田埂上闻着蚕豆花香，看着满眼绿色认真背书。那时岁月真好，携一两位好友在充满绿色的田间促膝背书的情景就像一幅画深深地映在了自己的脑中，可惜的是那些内心满是绿色的日子再也没有了。

随着少年时光的逝去，青年时代到来。这个时期更多的是以红色为主导，生命力就好像喷涌的岩浆一样，总是那么热烈奔放，似乎每天都有使不完的劲，很少有精神疲倦的时候。尤记得那时上大学，每次从图书馆出来都会借很多的书，有时候连着几个晚上熬夜就是为了看一部作品，看完之后还要一一做笔记，写心得。那时候的热情都给了书本，读西方哲学史，读明清的小说，当然读得最多的是俄罗斯小说，人物传记和中国当代小说，在那段岁月里，真希望把自己所有的热情都投注在对书籍的热爱中。

转眼之间，最美好的青春岁月已悄然逝去，恋爱结婚成了此刻生命中最重要的事情。因为从此就要告别单身的日子，将会有另一半的生命注入到自己的生命里，这时候生命的颜色又增添了新的色彩。那是橙色的温暖，温暖是因为从此不再是一个人形单影只。曾经单身的时候，每当站在阁楼上去俯瞰万家灯火时，总是会想，我的归宿会在哪里？我期待的那个给我温暖的人又在哪里？当在人群中看到的那一眼就注定成为了一生，结婚12年，感谢老公时时给予我的橙色温暖，总会在每个伤心难过的日子里给予我最大的依靠，有依靠的感觉真的很好。

当然，拥有橙色的同时，温馨的粉色成了这11年来伴随我最多的色彩，感谢上苍赐予我两个可爱的儿子。在老公出差的很多个日子里，陪伴我最多的就是我可爱的儿子。从那暖暖的软软的小团子长到如今的小小少年，其间的种种滋味，我想只有做妈妈的人才能明白，感谢儿子带给的温馨。

我想我真的是幸福的，在我生命的三分之一里能够拥有这么多的暖色，感谢我生命中曾经给予我温暖的所有人，谢谢你们为我的生命增添了这浓墨重彩的一笔。

当然，生命中的色彩不会永远只有暖色，还有很多的冷色系。当为了家庭工作忙得不可开交的时候，很多时候忧郁的蓝色就会成为这个时期的主要色调，我会为了孩子生病而愁眉不展，会为了孩子的成绩而郁闷很久，也会为了工作中的种种不顺心和生活上的诸多琐事烦恼不已。每当这些低沉的情绪左右自己的时候，就喜欢独自一人点开曾经拍到的大海的照片，看着大海的颜色独自发呆。蓝色虽然是忧郁的，但更多的是宁静，它会让你沉浸其中反思自己。这于我而言，就是冷静地审视自我。我曾经在无数个忧郁的蓝色中不断地审视自己，一次次地推翻又一次次地立起，在否定与肯定中苦苦挣扎，最终，找到了自己真正要走的路。感谢蓝色带给我冷静的思考。

每个人在自己的一生中总会遇到挫折，这些挫折中有朋友的离心，同事的排挤，亲人的早逝。这个时期的色彩无疑是黑色的。两年前的我，可以说遭遇到了三分之一的人生当中最黑暗的时刻，整整三个月的时间感觉自己就是一个孤独的灵魂，那段时光满眼都是黯淡的黑色，似乎生命的光芒都快要熄灭。我无数次地反问自己，是不是我错了？最后才发现，错的不是我，而是我从没有看清这个世界上最难以捉摸的人性。在这段最难熬的日子里很感谢自己看到的一段话："昔日，寒山问拾得曰，世间谤我、欺我、辱我、笑我、轻我、贱我、恶我、骗我，如何处治乎？拾得云，只要忍他、让他、由他、避他、耐他、敬他，不要理他，再待几年，你且看他。"感谢这段文字。让我在最孤独无助甚至对自身产生颠覆性怀疑时给予我的勉励，让我相信黑暗终将过去，新生会更加精彩。"黑夜给了我黑色的眼睛，我却用它寻找光明。"我最应该感谢的色彩是黑色，因为它让我在孤独中不断地审视自己，看清自己，在无数次否定中锻造了自己的灵魂和内心，真正成为一个拥有"强大内心的人"，让自己做到了"不困于情，不乱于心"。也感谢那些曾经为难过我、背弃过我、伤害过我的所有的人和事，谢谢你们锻造了我。

生命就是一张白纸，每个时期的经历其实都是在为自己的生命着色，只有不断地在生命的底色上增添不同的色彩，我们的生命才会是色彩斑斓的。我渴望在我的生命里，有红的热情，有绿的希望，有蓝的忧郁，有橙的温暖……

作者简介：杨丽，灵武一中语文教师，宁夏诗歌学会会员，灵武作协会员，爱好文学创作。

一个回不去的地方

牟彩过

人们常说，家是温暖的港湾，有妈妈在的地方便是家。可是，一旦妈妈不在了，家也就成了一个让人无法回去的地方。

我的母亲于2006年离开人世，享年60岁。母亲带走的是一身病痛，而留给我的却是无尽的遗憾、悔恨和长长的思念。

母亲是地地道道的农家妇女，由于父亲长年在外奔波，母亲便成了家里的顶梁柱，一切农活全靠她一个人扛。而年幼的我们也帮不了她什么，偶尔还会惹她生气，但母亲从来都不曾抱怨什么。

后来，我们兄弟姐妹长大了，先后开始上学了，从那时起，母亲的生活中又多了一份任务，那就是供养儿女上学。记得每个清晨，是母亲从睡梦中叫醒了熟睡的我们；每个深夜，是母亲在灯下缝缝补补，陪伴着我们学习。最让人难忘的是我读高中的那个阶段，由于家远，我只好住校。从那天起，记周末便成了母亲生活中的一项重要任务。她会一天一天数着过，并清楚地记得每个周末。每逢周末，母亲就忙得不亦乐乎，她会为我做一顿香喷喷的饭菜，然后看着我狼吞虎咽的样子，脸上便露出满意的神情。而每次临行前，母亲都会从自己的兜里翻出一些零钱塞给我，并一遍又一遍地叮咛我要吃好、要穿好、不要饿着、不要冻着……并且，每次坚持送我到村口的依然是母亲，她会一直站在村口，目送我渐行渐远，无论春夏秋冬，从未间断。

年轻时的过度劳累，使得母亲落下了一身病痛。在我的记忆中，母亲常常被病痛折磨得有气无力。然而繁忙的农活容不得她在白天有半点懈怠，可一到晚上，躺在炕上的母亲经常喊腰疼腿疼，长此以往，日复一日，年复一年，家人也都习惯了，大家以为母亲是劳累所致，躺着歇会儿天亮了就会好的。可是，万万没有想到，长期的病痛折磨最终夺去了母亲的生命。

那是2005年8月16日晚，母亲从老家的医院转到了银川的大医院。经查，母亲患上了结肠癌。面对检查结果，父亲当时就瘫坐在医院的走廊上。当时医生的交代是，癌细胞已经扩散了，做不做手术让我们自己决定。经过一家人的商量，我们抱着一线希望，决定给母亲做手术。经过手术，保住了母亲的性命，可不巧的是，伤口严重感染。记得医生每次给母亲换药时，都是不打麻药的，当医生用手术器械在母亲的伤口上挑来剪去时，母亲便咬紧牙关，并紧紧地攥着我的手，直到医生换完药，我才发现我的手被母亲攥得生疼。即使受此折磨，母亲还是抱着很大的希望想活下来。因为在母亲心里，永远放不下的是自己的孩子们和她所有的亲人。

出院后，我们把母亲接到了灵武，她想等我结完婚再回老家。

在我结婚前几天，伤口还没有长好的母亲一个人在我家里不停地自言自语，我能给我的娃准备点什么呢？尽管我说了一切都不用准备，可她还是不停地在念叨这句话。

有一天我下班回到家，听见厨房有人在切菜，我心中一怔，赶紧走到厨房，便看见母亲已经切好了大白菜。见我进来，她便用微弱的声音说：“你的锅太重了，我挪不动，菜切好了，你自己炒吧。”然后她就坐在餐厅的椅子上看着我在厨房里忙来忙去，并一直在喃喃自语道：“唉，要是能给我的娃做一顿饭就好了！”

趁着父母都在身边，我匆匆举行了婚礼。就在婚礼结束后的当天下午，母亲便匆匆忙忙赶回了离别近半年的老家——那个让她感觉最舒适的地方。

然而，回家仅仅一个多月，伤口还未痊愈的母亲病情又加重了，呕吐不止，最后再也无法进食了。得知母亲的病情恶化之后，我一共回去了两次。第一次是在12月份，那一次，我给母亲买了一对耳环和一枚戒指，黄金的。至今依然清晰记得当我给母亲带上耳环和戒指时，母亲异常兴奋的神情。母亲吃力地说：“你再问问医生，再给我开点药，我怎么又这么难受啊！”然而深知病情的我不知道该如何跟母亲交代，我的目光再也不敢和母亲的目光有回应了。当我第二次回家时，我深知母亲已经彻底倒下了，便只给母亲带了一套枣红色的纯棉秋衣，除此之外，什么也没有带。当我回到家中，迎面而来的父亲便问我："你给你妈还带了什么吃的东西没有？"这时，我的心被深深地刺痛了！是啊，母亲是啥也吃不成啥也穿不了了，可我却认为这是理所当然的！

我一下子僵在了原地，思绪飘到了几年前的一个晚上。那是我才上班不久的一个寒假，春节回家前，我匆匆地转了一趟商场，本打算给父亲和母亲每人买一件新衣服，可由于时间紧迫，就只给父亲买了一件棉衣，没有给母亲买上合适的衣服，便只好带着一些吃的回家了。

一回到家里，当我把东西一件一件地从包里往出掏时，母亲就像个孩子似的一直守在旁边看着，直到我掏出了所有的东西之后，母亲才若有所思地离开了。接下来，厨房里照例飘来了那久违的香味，不一会儿，母亲做好了我最爱吃的饭菜。

晚上，当大家一起看电视时，我便让父亲穿上了那件棉衣试试是否合身。而在一旁的母亲什么也没说就独自去睡觉了，我才发现母亲有些失落，于是赶忙开口安慰母亲："今天时间太紧了，没能给你找上合适的衣服，等下次一定给你补上！"母亲翻了个身，略带生气的说："灵武只有男人，没有女人么！"说完，母亲就平静地睡去了。而我，经过一天的长途颠簸，也沉沉地睡去了。我总想着，以后有的是时间，再给母亲买新衣服还来得及。可万万没有想到的是，母亲居然没有给我这个机会，而这件事却成为我一生无法弥补的遗憾了！

就这样，母亲走了！带着一身的病痛和遗憾走了，留给我的却是无尽的遗憾、悔恨和思念，真是树欲静而风不止，子欲养而亲不待啊！

如今，母亲离开我们已整整十二年了，自从母亲走后，每次逛商场，我最怕的是经过女装区时看到母亲能穿的衣服；每到五月份，我最怕的是听到"母亲节"这三个字；逢年过节，我最怕有人向我提到"回家"这个词。哦，老家，那个让我魂牵梦绕的港湾，如今却成了一个再也回不去的地方。

作者简介：牟彩过，灵武一中语文教师，灵武作协会员，爱好文学创作。

挺过失望的极限

曾淑华

他是我班里的一名择校生，开学一周后，他的父亲领着他来我们班报到。他父亲告诉我大儿子正在上大学，家里有些紧张，学费几天后让孩子带来。开学以来，课本非常紧张，当听到有课本调入时，无论是晚自习还是什么时间，我总是想办法第一时间去给他配书。时间一天天过去了，他的学费却今天推明天、明天推后天，每次都说要交但却始终交不上来。其实有困难可以跟老师直说，言而无信确实不应是做人的本分。有一天，他准备交学费，但交学费之前，在晚自习上竟毫不客气地高声质问老师，还差我的书呢？竟然那样不讲理，一分钱没交，老师把几十本书给了他，且学校来一本，领着去配一本，看在眼里却并不懂得感激，分明是个很不讲理的学生，并不是老师有书而不给他发。以后的日子，他的无组织无纪律性表现得越来越差，自习课别人在教室学习他却在无所谓地闲逛，上课迟到……有一天，他在别人上课而自己闲逛时被我领到走廊毫不客气地批评了一顿。过后的几天，他也稍有收敛，老师也觉得教育还是有效的，其实教育真有那么简单吗？当他有错时，他会跟老师顶嘴，从不轻易承认自己有错，老师跟他平心静气推心置腹地谈心，总认为可以教育并感化他，但事实上老师的宽容他并不领情，甚至有变本加厉的表现，值日不扫地，自习课谎称打球而逃课……这个班是53名学生的班级，有令不行，有禁不止，又如何去管理其他学生？“批评是甜的”，对他丝毫无用。越野赛那天，学校要求13：30集合，13：50出发，但始终没有看见他的人影，开赛后，才看到他。班长说：“中午回家吃饭前，他在班里说，他不来，要不，来了也在宿舍睡觉”。我问他：“你不知道13：30集合吗？如果每个同学都这么无组织无纪律，你们的安全由谁负责，尤其是校外活动。”他说：“他早上打球，我通知时他不在，他不知道。”班里有两个踢足球的，有两个打篮球的，其他几位都知道，就他不知道，全校这么大型的活动，全校学生都知道，就他不知道，不知道但又在班里扔下那么一句话。第二天，当我再次询问他时，他仍然理直气壮地说：“不知道。”我把他叫到教室外狠狠地扇了两巴掌。我知道打人不对，但我再找不到更好的办法让他变得明理诚信。回想在此之前自己做过的种种努力和自己对他亲人般的付出，觉得真是有些寒心！体育老师说他队喊得不错，所以想利用他身上的闪光点来约束教育他，让他变得懂事、明理，但他的操喊得总是慢半拍，同学们合不上，为了不打击他，做好他的思想工作后，仍让原体育委员喊了。班里每周都换座位，他换到了靠窗的一组。一天语文老师的晚自习上，他关窗没关紧，风一吹，窗框扣在了窗“八子”上，玻璃磕碎掉了下来，正好割伤了他的鼻子，全家人开着车把他送到市医院，缝了针，吊了液，然后用车送回了家，自己回家已是晚上十二点多了。第二天，担心他的病情打电话到其家，其母亲第一句话就是“你把我娃娃咋弄成那样了？……”听了真是让人哭笑不得。所有的付出和关爱都没有让他变得明理、诚信、懂得感恩，回家后，对老师的帮助及垫付的医药费只字未提，却说自己没动窗子，玻璃自己掉下来割伤了鼻子。其母也不来学校问问情况，只是打电话要求老师、学校赔偿医药费。面对这样的母亲，这样的学生，有时真是到了失望的极限。但作为班主任，我认为放弃一个，就意味着放弃两个、三个，我不想放弃任何一个学生。想和她的母亲交流一下，但她不是说忙，就是推辞有事，始终不肯与我见面，并且说：“你是我娃娃的老师，你就是我娃娃的妈……”面对这样的家长，真是无计可施。多次打电话后，叫来了他的父亲，把开学来他的表现，老师的努力说给了他。通过交谈觉得他的父亲还是比较明理的，但他多数不在家。我深深知道，教育需要家庭和教师的合力才是有效的，我也希望他父亲能给他的母亲做做工作，多关注一下孩子的学习，成长，多一份信任给老师，孩子需要老师和家长的正确的引导和教育。

不抛弃，不放弃，对他的教育及关怀一如既往，并发动同学们都来帮助他。高一后半学期，他改变了许多，学习态度也端正了许多，知道早来一阵进教室去学习，和老师顶嘴的次数也明显少多了……教育好一个学生，一个身上有很多缺点的学生真的很不容易，但自己要对自己有信心，挺过失望的极限，我们就会为社会教育出一个个明理、诚信，甚至是奋发图强的学生，这会给社会的进步和发展播下新的希望，这也许正是教师职业的神圣所在！冰冻三尺非一日之寒，以前，老师的种种努力和付出，真的对他一点震撼都没有吗？我不信，人非草木，孰能无情。我相信：他的转变绝非偶然！

一年后，他分到了文科班，每次上下楼碰到时，他总会微笑着站在我面前问一声“老师好！”有一天，他向我手中塞了什么后迅速离开了，伸手一看，原来是曾经为他垫付的医疗费。望着他远去的背影，眼前浮现了很多曾经自己带过的学生……他们，都是我的骄傲！

作者简介：曾淑华，灵武一中化学教师，爱好文学创作。

美了，我的一中校园

孙春荣

灵武一中秋天的校园真美！

霜叶红于二月花。这诗句极简单，极凝练，也极真实，用之于一中秋天校园也是极为恰当的。秋天来了，这些枫树和爬山虎也换上了红艳艳的秋装。秋风送爽，在秋风的吹拂下，树叶儿沙沙作响，这是秋天最悦耳的声音。那红色的叶子随风落下，打着旋儿，像火红的蝴蝶，像轻盈的花瓣。落下的叶子把草坪染红，也把过道染红了。如果只有红色，还算不得美。黄与绿，红与黄，红与绿相间，才是秋天最美的装扮。此时槐树还有叶子没有变黄，这绿已不是嫩绿，而是一种深沉的绿，是一笔浓重的绿。而那已枯黄的槐树叶点缀于树间，让那抹绿不再是深沉的，而是多姿的。风一吹过，阵阵落下，伴着风儿舞动着摇曳的身子，不几天，小路上、草坪里就积满了一层厚厚实实的树叶。踩在上面，软绵绵的，发出了枯叶和秋草相互挤压的咯吱咯吱声。这声音让校园更显静谧、祥和。将心神沉浸在这秋的校园，你不敢高声说话，生怕将这宁静打破。偶有声音，也只是风吹过耳畔的呲呲声和远处不时响起的滴滴声。一阵清脆悦耳的铃声，才让你惊醒，原来你是置身于秋天的校园。

校园中有几块大石，零散置于花园中。青褐色的石头上刻着诸如“有序”“敬畏”之类的文字，这些文字被漆成朱红色，或楷或行，或为篆隶，无不彰显一中文化育人的教育宗旨。最夺目的是那艺术楼前高大的孔子雕像。乳白色的雕像与后边色彩鲜艳的艺术楼，与脚下的绿草红花形成鲜明对比，让你来到一中校园，不得不对它多看几眼。驻足停留在孔子像下，看着那和煦的面庞，让你觉得他是在和你言语，似春风拂面，让你顿觉温暖。面对着他，你只想顶礼膜拜，心中的崇敬之情油然而生，我那时就是如此。此时太阳西斜，阳光从后边照在他的身上，让那洁白的衣袍更显耀眼。雕塑周围泛起了一层明显的光晕，看上去像极了佛家的“相光”。

还想多看那雕像几眼，却白得刺你的眼，让你不得不移开眼睛。当你转过脸看向操场时，你的身心顿觉欢悦，身上的每个细胞都好像要跳跃起来，因为你看到一群群矫健的身姿，他们在操场上跑，在篮球场上跳，你争我夺，相互吆喝，相互争抢。这个场面你太熟悉了，这不禁让你想回到自己的学生时代。我是热爱运动的人，我最留恋的还是校园的操场，那绿茵草地，那红色跑道，让我此刻的心境无法平静。我欣喜于眼前的一切，我想这才是校园最美的地方。每当天色熹微，校园已是灯火通明，老师和学生从校门鱼贯而入，脚步匆匆。或去扫地，或去整理车棚，或走进教室。一阵铃声响起，不多时后，校园便没有几多身影，取而代之的是朗朗的读书声。这声音只有在这里才能听见，这声音催人奋进，让人警醒，这声音让苍老的容颜、佝偻的身子一下消失得无影无踪。

坐于楼前，你的思绪被拉长，被拉至久远。在这进与出，平静与嘈杂的交替中，周而复始。你的眼睛变成一架时光机，让我们看到这里曾经一片土坯，一片灰与黑。而现在，取而代之的是拔地而起的高楼，各种齐备的功能室，平整干净的操场。这里学生熙熙攘攘，这里师生光彩夺目。“沧桑过尽六十载，风华云涌一年年。”从这里走出了无数娇子，他们已为一中书写历史，新一代的一中人将再续辉煌。

作者简介：孙春荣，灵武一中语文教师，年级副主任，爱好文学创作。

校园的秋天

黄　敏

又是一年秋来到。前几天还酷热难耐，令人烦躁不安，几场雨之后，秋意已经格外浓烈。不知不觉间，学生已经换上了秋季校服，我们已经置身于秋色中……

记得苏轼有一句诗："一年好景君须记，最是橙黄橘绿时。"秋天不似春天般生机勃勃，不似夏天般赤日炎炎，不似冬天般寒风呼啸，它是独特的存在。

它的到来总是那么无声无息。是什么时候，秋已经弥漫在了灵武一中这充满书香的世界里？又是什么时候，它染红了校园的枫叶和栅栏上的爬山虎，吹黄了黄叶树？它把青青校园变得缤纷瑰丽。你听，喧闹的声音渐渐隐去，连那骚动的不安也轻轻溜走，校园重新回归沉静内敛。秋让一切喧嚣趋于平静，让一切烦躁变得安宁平和。

秋天是灵武一中校园最美的时候。

清晨，校园的四叶草叶片上闪烁着晶莹的露珠。它调皮地反射着太阳七彩的光芒，莹莹滚动。它用珍珠般的润泽轻轻地吻着秋，像一颗颗真诚的眼泪诉说着对秋的深情。你看它身上灵动的光，谁能说它是在为即将逝去的生命哭泣？谁又能否认这是它在为秋天的到来兴奋地欢呼？虽然它很快会埋没在泥土里，但它那么闪亮，那么令人难忘！

袅袅的白雾弥弥散散，氤氲在树林和花草中。一朵朵红的黄的花在雾气里轻轻地发颤。周围寒气侵人，但花儿却依然挺立枝头，傲然绽放。我问花儿为何瑟瑟地抖动，是害怕还是退缩呢？花儿默然不语。我知道，这是它在秋的锤炼中奋争的模样。牵过来一枝花儿轻嗅，一丝凉凉淡淡的花香沁人心脾，清新温润，这或许就是秋的味道。

校园里那一棵棵可爱的树，在春天时萌发生长，在夏天时郁郁葱葱，到了秋天，它们就风姿绰约，仪态万千。树叶有的金黄，有的火红，有的黄绿相间。它们像一只只五彩斑斓的花蝴蝶，穿着美丽的外衣，有时停在树林间，有时在空中翩翩翻飞。它们从枝头划着美丽的弧线，像一个舞者，又像一个精灵。飘落在地上，树叶并没有失去自己的美丽，直到枯萎的那一刻，它们都别样可爱。片片或红或黄的落叶铺满走道，落满草坪。它们的飞落不是生命的终结，而是生命的蕴蓄和积淀，是对新生命的呵护和呼唤。“落红不是无情物，化作春泥更护花。”树叶从萌发到凋零的生命轮回中，从没有失去过对生命价值的追求，从没有隐没存在的意义。

满墙的爬山虎和枫叶被秋天这个魔法师换上了新装，穿上红艳艳的衣裳，热情地展示着自己，生怕被别人抢了风头，引得许多人驻足欣赏，拍照留影。那艳丽的颜色惹来了蜜蜂，映衬了秋色，映红了师生的脸。谁说秋天是一片萧瑟？谁说秋天只有阴寒？火红的爬山虎和枫叶正向我们展示着秋天生命的热烈，连同那正在风中飞扬的黄叶树告诉我们，一中校园的秋天色彩正浓。

整日奔忙，让人无暇欣赏美丽的世界，驻足一中的校园，却能让你躁动的心变得沉静。感受秋风拂面的凉爽，轻嗅落叶和花儿散发的馨芳，倾听树叶悠然落下的声音，笑看生命的奋争和热烈，用心去触摸，你一定会有奇妙的感觉，内心一定会涌动一种勃勃的力量。

我爱一中的秋天，我爱秋天的一中校园！

作者简介：黄敏，灵武一中语文教师，爱好文学创作。

第二辑

学生散文

再一次想起了你

高二（18）班　龙稼艺

秋意浓。

伏窗，仰望澄澈的天、静悠的云。微凉的清风卷起涟漪，两岸的白杨互相致意。浓浓的秋意，淡淡的愁绪泛滥开来。

秋天还是不缓不快地来了，没有征兆般的，偶尔从街上过去，不经意间瞧见树叶飘零落下，迎面来的风少了些许燥热，路对面的小面馆里散出的香味，也愈加让人想进去光顾。

忽然间，我再一次想起了你。

很久以后，过去的人，谁也没想过，那天过后，为什么他没能再回来。

口哨悠扬，好似正年少。

如果我答应你，和你离开，那会怎样?

带我去遥远的小镇，向日葵开得漫山遍野。带我走近红柳悠扬的河畔，看一出霞满天。说了好久，要去北京，早晨到天安门看升国旗，拿着一书包的攻略，找到那些好地方，一路上，你拉着我，在茫茫人海里徜徉。

到乡下的某个不知名的山庄，天放晴，泛起鱼白色。和你扶栏踮脚遥望，远处人家升起了袅袅炊烟，过了晌午，又落下淡淡的雨。那会儿，喜欢大概一下子就迎风而来了，而我面前的少年正傻傻地望着太阳。

再后来……

或许，我依稀记得，在漫天大雪的午后，我俩正围在火炉旁，而你会把地瓜埋进炭灰里，与我聊着琐事，静默，等待……

在阳光强烈、炎热躁动的暑夏，你会敲响我家的铁门，再扔给我半个冰镇西瓜，然后我们会搬来凉席，铺在院内那棵枣树的身影上，席地而坐。

再到秋天，周五散学的我们相约结伴。一路上，我们各自骑着单车，偶尔你在前，我在后。可那会真是年少，总是想着去压对方一头，不服输的我们为赶超对方，就一直骑着单车。

经过一片公路，公路两旁种满了白杨，秋风一起，发出哗啦哗啦的声响，此起彼伏，漫天肆意的落叶飞舞旋绕，烂漫天际。恰时，你的白色体恤被风吹得鼓起，衣摆随风荡漾，浅浅的皂香味溢满四周，被日光镀色的旧时光，就如此流逝。我们的笑声很大，迎来许多目光。

北方的春天总有一些微冷，桃花开得再热烈，也敌不过一场春寒。隐约记得，就在这样的天气，你对着我说，你不够聪明，不够勇敢，不懂去讨好别人，在这里很憋屈。你想要出去，这里还是太小，留不住你的。你小心翼翼，以试探性的口吻问我说：“你愿意和我一起走吗？”

我没有说话，可是我摇头了。现在我想，如果那天我答应你，和你离开，会不会……

杨柳风，夕阳红，莫问君能何时还。

曲已散，茶已凉，梦魇三分可追忆。

我拾起那片晚霞，将它剪下，画了一弯胧月，寄满相思。

很久以后，我才明白，为什么自己迟迟不肯放下。

原来，你只不过是人海里的惊鸿一瞥，我却把你当成不会落幕的良人。

你是我的独家记忆

高二（18）班　龙稼艺

等到风景都看透，也许你会陪我，看细水长流。

——题记

若能在人海茫茫里，再一次遇见你，那我就相信缘分的存在。

你知道我这人，一旦不将内心所想都解决的话，就会一直想着念着，所以，我还是打算去一趟你口中的丽江。

在通往丽江的高速上，微微侧头，我挨着窗户闭目养神。思绪早已提前抵达丽江，梦到那会儿的自己已经装备齐全，走在热闹的人群里。脑子里却想着即将入夜的闹市，悄悄的小河流水声，傍晚的霞以及清晨的雨。

你不是本地人。

以至于，你常常在我耳边提起你们丽江那里的风光。只要一提起你的故乡，难免你的眼里会浮现光亮。难免说得激动，你的手就会在空中比画。我笑你的傻样，你就摸摸自己的后脑勺，笑着对我说道：“真的是这样。”生怕我不信。

每一次关于丽江话题，结尾难免加一句通俗话：“等以后有机会了，我亲自带你去。”当时你说，你给我当介绍人，说你们那里的人都很善良。说你是那一条街的常客，老板娘都和你认识。你知道有个小吃摊上的美味最符合我的口味，那个地方能买到我最爱的小玩意儿。

我笑着答应下来，但我没告诉你。

我与你同样期待，你对我所说的丽江，什么好几百年的古城，什么终年不化的雪山，以及丽江的众多美味小吃。

那年盛夏，我带你去，经过我老家的一条铁轨。骑着已经被我折腾得磕磕绊绊的单车，凡是一蹬车，便发出哐啷哐啷的刺耳响声。

经过一片绿油油的葡萄田，一条流水的河，河水旁生长着大约一米来高的芦苇，正被风压歪了头梢。我向你指着前方说："过了那一段石子路，就到了。"

你侧过头看我笑，轻嗯了一声。转首，眼睛轻眯，眺望一番，便能看见越来越清晰的铁轨。到达那里后。我俩将单车放置在一旁，并肩齐头站立在河道边，看着对岸。穿过渡口，来到铁轨的那边，我和你爬了上去，翻过绿色方格的栅栏。过去之后，我们都很激动，双脚前后并行在铁轨上，走了差不多三四分钟。你却突然收起稚气说："走吧，太危险了。"我点头迎合，随后我俩一前一后翻了出来。

过来后，我们相视而笑，盘腿就地而坐，谈天说地。我很清楚，那个时候，我们都快乐，毫不扭捏，毫不隐藏。在我说要离开这儿时，你当即打断我的言语："再等等吧，我想瞧瞧火车，行吗？"

我一时愣住，不知如何言语，轻轻微张了一下嘴唇，如鲠在喉。

不为他所说莫名非要看火车的一番话，而是我能清楚地辨认少年言语中的哽咽，眼神里的忧伤。

可惜天公不作美，那天我们等到黄昏，再到夜晚，都没有我们想要听见的鸣响。回家的路上，我们有一句没一句地搭着话，你问我："你说那火车，会不会经过丽江？"忽地，我明白，原来你想家了。

当我时隔多年，来到你说的丽江。那些久不见天光的记忆终于在这一刻套上了相框，有了棱状。我努力回想，回想你给我说的画面，尽量将他们重合。

我没有找到那个小吃摊，经人指点才看到，原来它早已扩大了规模，开在了拐角的那一处。我好像忽然明白。

原来，自始至终，在回忆的这条路上，就只有我一个人，不肯走。

幸好啊，他的未来没有遗憾，

正好啊，我也得到了离开的理由。

但我还想告诉你。在那些青葱岁月里，很感谢你。

因为那时候，你是我仅有的独家记忆。

等我变成一个更好的人

高二（18）班 龙稼艺

等来年秋风起，等天光暗下去。

请麻烦你，等我变成一个更好的人。

等日子过得久了，我也就明白，稚气是不属于大人的。我们要学会如何世俗，就不会再横冲直撞不计后果。等日子过得久了，我也就清楚，那些因年少不谙世事做下的蠢事，原来才是最好的。

等我们终究逃不过时间的齿轮，被生活碾压得面目全非的时候，我或许会麻木地想：我算不算是个好人，一个更好的人。

我想过以后，我的去处。年轻时可能在他乡，等过了四十岁，或许在故乡。

在他乡。

天黑时候拖着疲惫的身躯往家走，橘红色的路灯闪到眼睛，皎洁的月亮埋在心里。抬起头，望望天，默默地打气。对着影子，给自己一个拥抱。

去光顾街角的那家牛肉面，喜欢让厨师多放香菜。我听着音乐，从这首到那首，跟随音乐的曲风迈着不同的步调。会随手揪来一片绿色，抿在嘴边，把玩在手上。

身边不时路过各年龄阶段的人，小学生三五个你追我赶，中学生两三个骑着单车。老年人通常两个，老奶奶把双手握在斜挎肩包的带子上，老爷爷则是将双手背着，手里通常都拿着马扎。我将目光投向他们，他们将目光移到我身上，我们似乎正在将彼此认真打量。过后，再给予微笑，示意友好。

这是我所幻想的以后。在他乡，只身一人，在下班回家的路途中会遇到的可能。可能，我的手上还会有刚路过超市时买的蔬菜和水果，沉甸甸的。

在故乡。

那时候，我或许会拥有一套属于自己的房子，是自己喜欢的风格。可以不大，但是足够温馨。路过花店，常常买一束满天星或者是向日葵，放置在餐桌上，把生活装置得富有情调。

渐渐地，我不是别人口中的少年，而旁人，也会叫一声叔叔，却值得自己反复惦记好久。我见过许多，眼界也会些许宽阔。

我会更加明白，时间是一条大河，它只会无时无刻不向前走，无情地带走曾经的美丽，留给我们的，只会是繁多复杂的琐事。

但我还期待，我能有所保留。

我依旧喜欢音乐，爱看电影。偶尔出门走走，骑着单车兜兜风，一时起意，会去老远的地方。我喜欢穿过热闹的集市，也喜欢去人少的田野。我喜欢闭上眼睛任风穿过指间，感觉自己就要飞起来。我喜欢伫立在那远远的山坡上，把头靠在白杨树上，久久地观望天边粉红色的云彩，橘红色的太阳。我喜欢好多。这世界好多，这故乡好多。

我应该不出色，但也不太失败。我的生活或许不太曲折，但是却足够平静。像世界上大多数人一样，坚持过好每一天。

我想那时候，我应该算是一个好人。一个对于自己来说，一个很好很好的好人。

等啊等

高二（18）班　龙稼艺

等啊等，等到午夜入睡，再一次梦见那两位老人的面容。一个在炉火前挑拨着火苗，一个在门口向我伸出双手。他们对我笑，眼睛眯成缝，像弯弯的月牙。我对他们笑，手里拿着不知什么，跳着到他们身边去。一晃眼，都好些年过去，他们老两口，竟无声走了好多年。

我见过，我外爷在厨房烧火。他老人家用铲子将昨晚埋下的火种刨出来，把袖子挽起来，将冷水倒进锅里，来回拉着风箱，顺手拿过板凳坐下。不到一会儿，红艳艳的火苗旺起来，明晃晃的光芒通过灶口照耀在他的脸上，外爷的脸颊上浮现了一层金光，流过汗水的纹路也变得愈加清晰。火星却随着灶口溅出来，可他却不怕，只是更有劲。眼望着，将这火烧得更旺。

听见我的响声，他转头冲我笑。带起面部的褶皱，给我一个笑容。这一笑，比那太阳还要亮，仿佛那就是金光，在我心田上，弥漫着温暖。渐渐地，光亮透进来，在空中漫起薄雾，窗影斑斑，映在我脚边的火具上。

我本是这一辈中最小的，到晚上会住一晚，外爷也是疼我的。就是在晚上睡觉的时候，我却道出了让他老人家失意的话，我说我不愿同老人睡。

我未曾看见外爷翻身过去的难堪，也不知他内心又是多么失落。

在我的印象中，外婆总是偏严一点。一次与她发生矛盾，我一个小孩，却拗得要命，就站在门外头，死活不进门。她老人家只好放软了语气，张开双手，弯下腰道声：“来奶奶这儿。”我却没想，脱口而出的一句：“你不是我奶奶，你是外的。”我看着她升起的手又放下，有点置气地说：“那外的，也是奶奶。”

我未曾知道，她听见这话语，微微一怔；也没去思量，这句话说得是多伤人心，到如今，自己却难以忘怀。

我曾看着我外婆得病，外婆躺在炕上，连话都说不清楚，只能张着口，不知在说些什么，只好贴近，对着耳朵，仔细听着。我坐在一侧，眼睛痴痴地看着她，也没想，这一场画面竟映在我的脑海里，出不来。

先去了的竟是我外爷，谁也没想到，向来身体强健的他，骑着电三轮下坡的时候，不小心翻了车。医治好久，但还是没熬过去。我记得清楚，一向远离那些白事的我，也是戴起了孝衣。白布一戴，好像比那火焰还要亮得刺眼。

差不多一年多，或者是两年，我的外婆也与世长辞了。就只因为摔了一跤，人走了。而我因为上课，所以没去成，也就没戴上那孝衣。等到下次去时，就只剩下两幅遗像，摆放在老式的涂了红漆的柜子上。

一时间内，那种时过境迁、物是人非的空虚感排山倒海般向我袭来，鼻尖一酸，有一股不可名状的液体欲要冲破我的眼眶。

如果很多年以后，科技发展的速度比光还要快。那会儿的我，或许能乘坐一架时光机，穿梭到过去，用一组长镜头像放映老电影般徐徐道来那人生的许多记忆。

在晚上即将要睡的时候，我钻进外爷的被窝里，探出脑瓜儿，冲着他笑，甚至会拿手挠他的胳肢窝，抱着他的胳膊安心地睡着。看到外婆伸出那双布满褶子的双手，我会立马不再拗，一步跨进她的怀抱里，把脸贴近她老人家的颈窝处，感受她略带粗糙的指尖触摸我的脑瓜儿，那该多好。

我不知道这一天能否到来。但是，我能确定的是，他们再也回不来了。

在下一年的祭奠中，也忘却是谁，问老两口的姓名。这时我才意识到，我连他们叫什么，竟也不知得。就只知道，他们是我须臾数年，唯一的外公外婆。

时光流转，岁月蹉跎，遥遥宛转数年，我还是忘不得。

那些浑话伤人也伤己，不能掩埋，也不能拿出。可我知道，它们一直都在，在伤疤的最深处，让我不得解脱，不能原谅。

只好托梦，给两位老人。感谢他们来这世上一遭，我能有幸能成为他们的亲人。

人生长恨水长东

高二（19）班　李能能

他已经记不清这是他入宋后的第几个日夜了，时间仿佛在他的悲伤中凝固，滞停在这空阔寂寞的庭院，没有了雕栏玉砌，没有了玉树琼枝，更没有了轻盈的舞步和曼妙的歌声，有的只是无限的惆怅与凄凉。

此时，已是灯火阑珊，他缓缓走到桌前，轻轻坐下，思索片刻，执起了我，多少个像这样凄凉的夜晚，都是我静躺砚台陪着他，他铺开纸，提起墨汁正浓的我，写词是他现在唯一的慰藉，相对而言，更是一种灵魂的释放。

然而此时，他却没有让我在宣纸上尽情挥洒。

他笑了，是那种回忆往昔时光时才会发出的微笑，挂上他清冷的脸庞，他的眼神落在窗外，但我知道，他的眼前一定有一幅画，那里有他曾经的“春花秋月”，那时他幸福的记忆，然而这幸福的回忆有如罂粟一般，让他欲罢不能，人生多么美好，然而现在呢？

突然，笑容凝结了，即刻烟消云散，他看着窗外的暮春残景，几许愁闷爬上他的眉头，他在感伤什么？狼藉残红，春去匆匆，他的生命之春早已匆匆离去，留下的只有伤残的春心和破碎的春梦。

我知道，那一定很痛苦，他无力地摇了摇头，在叹息声中起身离去，我侧目看到原本洁净的纸上留着两行字：

林花谢了春红，太匆匆。无奈朝来寒雨晚来风。

胭脂泪，相留醉，几时重。自是人生长恨水长东。

白月光

高二（19）班　李能能

忧伤的事物，有时很美，比如花瓣。花瓣从枝头飘落，恰逢一场大雨，片刻工夫，便落了一地，凄凉又唯美。我迷恋一切忧伤的事物，比如月光，它让我想到爱、心情和前途。

我一直觉得，月光是忧伤的。特别是夏日的月光，夏夜，披一件月光纱衣，静守花树之下，俯仰间所见皆是皎洁的月光。这样唯美的一幅画，却让我觉得异常忧伤。岁月渐深，便渐渐明白，忧伤是自己心底的底色，不埋于尘埃之下，不处于尘世之中。自始至终，都是如此。

手持书卷，于深夜夜读，便感觉自己是一个身披月光的书生。夜凉如水，月光如银丝般倾泻一地，也浑然不觉。书看久了，一抬眼，满院子的白纱。月光从漏窗中穿过，洒在窗下的花枝上，猛然瞧去，仿佛给花枝镀了一层银。

身处其中，竟有几分仙境的美。起身踱步，静立窗下，想着与这月光相依相偎，不觉欣慰。曾在一本书上看到这样一句话：你是朗朗长空里的白月光。看到后，我为之一笑。仿佛不管走过多少泥泞长路，怎样风尘仆仆，月光依然是心里的白月光。

白月光是少年时代美好的梦，因为只有拥有一颗少年心，才懂那一身白纱的忧伤与美好。

我知道，白月光之所以忧伤，是因为心里永远住着一个如白月光般的少年。

我知道，白月光之所以忧伤，是因为吾心有执念，吾心有痴念。

是啊，痴痴念念的人，依靠的是那可望而不可得的白月光，温存的是那指尖的一丝温热，耿耿于怀的，念念不忘的，不过是那份纯粹的美好和那份简单的满足。

我知道，我不是身披白月光的人，因为我心里有一抹白月光，这让我欣喜，又让我伤心，让我拥有一方清宁之地，相思着，回忆着。

拥一怀阳光入眠

高二（19）班　李能能

阳光有味道吗？

很多人也许会付诸一笑，阳光怎么会有味道呢？可阳光真的是有味道的。那种味道很安静，很温暖，很幸福……

在林清玄先生的一本书上看到他讲述他和农民在稻埕里晒稻子，农民让他深呼吸，他深吸了一口气缓缓吐出说："我吸到了稻子的气味，有一点香。"农民开颜一笑，说："这不是稻子的气味，是阳光的香味。"林不解地问："阳光的香味？"农民带他来到稻埕中间，让他抓起一把向阳面的谷子，用力嗅，他嗅到一股稻子成熟的香气，并且瞬间溢满了他的胸腔。农民又让他抓起向阴面的谷子让他嗅，却是没有香味了。所以你看，阳光真的是有味道的。

在艳阳高照的一天，早早地将被子挂在屋外晾晒，晚上躺进被窝，暖暖的，香香的，很舒服，很愉悦，那就是阳光的味道，一种让人很安心的味道。虽然家里有了烘干机，但我还是习惯将洗完的衣服挂在院子里晾晒，坐着看它们在阳光的照射下翩翩起舞，真的有一种岁月静好、现世安稳的感觉。有时候真的很想很想让时间就这样流逝，我只要静静地坐着看着，什么也不想，什么也不做，就很好了。

记得有一次坐在院子里看书，可能看得时间有点长，头有点昏昏沉沉的，于是随手将书放在椅子上就进屋了，过了一会儿，出来拿起书翻开，一股香气铺面而来，那是一股夹杂着书香，混合着阳光的香气，那种香气使人仿佛踩在云朵上一样，舒适、轻松、安心，给人一种飘飘然的感觉。

阳光，是一种很奇妙的东西，说不清，道不明，对于大自然，阳光是一切，对于我们，亦是。人们常说，一个久处黑暗的人，内心深处一定充满阴暗。其实不是的，他们只不过是在黑暗中掩饰着那颗并不强大的心，因为黑暗给了他们安全和自信。当有一天，他们走出黑暗，笑迎阳光，接受阳光的洗礼时，那时的他们，将会是一个全新的自己。

外面鸟语花香，五彩缤纷，打开门，打开窗，试着打开所有伤，接受风，让它吹吹你的伤，接受阳光，让它温暖你的心房。

这个世界很无情，很冷漠，但还好，有阳光存在。不开心了，睡一觉，做个梦，醒来时，笑一笑，告诉自己，我相信，这个世界依然美好。难过了，找一个花木扶疏的地方，闭上眼睛，闻一闻花香，晒一晒阳光，睁眼时，告诉自己，这个世界很美好。

如果可以，我想把阳光装进罐子里，送给远方的你。愿你，也无忧愁也无伤。

我的启蒙老师

高一（3）班　景雪婷

我的启蒙老师是我的母亲。

我的母亲是一个只有初中学历的平凡妇女，她嫁给了我的父亲，平凡地生养了我们四个孩子，她以平凡的裁缝手艺支撑住了我们这个家庭，也以她平凡而不平庸的追求教我读书写字，告诉我如何培养一个女生应该具备的气质修养，如何正确地做人做事。

在我的一生当中，最要感谢的人便是我的母亲。不是因为她把我带到了这个美好的世界，而是她教给我的东西是我今生最宝贵的财富，让我受益匪浅。

十六年风雨，十六年泥泞，我已经成长为一个花样年华的少女，转身回望这十六年，母亲到底是如何一步步把我从一个只会哇哇啼哭的女婴拉扯为一个亭亭玉立的女生的，其中的辛酸苦楚让我恨不得现在就冲到她面前，给她一个世间最温暖的拥抱，对她说一句："妈妈，这十六年来，您辛苦了！"

茶余饭后，母亲总是会东拉西扯地讲一些她年轻时候的事和我六岁以前的故事。这些故事讲的次数多了，发展到一种灌耳音的模式，便深刻地记在我的心里。

外奶奶在年轻的时候也生养了四个孩子，前三个都是男孩子，终于得到母亲这个女孩子；听母亲说，母亲在十几岁的时候住在吴忠老城区，后来搬到了白土岗；母亲说她像我这么大的时候外婆忙，她作为家里唯一的女孩子早早就学会了如何做饭做家务，那个时候，她还和浙江人学做衣服；据母亲说，奶奶当初之所以答应她和父亲的婚事，最重要的一点就是她看上了母亲的这门手艺。我佩服母亲的这门手艺，更佩服她对我的教育！

母亲说在我刚生下来的时候，奶奶不是很待见我，甚至一个月气得没看我一眼。因为母亲的前两胎是女孩子，到我又是个女孩子，可奶奶希望母亲能够生一个男孩子传宗接代。本来已经联系好人家准备把我送掉，可是父亲和母亲硬是把我留了下来。母亲还说她一点也不理会奶奶对我的冷淡，依然在每天给我穿衣服的时候把我放在炕头逗我乐，逗我笑，母亲说那时候的我笑起来口水可以流成一条小溪，可心疼了，声音清脆。

六岁时，我该上一年级了，母亲担心我没有上幼儿园，什么也不会，直接上一年级会跟不上，便每天在院子里的枣树下支个圆桌子，她的手握着我的手，一笔一画地写下每一撇一捺，每一个字。其中，让我印象最深刻的一个字是耳朵的“耳”，每当我写这个字时，最后一画的右边总是忘记不出头。一次，母亲在方格纸本上布置的任务，我很快就完成了，我兴冲冲地拿去让母亲看，她看了一眼，随即揪起我的耳朵说：“你长耳朵没？怎么又不出头了？”我揉揉耳朵，和前面写过的一对照，果然错了。后来，我问母亲为什么不让我上幼儿园，却让弟弟上幼儿园，母亲说那时候在老家还没有幼儿园，直到有了弟弟，吴忠幼儿园的专车才开始每天来村上接送孩子上幼儿园，便让弟弟上了幼儿园。我才明白原来一直以来是我误会了母亲，不是母亲偏心，而是时间不凑巧。

上学的第一天，要通过考试成绩来决定是否可以入学，那次考试我的语文和数学加起来只考了六分，那年我正好六岁。这件事到现在为止都是亲戚朋友笑话的话题，每次他们见到我就会问：“××，这次考了多少分啊？又考了六分？”我只是尴尬地笑笑不好意思说话。因为这个成绩，老师死活不让我入学，母亲却很倔强地站在那儿等所有的学生都报完名了，她把我写的字拿给老师看了一眼，也许老师觉得我的字写的还是很整齐的，便勉强让我上了一年级。本以为一切都万事大吉了，没想到一年级下学期的期末考试我考了二十多分，虽然比起六分进步了不少，可母亲却担心我这样下去会一直跟不上，便给我留级了。直到今天，我还老和母亲抱怨当初为什么要留级啊，要不然现在都该上高二了。

两年的岁月过去了，我该上三年级了，这时候该着手写作文了，可是语文老师讲了好久我也不知道作文该怎么写。老师一把作文题目布置下来，我便不知所措，回到家里就赖在地上和母亲哭鼻子说："老师明天早上要收，那我不会写怎么办啊！"无奈之下，只好母亲读一句我写一句，才把三百字的作文写完，我才不哭了。那一年，我的作文都是被母亲读过来的，偶尔我的作文还会被老师当作范文来读，每次读的时候我总是羞愧难当。仿佛一写作文时，我和母亲之间的对话就那么几句：

"这句写完了，然后呢？"

"到哪句了？"

"到……了。"

"接着写……"

"又写完了，然后呢？"

……

上四年级的时候，母亲觉得一直给我读下去不是办法，便停止给我读作文，让我自己尝试着写，每次写的作文我自己都读不下来，甚至出现了语句不通顺的现象，后来大姐给我买了一本作文书，我的作文水平才有所好转。四年级时，我正好十岁，母亲认为我不再是那个只会跳皮筋玩沙包的脏孩子了，慢慢地把我收拾得体面起来，虽不像城里孩子那般光鲜靓丽，却也干净朴素。在我每天早上起来上学的时候，母亲都会给我扎两个小辫，一边一个。因为我的头发太厚，前面的碎头发比较多，马尾根本扎不起来。那时候的我傻傻地没感觉到全班女生都扎一个，唯独我被母亲扎了两个小辫，可就是这样独一无二的发型，还总是被班主任表扬为全班女孩子里面最整洁的。那一瞬间，顿时觉得我的母亲是世界上最多才多艺的人。周末，母亲在给我梳完头发后，随手把小辫的头部从扎的位置塞了进去。中午我穿上母亲新给我买的浅绿色连衣裙，拿着母亲给的一元钱出去买雪糕，回家的路上遇见了邻居大妈，大妈问我："谁给你扎的头发啊？真心疼，像个采蘑菇的小姑娘。"我甜甜地笑眯眯地回答她说："我妈妈。"殊不知，那简单的三个字"我妈妈"让我觉得我的母亲是最值得我骄傲自豪的资本。五年级时，意外发生了，我出了车祸，被摩托车撞倒在地面上拖出去十米远，全身上下血淋淋的，等母亲把我送到医院时我才稍微有了一点意识，苏醒了过来。拍完片子后，医生说肚子好像出现问题了，可能要动个小手术，当我听到要动手术，我的心颤了一下。电视上演的动完手术后好多人都死了，万一我要是死了该怎么办，我胆怯地立即躲到母亲身后，快要哭了似的仰起小脑袋对母亲说："妈妈，我……我怕，我不要做手术，可我现在就感觉肚子有点痛，怎么办啊？"医生说："可能就是这个征兆，你再去拍个CT，我看完再决定要不要手术。"后来医生看完说一切正常，输点液就好了。兴许我感觉到肚子有点酸痛是饿了吧！

小学的最后一年，我从农村小学转到灵武五小，那时候我们家的楼房还没有装修好，只好寄居在奶奶家，可是入学时是划区域入的，当时校车不往奶奶家所在的小区送，校车安排不上，那半年，母亲每天来回四趟接送我和弟弟，很辛苦，直到下学期楼房装修好了母亲才停止了接送。自从搬家后，母亲在兴趣爱好方面也很支持我，六年级时，母亲送我去学了绘画，可初二时由于学习时间紧，便停了。相比起大姐和二姐来，母亲对我的物质教育算是很好了，二姐从小就有一个钢琴梦，她的手指很纤细很修长，特别适合弹钢琴，可是由于当时经济条件不允许，她的梦想便从此破碎了。而现在的我也重新拿起了画笔在业余时间自学，相信我一定会成功的。直到现在二姐在开玩笑时还会抱怨："那时候老师让写8，我都坐到院子里哭了，妈妈也不教我，却教妹妹写字；送她去学美术也不送我学钢琴。"每当听到这些话时，我才明白原来在我们四个孩子当中，我才是母亲最关注的那一个。

小学时，母亲对我的学习从来都不是很关心，直到上初一时，我瞎猫撞了个死耗子进到了重点班，母亲这才关注起我的学习来。一次，我和母亲在吃饭时，母亲说："我这辈子没有学历，嫁给你父亲苦了一生，两个姐姐小时候，由于我忙于生计在学习方面也没有特别关注，四个孩子如果出不来一个大学生我这辈子也就无望了，所以，你要好好努力给妈考个大学！"听完这些话时，我没有抬头回复母亲，而是接着低头吃饭，母亲见我没有反应便没有再说下去。殊不知，在那一刻，我才深知自己对于母亲来说是多么重要，我的眼泪瞬间落了下来，一直以来我都想对母亲说："妈，其实您说的话多年来我一直都没忘，我一直铭记于心，一直在努力实现您的梦。"初中的三年来，只要我考试没考好，更多时候母亲对我不是责骂，而是给我讲道理，教我如何在这次考试中找到不足，争取下次进步；在母亲眼里，我也绝对不可以找对象，这是禁忌，因此，从小到大在我心中这个念头想都不敢想，就算内心对某个男孩子有好感我也不敢说出来；母亲在着装上对我的要求一直都很严格，夏天时，一件T恤，一条短裤，一双白鞋或者一件裙子；冬天时，一件羽绒服，一双棉鞋就把我打发了。母亲说女生青春期就该穿出青春的样子，而奇装异服只会引来母亲的责怪。直到现在，母亲依然是这样教育我。

现在我上高一了，高一上学期的三次大型考试我的成绩都不是很理想，当我挫败到怀疑自我能力的时候，母亲亦是没有放弃我，而是鼓励支持我。现在我已经找到了高中学习的方法，相信在下学期我一定会有更大的进步。而此时我也想对我的母亲说："妈妈，您启蒙了我十六年，现在我已经长大了懂事了，以后任何事情您都可以放开手让我自己去做了，我不可能一辈子依偎在您的保护伞下，没有伞的孩子必须努力奔跑，就让您对我的教育代替您伴随我一生吧！"

我的母亲一辈子都定居在了宁夏这个小地方，她从来都没有走出去过。偶尔在家中都会听到母亲说："有机会了真想去广州桂林和西安兵马俑转转……"每当我听到类似这些话的时候，心中都会莫名心酸。我心里很清楚：不是母亲不想去，她一定是舍不得花钱，她想把好的全部留给我们四个孩子。如果可以的话，以后大学毕业工作赚钱了，我一定不会先去自己心中梦寐已久的地方——云南丽江，而是首先带我的母亲到她想去的地方看一看。这个愿望，母亲，女儿一定帮您实现！

此一生，谢谢您，我的母亲，往后，让女儿来孝顺您！

谨以此篇文章献给我的母亲。

执笔于2019年1月23日寒冬子夜

青春，我永远的天空

——致自己的一封信

高一（3）班　景雪婷

当我翻看自己的初中日记时，字迹模糊，页脚泛黄，灰尘满布，甚至会有忍俊不禁的感觉——我当然知道自己当时有多难过……只是，生命如此广阔，而青春期的那场泥泞，终于被时光变成左手小指上的伤疤，安静，漂亮，醒目。

那些年我的日记本是用铅笔写的，因此笔袋里即使缺少橡皮、中性笔等文具，也不会缺少一只“中华铅笔”。用铅笔写字的人，只是比其他人看得更清楚，没有什么会永垂不朽，所有的一切终究会慢慢消失，就如同慢慢模糊的铅笔印。用铅笔写字的人，心中没有安全感，总是想随时修改每一处生命的印记。我想，大概我就是这样的人吧！

那个叫青春的时间段里曾停留着最安静孤单的我，停留着被浪花打翻的友谊的小船，停留着只看重学习成绩的父母，更是停留着我曾爱过多年的少年。而我却为自己的青春上了一把锁，习惯了一个人，走过漫漫青春路。

青是笑忘书，春是少女时。风有风的自由，我有我的追求。仍然记得那些年，我的青春竟是如此简单而不简约。

在相当长的初中三年里，我都觉得自己竟能够耐得住寂寞实属不可思议。

上了高中，父母选择让我住宿。周一到周五我抓紧一切时间学习，为的就是周末可以有更多时间干其他事情。周六中午放学后，我从来没有回家的习惯，而是急忙跑到市里的三味书屋看上周看到一半给我留下悬念的故事情节，一看就到了晚上七八点，一整个下午我把自己埋在书海里，我也深知作为一个文科生广泛阅读有多么重要。傍晚，伴着月色，我回到家，锁上卧室的门，更新我的微信公众号的文章。周日，便背上画板到家门前的空地写生，那儿有美丽的夕阳，绿色的草地，浑浊的河水和钓鱼的人，的确是个画画的好地方。下午又匆匆忙忙地回家换上校服背上书包赶往学校。青春里，仿佛我与父母之间没有多少话题，我们之间好像就那么几句话。“这次考试考得怎么样？”无论考得好或差，我的回答永远都是“还可以”“就那样”“一般”不等父母追问，我便一个字也不多说。

不知何时，我竟变得不再像初中那样看重成绩，不再努力维护和家人朋友同学之间的关系，一切都变得顺其自然。或许这一切都缘于一个朋友口中无意间的一句话：“你有没有觉得自从我认识你以来，你把所有的时间都耗费在了学习上。世界上最惨的死法就是死在学习上……你累吗？是不是在学习之余也要适当地放松一下了？”我恍然大悟，便知道自己该如何做了。

青春里，我用这些方式来逃避孤独。那你呢？此刻的你是否也面对着成绩一落千丈，喜欢的人不喜欢自己，和父母闺蜜吵架这些问题？没关系，假如你的青春里没有这些烦心事，那它还叫“青春”吗？岂不辜负青春这一段美好的时光？成绩可以提升，感情可以培养，矛盾可以化解，但青春的站台错过了还可以倒回吗？趁还年轻，好好珍惜我们的青春吧！

其实青春里，你我都是胆小鬼。先是太胆小，明知不该做的事却不敢不做；后来，也还是太胆小，明知不该做的事却不敢不去做。所以，想做什么就大胆去做，只要别为自己的决定而后悔，就在自己的青春里不管不顾地放肆一回吧！甚至到现在，我都后悔那年的冬季那几个简单的字我为什么没有向那人说出口。等我想说的时候，一切都迟了。写到这，我把头向上仰起不让泪水流下，我好后悔，我没有办法……一时的犹豫胆小，让我付出的沉痛代价却是用整个青春去等……

三年的时间，所有用铅笔写的字迹都已经模糊不清，它们困在纸上，是那些灰灰白白纠缠不清的记忆，我泪眼模糊，任百般辨认，也无法看清一个字……

青春里的你是在掌声与鲜花的包围中哭泣，还是在一个安宁的早晨坐在阳光下微笑？是谋求鲜衣怒马，还是静守青鞋布袜？我想，我可能更适合后者吧！那么，朋友，你呢？人生之路还很长，做出你的选择吧！无论选择哪一种，在经过风吹雨打的磨炼下，你也都要更成熟更包容地去面对这个世界，面对错失与泪水，坚定不移。

鸿 雁

高一（3）班 景雪婷

夜深人静的夜晚，所有人都进入了梦乡，而现在的我却坐在阳台的硬地板砖上，缓缓地拉上那层纱做的窗帘，将自己蜷缩在这个小角落里，看着窗外被飘雪装扮得银装素裹的大地和黑黑的夜空中那颗最亮的星星，不禁从心底问了自己这样一句话：我的那颗夜空中……最亮的星……现在……又在照亮谁呢？我不想让任何人看见自己这般颓废痛苦的模样，只想躲在角落里舔舐自己那经年累月受过无数次伤好了又结疤的伤口。之后，我打开了怀中的电脑，戴上耳机，循环播放着QQ音乐里那首名叫《鸿雁》的歌曲和从那人QQ空间里悄悄下载来的舞蹈视频。我轻轻地闭上双眼，回味着这首歌，将头慢慢地靠在冷冰冰的窗台上回想着这三年多以来的点点滴滴，曾经的一幕幕犹如电影片一般在我的脑海中一次又一次地闪过。我仿佛再一次走在了西湖的那条小路上，我仿佛又一次坐在了那条树荫下的长椅上，只可惜，身旁却缺少了一只“鸿雁”。那一刻，世界停止了呼吸，眼角的泪不知在何时早已顺着脸颊流下，将窗帘和我犹存着洗发水香味的发丝沾染在一起……我用力睁开早已被空气凝固住的睫毛，双手齐齐地放在脸部使劲擦干泪水……开启了一趟梦一般的名叫鸿雁的旅程。

“鸿雁，天空上，对对排成行，江水长，秋草黄，草原上琴声忧伤。”夕阳西下，黄昏殆尽，我好像和那人一起躺在蒙古大草原的草地上静赏这美丽的风景：上百只鸿雁扇动着翅膀飞过绿草幽幽的大草原，渡过一片片苍灰色的芦苇荡，在广袤的橘黄色的天空中排成“人”字形自由地翱翔。没错，它们的确是向南飞的，它们应该是要去寻找什么未知的东西吧！自然界中，人与物永远心有灵犀，每只鸿雁都发出了一种前所未有的呼唤声，似乎在吟唱这样一首诗：

百年一生一过客，
雁来雁去一段情。
人生如梦，
繁华转身尽成空。

一辈子很长，一辈子亦很短，不要伤害自己，做自己喜欢的事，世界很大，一辈子都看不完爱不完。走出去，世界就是你的家；不走出去，家就是世界。鸿雁飞了出去，大概它是去寻找自己的南方姑娘了吧！我大美一中鸿雁团队所有学长的南方姑娘又在何方呢？那人，你的南方姑娘最终又会是谁呢？

雁南飞，等君归。
天苍茫，雁何往。
雁归还，君孰在。

若是找到了，请快快告诉雁儿一句：雁儿啊雁儿，你慢些飞，请带上我的绵绵爱意一起飞向远方吧！

一程山水，一程人生，倦鸟归巢，故人何归？身在外，心系家。生活给了我们许多考验，我们学会了感恩和孝顺。如果有那么一个人对你百般呵护，在天冷时督促你加衣，在你生病时叮嘱你吃药，在你饿了时为你做一顿香喷喷的饭菜，无疑他们就是你的父母，那就好好珍惜吧！九九重阳日，远在他乡的游子们，想家了，就回来看看，看看你们年迈的父母亲，看看你们思念已久的家乡，看看岁月中的味儿是否变了许多？让鸿雁带着你们的深深思念和淡淡忧愁飞回来看看吧！“树欲静而风不止，子欲养而亲不待”，错过的车站不会倒回，逝去的人不会复生……莫要后悔！

情深深，泪沾襟。

天苍茫，心中是北方家乡。

记忆中……

殊不知，鸿雁作为一支南归的队伍，不仅寄托着富有真善美的爱情和浓浓的乡愁味，而且还象征着我大美一中那支北归的鸿雁团队，他们不忘初心，矢志不移，他们不忘自己的肩上背负着学校的使命，在逆境中他们百折不挠，在顺境中他们挥洒自如，他们是学校的骄傲和自豪。忘了是哪位老师曾经在课堂上不经意间提到过："《鸿雁》这支舞的排练过程其实也是很不容易的，不过最终能够为学校争得荣誉，总之所有的辛苦终归没有白费。"当时听到这儿，不知为何，心中莫名地涌上来了一股酸痛劲儿……或许是想起了那人吧！鸿雁团队的所有学长们：酒喝干再斟满，今夜不醉不还；干了这杯酒，鸿雁团队依旧是兄弟一条心！

不知为何，每每听到《鸿雁》这首歌，心中都莫名地想哭，亦许是又想起了那年，那人，那事；如果可以的话，此生，再也不想听这首歌了，此生，再也不想再忆起那人了！过往的一切，真想把它们锁起来，除那人以外，谁也别想打开，谁也别想闯进来。

想你的时候

把你的名字写在手心

推开的是思念

握紧的是幸福

想你的时候

我在思念这头

你却在思念那头

记得我深深地爱着你

纵算有一些等待

一生有你

一生不会叹息

……

“鸿雁，北归还，带上我的思念，歌声远，琴声颤，草原上春意暖……”雁儿啊雁儿，你是否可以将我内心深处积藏了已久的心声传达给那人？梦醒时分，心中早已没有力气“重新站起来”，就让我在这硬地板砖上轻轻地躺下蜷缩起来，伴着温柔的月色与飘柔的雪花入睡。隐隐约约中，我好像听到雁儿在说：别放手，你再等一等啊……哪怕……再……等一等……啊！不知在何时，反复地听着雁儿的这句话，我早已安然入睡……如果可以的话，此生，再也不想睁开眼睛……只因或许现在那人心中早已烦透，讨厌死我了。

雪花儿依旧在空中徐徐地飘落，鸿雁依旧在向南飞去，那人，真的很累，很苦，很困，很……如何？那人，请告诉我该如何？

承蒙你的出现

高二（18）班　杨梦

在那些完美的年华里，总有那么一个人安静地躺在你的记忆里，温柔了你整个的青春岁月，也惊艳了你整个的年少时光。

——题记

十八岁的我们懵懵懂懂，没有经历过真正意义上的离别，也不懂这世间的人情世故。我从来都没有想过那个炎热而又美好的夏天，竟是属于你我之间唯一一缕如丝般的回忆。

那个人，如同救赎般地出现在我黑暗的生活里，如一缕光，不偏不倚地照在我内心深处那块久不痊愈的伤疤处，他是我的光，也是我的救赎。我们年龄只差几个月，可能是单亲家庭的原因，他比我要更成熟，就像我的哥哥一样关心着我，也处处都让着我。他的温柔让十八岁的我，即使起风了，也变得不再伤感。

我清楚地记得他站在讲台上用粉笔写我的名字，然后用手擦黑板上老师的板书，把粉笔灰弄得我满脸都是，还用粉色的粉笔灰点在我的鼻尖上，说我怎么个子矮矮的、傻傻的，然后从背后掏出一把糖来，还叮嘱我不能多吃，不然真的就该拔牙了。他总是特意盯着我的眼睛看，说我睫毛短，比他一个男生的睫毛都要短。也不知道他还记不记得这些，反正我都刻在脑子里了。

那一刻，他眉眼清亮如水，阳光也是这般温柔地照进了我的眼里，亮晶晶的。

一晃多年过去了，我记得他的眉眼，他的笑容，他的声音，即使岁月遮蔽了记忆，多年以后，我也依旧会记得。

有时候回忆起那个夏天，还是会偷偷难过，一直在想如果那天他不骑车就好了，就不会发生车祸，他也就不会“忘记”我了，这样，我依旧还是他的那个傻妹妹，他还是我的“专属垃圾桶”。可能我不善于表达，但我真的很想他，希望他在那边能过得好一点，记得对我多一点想念，如果可以，下辈子我会早点遇见他。

我常常以为，记忆是最容易模糊的东西，在时间的流里，它会一团团淡去，但我发现，属于他的那份记忆删不去，也忘不掉，它一直藏在我记忆深处，不敢提起，因为我怕太过想念，又无人倾诉。

相聚和离别，仿佛一个转身，一圈接着一圈，连成生命的舞蹈，有的人还会回来，有的人却再也回不来。如果相见太难，那就记得托梦给我，梦里有我对他的思念，还有没说完的悄悄话。

他的出现，让我在十七岁的生命里，懂得了如何去珍惜一段时光，如何去思念一个人，如何去填满一段空缺的记忆。那段岁月，无论从哪种角度解读，都完美无缺，所缺少的部分，也早已被我用思念的画笔填满。好了，下辈子别再离开我了。

以后，再以后

高二（15）班　魏千淑

坐在椅子上，面对着满桌卷子，看向窗外渐变温色的天空白云，心想：你现在这般努力，以后，再以后，是否能够努力出一番自己想要的样子？是否能实现最初不变的梦想？

有很多次，我都对自己说：逼自己优秀比什么都好，不是吗？因为你还有一直以来未完成的大学梦想。

我的老爸在宁东中心区上班，几周回来一两次。其实，说实话，对于我来说也没有太想念，因为现在这个年代，想做什么事，想说什么话，都可以直接打电话、发微信了，所以我也并没有觉得太想念。

就在一次放假的时候，那天是晚上七点半了，老爸给我打电话过来，我像平常一样坦然地接了。只听老爸的声音，低沉而又带着嘶哑，他居然用标准的普通话和我谈心。老爸的家乡是甘肃平凉，他来到宁夏以后，就慢慢学会了宁夏话。

在我的记忆中，他除了甘肃话和宁夏话，标准的普通话，他根本一句都不会说。我奇怪地问老爸：“爸，你怎么说起普通话来了？听着好不习惯呀！”老爸告诉我：“哦，你说老爸的普通话啊，那是因为在这里和那些人待久了，不说普通话，他们都听不懂啊。说着说着自然我也就会了。”我似懂非懂地告诉老爸我明白了。那为什么要说我似懂非懂呢？是因为手机那边老爸的声音给我的感觉是他喝醉了，迷迷糊糊地吐字。果不其然，老爸以他最温和的语气对我说：“爸爸今天喝了点酒，才会放下心来和你谈心，平时爸爸想和你谈心可是也一直没时间，今天你就听爸爸酒后嘟囔几句好吗？”我立马一脸严肃地将原本只是放在桌上的手机拿在耳边，说了句“好”。老爸告诉我：“丫头呐，你的所有爸爸都觉得挺好，挺随你老爹，可是这个性格你怎么就不随我呢？你看看你内向得让人替你担心呢！你有个开心事还好，会偶尔与家里人分享，我们一大家子都开心。但那还只是偶尔一次，只要你一遇到什么不好或者不开心的事，你就不说了，啥都憋在心里不说，你以为你不说就完事了，你的心情不好，你面部表情会出卖你。每次爸爸见你基本上都没一点笑容，一问你怎么了，你也总是说没事，两个字就完事了，你这个性格不行呀，你要和爸妈沟通呢，你知道吗，丫头？”

听完老爸说这些话的时候，我眼眶就已经被眼泪打湿了，我想要告诉爸爸并不是我内向，而是有些烦心事，如果可以自己解决，自己去消化掉它，我就不想让他们担心，所以我每次只能告诉他们我很好，可是以我的性格，眼眶湿了就已经在告诉我，不能再说下去了，我怕那些话说出去还不到一半，忍不住哭了就会让老爸听出来我哭了，又会为我担心。我只好咽下那些话说了句：“我会改的，老爸。”老爸长叹了一口气，沉重地说：“爸爸不图你考上什么清华北大，只要你每天开开心心的，哪怕就算你没考上大学，那大不了咱上三本自费，爸爸无论怎样辛苦都会挣钱让你上的。”听完这些我已经控制不住我的眼泪了，心里暗自告诉自己：“你一定要努力，考上大学。无论环境如何，你都必须坚持下去。”我咽下正在哭的语气，说了句：“爸爸，你放心吧，我会努力的。”老爸这才舒心地说：“只要你们好就好……行了，不说了，老爸喝的有点多，先去睡了，丫头，挂吧！”我并没有再说什么，就挂掉了时长二十一分钟的电话。

回头点开微信，我发给了老爸一段话：“爸，有些话是真地说不出口，所以我只能打字发给您。老爸，并不是我性格内向不和家人沟通，而是我觉得只要是自己可以解决的事情我就绝不让你们为我担心。自己的事情自己解决，人总要长大，不能一直依赖着别人。爸，我从小到大的梦想一直都是不断努力，努力考上大学，让你们都过上不比别人差的生活。老爸你放心吧，我会努力，也必须努力。老爸，晚安……”

以后，再以后，你是否能完成最初不变的梦想？回头一看，花是否最终开成了云，云也开成了花的模样。花的故乡是土壤最深处的土壤，云的老家是比远方更远的远方……

那年月明水犹寒

高一（8）班　杨震

元和十一年。这一年，浔阳江渡口的风冷冷的，卷着那红的枫叶、紫的荻花，片片在空中撕扯，幽怨地向天边飞去。此时的他，在绚烂的政治舞台上遍体鳞伤，恨恨地看着眼前的一切，他恨这江州，恨那嘶哑难听的山歌村笛，恨着杜鹃啼血猿哀鸣的悲景、绕宅而生的苦竹，恨他在这边远之地行尸走肉般地生活。

无论去与往，俱是梦中人。似乎这一切与他无关，只是愤愤地饮着杯中之酒，想用酒精麻痹自己，哪怕在这送别之际，让自己强颜欢笑也好。

她出现得那么自然，就像江月中的那首琵琶曲：一曲断肠路，生涯万里漂泊风，忆君何事泪纵横，萍聚时，会远处，断续应难梦湔裙。他知道她就在那里，可不知道应该用何种方式把她叫到面前，让她看到自己。只能像最老套的戏剧话本一样缓缓地靠近她，轻拢慢捻，他读懂了她的悲欢离合，还有自己的喜怒哀乐。蓦然回首，两个相同灵魂的相遇，不过是久别重逢，无数的缘生缘起，缘始缘灭，都拼成心里的一句话：世界太大，还是遇见你；世界太小，还是丢了你。

“银瓶乍破水浆迸，铁骑突出刀枪鸣。”都是华发英姿、囊中之锥，迟早都会脱颖而出，一个是年少才子厚积薄发，锋芒一露，一首《草》令丞相瞩目，多少英雄折戟，宝剑一出，多少少女美目盼兮，正是风华正茂。一个是京城名伶，艳动天下，回眸一笑百媚生，善才叹服，多少五陵年少缠头相望，粉墨登场，引得秋娘妒忌，红绡成山，登场唱罢，惯看秋月春风。

“今年欢笑复明年。”有些事走了再没回来过，因为时间是最无情的杀手。官场红人，也会一时落魄。常言道，伴君如伴虎。真是恰如其分。天子一怒，他便是这卧病浔阳的江州司马，他才发现，自己与她是多么相似，所谓的政治强人，不过是皇帝座下供人取乐的伶人戏子。

最可怕的东西，便是缺乏真实感的人所抱的梦想。红颜美人，年华易逝，便是冢中枯骨。倾城绝色，韶华流去，便是色衰爱弛，嫁与商人，只是换得绕船月明江水寒。

一曲江湖毕，昨日渐多，明日愈少。“奴家杜十娘，敢问大人是？”他抬起头，脸上无阴无晴，同是天涯沦落人，相逢何必曾相识，但自从她来过，这个秋天似乎不太冷了。

雨后怀想

高一（8）班　王静

当落叶随风飘落，当岁月擦肩而过，当生命悄然逝去，我们才明白，雨季不再来。

——题记

又是一年雨季，雨淅淅沥沥地下着，行走在雨中的我，看着它肆无忌惮地滴落在这世间的一切物体上。它滴答在嫩绿的枝叶上；它滴答在娇艳美丽的花朵上；它滴答在鸟儿柔软的羽毛上；它滴答在水波荡漾的湖面上；它滴答在我的时光列车上，似乎在警示着什么。

回眸间，不禁感叹光阴的飞逝之快。我早已走过天真烂漫的儿童时代、稚嫩无比的初中时代，踏上了高中的大道。这一切太过匆匆，我的青春年华已流逝许多。

想起曾经与我并肩同行的伙伴们——一群傻丫头，陪我一起闹过，一起吵过，一起疯狂过，一起笑过，一起哭过，一起感动过。在我每一次孤单、寂寞、开心抑或是难过的时候，正是她们，以温暖怀抱给过我鼓励，以美好情谊给过我自信。还有那些曾在我生命中驻足过，留给我许多美好的人们，他们都一个个随着时光这趟列车离开了我，只留下一道道回忆的残痕。

此时的车上，只留下我一个人。我明白了，人总是用离开来教会我们成长。面对光阴，我们总是无可奈何，谁也不能用刀斩断无情的光阴。

值得我回味的是中考的时候，我曾经为梦想努力的那些日日夜夜。虽然，我的成绩不尽如人意，但也无法抹去我努力过的实事。洒在试卷上、练习册上、作业本上的滴滴汗水，都是有回报的。其实那时候的困难，走过来了，也就有现在这样的轻松吧！

此时，雨停了。但是，这雨的停息，抵不住我思绪长远地飘游。是的，雨停了，我似乎明白了什么。雨的逝去留不下什么，然而时光的逝去，却能留下宝贵的回忆。光阴就如同这雨季不再回来，不再倒退。你能做的就是珍惜每一段旅程，你能做的就是依旧奋勇前行，因为你别无他法。

每一个人都应该细致地抚摸自己的年少时期，回望一眼这来时的路。虽然多多少少有些遗憾和不开心，但是，我希望这些过去的过去，随这场雨的冲刷一同逝去吧！

现在，既然我们走到了这里，那就“既来之则安之”。但愿后来的我更加勇敢，不畏将来，只愿后来的我能更加快乐。

都说少年不识愁滋味，可这少年的愁，谁又能懂？过往如云烟，雨季不再来，青春不再来，但我依旧向往未来，向往远方。因为，远方真的有诗，有美好的回忆。

书意人生，梦想启航

高三（1）班　杨　灿

梦想，悬挂星河，读书点燃梦想。落花有情似无情，漫漫天际，耀眼星河，梦想是每一个心怀目标的终点。书意便是梦想荡然的风帆，引领起航无限动力。

时间有限，人生有意，不要浪费时间活在别人的阴影里，梦想不允许被教条所惑，盲存教条等于活在别人的思考中，不要让他人的噪音压过自己的心声，顺从心意，梦想起航。

书意人生，梦想尽在不言之中。

董卿，尘嚣之外的朗读者，她主持的《中国诗词大会》《朗读者》等节目掀起了文化的热潮，“没有人能永远地站在舞台中央。正因为清楚地认识到这一点，所以我把每一次的上台都当作第一次，也把每一次当作最后一次。”她的梦想简单而又扣人心弦，就是这样简单的话语，让她达到梦想顶峰，不求多么华丽、奢靡，但求在书的文化中，找寻自我，交一份满意的人生答卷，星辰使者，因爱而美。

书意人生，梦想谱写我们倔强的芳华。

青春之长，来于你无欲之韶华，逝于你无望之山冈，昨日已靡，前路迢迢，一曲未落已被弃于四季，一梦未醒已委身于尘土，毫无防备，对于当今演艺圈中的小花赵丽颖来说，梦想是来源于坚持的不懈努力。即使青春芳华的龙套小角色，她也从未放弃。面对低学历的舆论，她用梦想力压流言，书写不舍表演，坚持不懈的年纪，青春不朽芳华。

“我没有靠山，自己就是山！我没有天下，自己打天下！我没有资本，自己赚资本！我弱了，所有的困难就强了，我强了所有的阻碍就弱了！活着就该逢山开路，遇水架桥！”梦想之路，永无止境，书意人生点缀精彩年华。

书意人生，梦想让我们动力无限，坚持不懈。

梦想之路遥远快乐。也许，一个人没有遍体鳞伤，就不能活得漂亮；也许在灯火阑珊的渲染下，一个人往往会挂上一丝迷茫；也许在众多诱惑选择下，一个人会意绪惆怅；更或许，在岁月的变迁中，一个人会突然云消雨散。因此，我们更要学习李白“长风破浪会有时，直挂云帆济沧海”的无畏；学习文天祥“人生自古谁无死，留取丹心照汗青”的肝胆相照。一曲流觞，一席华裳，披荆斩棘，梦想起航。

书意人生，梦想随人，让我们行之学之悟之感之。

诗韵雅致，世间一切，从某种意义上讲，都是遇见，冷遇见了暖，就有了雨；花遇见了春，就有了岁月；天遇见了日月星辰，就有了永恒；梦想遇见了诗香，就有了沁人心脾。

书意人生，梦想启航。

初秋感怀

高一（2）班　马佳媛

刚入秋，有些树叶或许早已精疲力尽，挣脱了大树的怀抱到地上歇息去了。是啊，树叶用那瘦小的身躯阻挡着夏日的酷暑，把阴凉留给了大地，用它们碧绿的小伞为那些大雨来临时无处躲避的人们留下栖息之地。他们饱经无数袭击，最终变得枯黄、凋落。这或许就是它们存在的意义，又或是我们存在的意义。

秋的“瘦”早已成为一种独特的意象，让一代代人不停地咀嚼回味，于是，秋便在一页页枯色的纸张里，在一个个方正的汉字中，把那缕缕的哀愁、牵挂晕染得迷离。老家的院中有一棵苹果树，它的年龄是我的三倍左右，它几乎不结果，偶尔几次结出的果实也是又涩又酸，但长辈们始终舍不得砍掉它。有一年深秋，别的果树都准备冬眠了，唯独它顶着那巨大的绿伞，丝毫不觉得累，像个意气风发的少年。爷爷说，它一直都是这样的，不知是对秋天的一种执着，还是出于一种独特的傲气。对秋天的执着？秋天有什么好留恋的？

“自古逢秋悲寂寥，我言秋日胜春朝。晴空一鹤排云上，便引诗情到碧霄。”秋天其实是美好的，它给人带来丰收，带来喜悦，它为春天的花朵画上了圆满的句号，它为每一个生命进行一次又一次地升华，也在变相地写着生命的永恒，故事的再续……秋，何尝不是浪漫美好的呢？

然而换了不同的心境，所抒发的感情截然不同，杜牧也曾在《长安秋望》中写到秋天的风轻云淡：“楼倚霜树外，镜天无一毫。南山与秋色，气势两相高。”你瞧，所有的一切都正褪去青涩，慢慢地，所有的一切都在迎接成熟，变得稳重，所有的一切都在期待繁花褪尽之后，通过自己的不懈努力，收获明年的再盛，而刚踏入高中校门的我们，又何尝不是呢？这个秋天是希望的开始，更是誓言的见证。

有位朋友曾经说过：“你虽一个人度过了所有，但还是要在清醒之后继续前行。”我们从小到大经历了很多很多事，但还是要不忘初心、牢记使命，就像秋天，从不曾忘记过它的使命，它总是出现在每个人的生命中，让人不敢忘记。

此时，悲已不再是秋天的写照，它是希望，它是记忆，也是来年的希望，我们的记忆。让我们少去喟叹秋风秋雨的无奈，因为它在一代代人的演变中，终究会成为美好。

嗅古色书香　历人生繁漾

高三（1）班　俞锐

未阅一本经典，怎寻得一座金屋？未品一册渊博，怎敢去惊扰佳人？“人生天地间，忽如远行客”，我们只是这一世平庸的旅者，不去追寻前世的繁荣，又怎甘自诩落寞？“谁怕，一蓑烟雨任平生”，我们也只是畏缩在起点的失败者，不去读一首慷慨激昂，又怎么鼓足勇气心向远方？今天，我愿嗅一抹古色书香，使我历经人生繁漾。

书中有目标，阅之不会迷茫。

读一本好书，才知有“乘醉听箫鼓，吟赏烟霞”的人生享受，学会懂得享受美好。读一本好书，才知有“执手相看泪眼，竟无语凝噎”的离愁，学会珍惜亲朋。读一本好书，才知有“江山如画，一时多少豪杰”的豪迈，才能让人学会追寻目标，拼搏未来。读一本好书，就好似发现美好的旷野，唤醒心中的向往，嗅着这抹书香，踏向远方。

书中有勇气，阅之不会退缩。

愿历尽千帆，高奏人生战歌。我从不畏惧，因为书中曾说“长风破浪会有时”；我从不软弱，因为书中曾说“虽体解吾犹未变兮”。倚仗这份自信，我顶着“大江东去浪淘尽”，高唱“人生几何”！愿与大鹏偕翅共上九万里云霄，无畏东西。愿与川端康成共赏四时海棠，只因执着。依书所言，携书长游，读古往今来，闯果敢无畏，嗅着这抹书香，风雨兼程。

书中有真爱，阅之不会无情。

不去知人如时间草木之美，又怎知你如中药般苦涩。我曾静待风声云起，借你入骨相思，却又怕你错入相思门，会知相思苦，于我怜悯。盼我画地为牢，只将祝福乘风赠你，就像云行八百，不知所起；也愿你像阳光洒满大地，温柔惬意。来世便只做书奴，遥望无情风雨多情客，笑不及我，今世真情。嗅着这抹书香，百态人生。

空白的起点，需要书籍装饰人生璀璨。生如逆水行舟，不积累厚重渊博，怎么长风破浪？不品阅古历今朝，怎么心有所安？

一抹古香袭来，嗅出其中繁漾，有坚定的目标、无畏的勇气和自我的真爱，清香怡人，使我不再迷茫与退缩，泛爱人间所有。

看一少年，紧握手中书卷，坚定执着向着远方，远方似有光明，竟嗅得一抹古色书香，飘自繁漾。

年 味

高二（18）班 纪米

爆竹声声辞旧岁。听！新年正踏着皑皑白雪朝我们走来。

年味是什么？顾名思义就是过年的味道。过年前几天就要打扫卫生、准备这几天的年货，贴对联，年三十晚上大家一起吃年夜饭看春晚，闲暇时，大人会带着孩子们在雪地里放鞭炮，长辈们往小小的红包里塞上满满一包的钱，各种喜庆颜色汇聚在一起，一股脑描绘到红包面上，在孩子手里上下舞动，伴随银铃般的笑声深入人心，到了年初一一家人大包小包东奔西跑往返于各个亲戚家，大家推杯换盏聊聊童年趣事，当然通宵的家庭麻将是少不了，我一般都是最早睡的，奇怪的是卧室并没有几个人睡觉，难道他们不瞌睡吗？只见第二天早上，一群人七荤八素地躺在沙发和椅子上。过年这几天街上没人，出去玩也没意思，只好自己找乐，渐渐地吃便成了一种最简单的消遣方式。当然大吃大喝过后，等待女孩子的只有体重秤上狠狠戳进心里的数字。

人生如戏，戏如人生！前途光明，道路曲折。一位哲学家曾说过：一切都会过去的。对啊，正如世界是变化着的，万物没有永恒，人生是曲折的，不是平坦的、光滑的。年味也在这坎坷不平的发展路上遭受考验。它就像一粒盐掉进一杯水里，没有一点儿咸味。

有人说：是因为现在经济好了，平时吃的、穿的，和过年没有区别。又有人说：是因为年龄的增长，拜年变得不再纯粹。还有人说：是因为低头族队伍壮大，过年没有过年的样子。是啊！回想我们小时候为什么喜欢过年，还不是因为可以吃到平时没有的食物、穿新衣服、收压岁钱。如果平时都可以实现这些，年的特殊性自然会变淡，久而久之，年就会和普通节假日没有区别。作为高中生的我，最头疼的就是被亲戚询问成绩，无论你有多努力，依旧会有一个别人家的孩子在你耳边以谦虚的方式骄傲，家长的攀比心理会让他们暂时放弃理智，在众多亲戚面前毫不犹豫地翻你一个白眼，压力满满的我十分不赞成拜年这一行动。低头族的出现并不意外，每一个人有每一个人的想法，为了避免交流的尴尬，低头玩手机放弃交流，成为最好的解决方法。我觉得不是年味淡了，而是过年的时候，最快乐的人不是你了。如果你现在是一个上幼儿园的小朋友，你是愿意和家人放炮、收压岁钱，还是愿意一个人在家玩手机、电脑，答案当然是前者。

记忆是一个人一辈子都不会变的东西，现在为什么有些人缺少感情，缺少共鸣，因为他们没有和家人在一起的记忆，等到他们老了回想起自己小时候或是年轻时候的记忆只会是和手机度过，过年说是传统节日，在我看来它是家人沟通的好渠道，是我们创造共同记忆，增进感情的途径，时间都去哪了？反问的不是自己的时间的丢失，而是和家人团圆的时间去哪了，不要等到失去了才追悔莫及。

年味的保鲜成为现在年轻人必不可少的、需要思考的问题。在这个浮躁的社会，我们是否需要静下心来，为传统文化找到一条正确的出路，为记忆和情感的保鲜找到一个正确的办法，从自我做起，从大家做起，每个人都为自己的年，加上一味属于我们的调料！

北国一隅

高三（20）班　赵晨静

这里是一个经历了上千年历史冲刷的城市，一个有过帝王登基的古城，它就是我的家乡——灵武。

这里没有什么名山大川，却有无限的明媚。这里虽然不如北上广繁荣，但有繁星烁烁、恬静幽深的夜空。

这里不大，却处处孕育着希望，长枣之乡、羊绒之都，物华天宝，人杰地灵。这儿资源得天独厚，境内富含煤炭、石油、天然气等矿产资源，尤以煤炭资源储量显著，位于全国十三个煤炭生产基地之一。鲜明的特色产业更是让人目不暇接，黑色的发菜、红色的长枣和枸杞、白色的羊绒形成“黑、红、白”三大主导产业。灵武成为煤电化产业的开发重地、中国精品羊绒产业名城、西部防风治沙项目基地……从经济到人口，无一不体现着这座小城迈向大城市的毅力和决心。十年前，灵武像一棵幼苗从土地中冒出尖来，没有绿叶的陪衬，更别说红花了。十年的改变，让这里一切都如一首婉约的诗，一花一木都充满了灵气，营造着和谐的氛围。

眼下，这里还是个欠发达地区，但是这里也在飞速发展。随着经济的发展，越来越多的环境问题扑面而来。蔚蓝的天空上滚滚浓烟，把白云逼走了；贫瘠的土地上沙尘漫扬，把鸟儿吓走了；污浊的湖水里垃圾漂泊，把鱼儿赶走了。资料表明，每二十四小时就有120种生物永远告别地球，多么惊人的数字，“千山鸟飞绝，万径人踪灭……”人类的肆意破坏，是否要把枪口对准自己？党的十九大报告为何提出我们要建设社会主义文化强国？为何在富强、民主、文明、和谐的基础上新增了“美丽”？目的就是要倡导全社会保护环境！十九大报告道出了人心所向，习近平总书记指出金山银山不如绿水青山，过去盼温饱，现在盼环保，灵武市政府也出台了一系列惠民政策，其中家喻户晓的就是城乡环境综合整治了，正如口号里所说的“你我多一分自觉，城市多一分清洁”，爱护公共环境是我们的义务，绿色的生命需要我们共同呵护，绿色的家园需要我们共同努力。作为青少年，我们并没有能力改变整个世界，但是我们有能力改变自己。改变自己，捡起脚下的垃圾；改变自己，不随意丢废弃物，改变自己；节约每一滴水、一粒米；改变自己，更爱自己的大家和小家。

在这个全新的时代，新事物的产生和旧事物的更替非常迅速。我相信，在不久的将来，灵州大地一定会成为商贾满天下的富饶商都，随着城市化的推进，灵武一定会演绎出一曲梦幻的华尔兹！

好的日月自然会孕育出好的人。这里是灵武，北国的一隅，我可爱的家乡。

用我三生烟火，换你一世迷离

高二（18）班　梁淑瑞

雾霭沉沉浮浮沉沉，愁云涨涨消消涨涨，华容掩掩遮遮掩掩。

——题记

妆镜无人绣螺黛，临江卧瞥杏花肥。

千古愁恨霜泪别，谁家瘦红望相思。

你从远古袅袅走来，眉间一点愁容泄了你的断肠相思。远山悠长，无法填满你的思念，一杯淡酒，怎能抵过绵绵情丝？晚风吹行舟，飘摇南渡，慌乱之间，我望见了你的眸，透过千年的浓雾，你似乎离我近了，但又一瞬飘远，你我的距离拉近又拉长。

离思幽独，韶华易逝，怅惘深云尽作愁痕了。南柯昔梦，憔悴芳华，云簇疏棂皆化淡酒浓。雷霆乍惊，惊碎半生浮梦。杏花正肥，却是无人消受。夜半正值好梦，只得独坐妆镜。憔悴损，芳华逝，抬首画远山，又见离人于镜旁。泪双行，素手凉，胭脂将，又见昔人贴我绣面妆。梦不醒，人不散，相望泪眼，半生愁肠却已化作泪千行，空是离去，散，散，散！

轻尘纤花，风波烟雨，情落离愁载恨渡南江。浮华一生，烟繁旧巷，藕丝牵肠空叹何时化飞霜。素笺淡笔，低眉浅话现蓬莱。指尖仙境，坠花三千湮痴缠。砚台两旁，但见欢歌不见悲肠。惊艳半世时光，只终为谁消得人憔悴。袖手张，掩面殇，不问世间离散，淡漠红尘笑欢颜。千家聚，孤影留，风萧瑟，长亭外独生一片冰心。杏花飞，半迷离，茫茫相思，万古长愁早已归于绵绵清江。一片孤舟，一点瘦红，渐了渐了。

陌路孤迢，望断天涯，一曲苍凉荏苒作清啸。沧桑世道，低眉微嘲，早又是罗扇轻摇。杏花落，独守苍凉世道。微风摇，蹉跎画地为牢。千秋静影，轻抹痴念为谁晓？万古沉璧，缤纷枯叶乱一地，羡煞了世人眼。落红枯叶倾邀，换离骚，曲尽人终散，落花泪湿何人眸？花醉梦落，沾染三生泪，微动画笔，轻绘卷拓，催断一生，直落孤碎，彩卷经幡，青灯古佛左右间，独我一人醉把思绪断，身卧江边，瞰天边树荠，微云未湮面，独留半世心酸，断断断。

长桥上，古栈边，荏苒岁月年华逝。南江旁，孤梦里，佳人眉间朱砂如画。满天黄沙，沉落云间，缥缈如烟，墨色幕布高悬，彻夜难眠。青丝墨发，枕上初缘，寂火又焚，焚了半月梦魇，刹那烟华。十里杏花林，一枚青莲暖玉，思念堆积成雪。面上半抹绣妆，眉间一点朱砂，剩下燃尽的指尖流年。绿林溪边，羽化思念，柴扉轻掩，红袖添香聚散无常。惭满庭芳，念去时，素手眷泪古韵成双。尘世如潮人如水，去时三千无一归。藕巷街空燕声消，只问旧人归不归。声落碎了长街，巷尽深处思雨渐入，更与何人哭诉，冷落处，碎浮梦，只终叹，念念念。

梦落未央，掀起雨疏风骤，花知半了零落。杏林层竟，争起仙图半醉，重寻仙径非遥。乱战铁马谈笑间，不胜人生一场醉。皆笑作清酒浓愁，问谁能消受？起舞弄晚杏，青瓦屋檐，幕布独下，佳人忽现，碎梦杏林间。

曾几时，古栈绿林溪桥边，佳人黛眉朱砂泪，玉枕旧夜孤月悬，青丝水袖尘世淹。

醉，醉，醉！

易安易安，世人皆擅画牡丹，你却偏碾墨作青莲半朵，南朝旧梦间，为谁生几世痴缠，才情横溢撒尘缘，为伊回首，几度醉梦，走出一碧流韵，雾霭千年，恋恋恋。

有你在，我不怕

高三（1）班　王佳丽

晚上九点钟，辅导班一下课，小女孩便急急忙忙穿好了棉衣飞快地冲出了教室，因为她知道，爸爸肯定早已在门口等她了。

可是，在这个漆黑的冬夜里，她揉着眼睛搜寻了半天，并没有看到爸爸的身影。她本想去教室里等爸爸，但却发现老师正在锁教室的门，于是她拿起紧握在手里的电话手表，一边给爸爸打电话，一边向家的地方摸索。

“喂，爸爸，你到哪了？怎么还没来？”小女孩着急地问。

“喂，女儿，今天怎么这么早就下课了？你爸他有事刚出去了。”妈妈说。

“啊？我不是提前跟你说今天会早些下课吗？”女孩有些失望地问。

“可能我没听清楚，你在教室等等，我现在就给他打电话，让他去接你。”妈妈有些忙乱地说着。

女孩转身看了看锁着的教室，说：“不用了妈妈，我不怕，我可以自己走回去。”小女孩朝着回家的方向一边走，一边跟妈妈在电话里说。

“真的可以吗？”母亲担心地问。

“嗯，当然可以呀。”小女孩自信地回答，因为她怕妈妈会担心。

当小女孩走到一条寂寥无人的路上，而妈妈叮嘱的话已经说完准备挂电话时，小女孩突然喊道：“妈妈，妈妈，你别挂电话，”小女孩嘟囔着说，“等等再挂电话，好吗？这里一个人也没有。”

“别害怕，妈妈不挂电话，告诉妈妈，你现在到哪了？”

“我已经从第一个红绿灯过来了。”

“那你继续往回走，妈妈这就去接你。”

“那——你怎么接我啊？”

“我跑去接你。”

“不用了，妈妈，我已经走到有人的地方了，我不害怕了。”小女孩抓着帽子，让帽子掩住自己的耳朵，说：“妈妈，你别出来了，外面冷。”

“你自己可以吗？真的不用吗？”

“真的不用，那我先挂电话了。”女孩坚持说不让妈妈来接自己，就把电话挂了。

小女孩看看手表，又看了看路灯，就在那一刻，她感觉路灯就像一个炙热的火炉，在这样寒冷的冬天，给予她光芒，让她冰冷的脸感到温暖。

于是，她调皮地向天空吹了一口气，只见白茫茫的水蒸气漂浮在她眼前，待薄雾消散，她戴好了毛茸茸的帽子，拉上了衣服拉链，大步向家的方向走去。

由于女孩从未一个人在晚上走过，更何况还是一个特别严寒的冬天，她的心里会不时地想象将会发生什么：如果有陌生人跟我说话怎么办？如果遇到坏人怎么办？小女孩越想越害怕，越想她的心颤抖得越厉害，即使她自己想控制心脏的跳动，也控制不住，因此小女孩加快了自己的步伐，尽量抑制住自己的想象，鼓起勇气对自己说：“哼，这有什么可怕的。”

当她还有一半的路程就可以到家时，她眺望着前方，前面没有路灯，路上肯定没有人，这可怎么办啊？她的身体不禁微微发颤，此时的她有点儿害怕，突然，电话响了……

“喂，你现在到哪了？”妈妈担心地问小女孩。

“我——我已经从第二个红绿灯过来了，再走一半路就到家了。”小女孩虽有点害怕，但听到妈妈的声音，她立刻表现出电视里经常出现的女汉子形象，害怕妈妈担心，笑着问：“怎么啦？担心你女儿路上会遇到坏人吗？”

“是啊，所以我来接你来了，告诉妈妈你在哪，我怎么没看到你……哦——我看到你了，你别动，我马上就到。”

小女孩听到妈妈是来寻自己时，嘴里就像吃了糖酥饼一般，把自己小小的心给酥化了，嘴角不禁扬起了甜甜的微笑，浓浓的幸福洋溢在她冰冰的脸蛋上……

正当她浮想联翩时，她模糊地看到前方穿着灰色毛衣的瘦小妇女正是自己的妈妈，小女孩加快了步伐，冲进了妈妈的怀抱，紧紧地抱着妈妈。因为她明白，只有妈妈懂得女汉子也有害怕的时候。

于是她牵着妈妈的手，走过了那条最漆黑漫长的路，她知道，当有妈妈陪她走过的这条路时，她的心不再颤抖，不再害怕。

回到家，小女孩疲惫地倚在妈妈身旁问妈妈："妈妈，你身体本来就弱，况且这么冷的天，你的身体能承受住吗？为什么还要来接我呢？"

"我的心肝在外面，就是天上下刀子，我也要去找你。"妈妈的回答让小女孩的心再一次被酥化，小女孩强忍着泪水，紧紧抱住了妈妈……

那一刻，我的世界春暖花开

高一（5）班　李颖

不知过去了多少年，我还是会想起那个雨夜。即使许多记忆都已经模糊不清，可他披着宽大的雨衣出现在家门口的样子依旧那样清晰。

那时我已不再是幼儿了，只有奶奶和小叔陪伴的我慢慢学会了独立，不再依赖他和妈妈宽厚的肩膀、温暖的怀抱。我懂事独立，他我之间交流渐少。父女之间似有了隔阂，我疏远了他，开始拒绝他所有的帮助。可那个雨夜之后，我终于明白了——父亲，终究是我黑暗中的春暖花开。

那个雨夜，大雨倾盆，似乎要将世上一切生灵都冲刷干净。但脆弱的生灵，在磅礴的雨势下垂头丧气、狼狈不堪。风很大，大声咆哮着，逼得屋外的树都不得不俯首称臣。其实我不怕雨，更不怕风，只是畏惧那道道闪电和那好似在低声怒吼的雷声。由于恶劣的天气，家里停了电，没有半点光。奶奶去了隔壁家借蜡烛。我独自一人蜷缩在被子里，不留半分空隙。

“轰隆——轰隆——”声声闷雷夹杂着雨声、风声进入了我耳中，心里的恐惧又多了几分。我想睡，却怎么也睡不着，开始有些焦虑不安。我从小便怕雷，也怕黑，幼时每到如此雨夜，他总是静静地坐在床边，用粗糙而又温暖的手掌紧紧握住我的小手，轻柔地说：“别怕，睡吧，爸在呢……”自从爸妈离家工作以后，我便再也没体会到幼时来自父亲的安抚以及如此柔情深沉的陪伴了。“轰隆隆”，忽而一声巨雷，我瞬时抖了抖身子。这一声巨雷比先前更响，心中更加不安了。偷偷从被子里探出头，却见床对面墙上的插座冒着火光，空气里弥漫着塑料烧焦的难闻气味，我顿时崩溃了，心中最后一道防线也被打破，顾不得穿鞋便胡乱摸索着跑出房间，颤抖着声音喊奶奶，可她还没从隔壁邻家回来。

到了院子不见奶奶的影子，我顿时怔住了，站在原地不知所措。这时，门口出现了一个熟悉的身影，似一座高山屹立在门口。是他——我的父亲，站在门口的他有些狼狈，看上去有些疲惫。透过朦胧的光线，我看到父亲裤脚沾着点点泥水，身上的雨衣还未来得及脱下，水珠流到手臂再从袖口滴落……但就是他出现在门口的一刻，我逐渐平静了，心中竟有了股莫名的力量，只觉得安心。

“爸！”我冲过去，不顾他还穿着湿漉漉的雨衣，扑向他温暖的怀抱。这一刻，压抑了许久的情绪彻底发泄了出来，泪水不断从眼眶里涌出。“爸爸——”我叫着你，带着哭腔，声音微弱颤抖。那时他伸手轻摸我湿漉漉的发丝，声音低沉温柔：“不怕，爸在呢……”

他可知，那一刻，我的世界春暖花开。寒冷雨夜里，他高大的身影为我带来了安全感，让我的心春暖花开般温暖……

踏雪寻梅

高三（4）班　王芯毅

“不要人夸好颜色，只留清气满乾坤。”梅花自古便有清高的气节，它开放在万花凋零的严寒之季，傲霜斗雪，风雨无阻。既有那清肌玉骨的仙姿，又能先于众花报春，寒气愈重，其清香便愈加芬芳。因此，梅花自古便为文人墨客所偏爱。

一场雪，悄然而至。嗅一抹暗香，找寻梅的踪迹。忽然听闻一阵少女欢快清丽的笑声，转角处，竟有几株梅花斜立溪旁。斜阳微熏，暗香疏影，此情此景，让我不由得想到当时的林逋是否也是在这般情景下，写出了流传千古的“疏影斜横水清浅，暗香浮动月黄昏”的千古名句。

“梅须逊雪三分白，雪却输梅一段香。”梅花，当是傲雪的。然而，雪为白，梅含香，雪映照着梅，梅点香了雪，它们相互陪伴，最后雪中有梅，梅中有雪，缠缠绵绵，再难分离，以至于下雪即思梅，赏梅即念雪。这雪中赏梅，乃一美事，人，当服一大白，以慰此生。

清寒时节，约二三好友，带着浅浅的笑容，踏着厚厚的雪，怀着浓浓的期待，寻觅梅的踪迹。不经意间，望到那“墙角数枝梅，凌寒独自开”，令人震惊，梅花的傲骨凸现得淋漓尽致。

当今社会，梅花身上的这种顽强、不屈不挠的精神正是人们所需要的。现在的孩子，大多都是独生子女，凡事都由亲人亲力亲为地为她们办好。家人的过度疼爱，让她们娇贵得如温室中的花朵儿一般，经不起严酷的考验，面对风霜不堪一击。只愿父母们能够放手，让她们直面困难，像梅花一样经历风雪，而父母只要欣赏“梅花”绽放那一刻的精彩就好。

冷香袭人，莫道不消魂。踏雪寻梅，人生当快意！

种树人与被种的树

高一（6）班　唐小荟

我是你亲手种的，长在你必经之路的一棵小树。初见，你明眸善睐，温柔可人，你用你融融目光、纤纤玉手呵护着我。

我是棵小树。我被种在望不见源头的小路边。南归的燕姐姐们总笑我太渺小，不愿在我枝上停息、筑巢。我活得小心翼翼，每当夜幕降临，我会感到莫名的恐惧。那种树人像个大太阳，总能为我带来和煦的阳光，她总是匆匆路过，默默为我浇水、施肥、培土。

春风拂过，夏天的风也挥挥手与我作别，秋风便猝不及防地来到我身边，黄了绿叶，走了雁群，又怎会少了寒风？时间它去得匆匆忙忙。她小跑着路过，又载着星辉踏着碎步归来，那只旧皮桶成了她的负担！她走得摇摇晃晃，桶中的水洒了一路。太重了！她从左手换到右手，再从右手换回右手，就这样一点一点地提到我跟前，好多次，我都想问问她为什么要种我啊，还日复一日地照料我。我想……我想……我要长大！长成一棵葱郁的大树，为她遮风挡雨，送来甜果，亦如她。

燕哥哥从南方回来了，他今天给我换了一个新的故事。南方有个地方，青山，绿水，白云蓝天，还有一片宝石蓝的海，海上有一大群海鸥在打逗玩乐，激起片片浪花，鱼儿遨游在海底，海面上像是撒了亮晶晶的星星一般闪闪发光。那儿的小镇叫江南小镇，依山傍水。叫卖声，弹唱声，琅琅书声……让小镇更活泼了。人们都卖缤纷陆离的布，朝霞般的颜色，雾霾天的灰色，土壤的浅黄色，还有太阳的暖红色，家家院中都有个大染缸，那缸中水也缤纷多彩，好似那缸中水浸染的不是布，而是我的心，一颗向往大千世界的不可遏制的野心。

不知不觉中，我又长高了一截，我的华冠又伸出一米。

种树人依旧来，但至于她什么时候回家，什么时候来，我从不关心。只有时间它过得匆匆，我已经习惯与燕哥哥和它的小伙伴们高谈阔论。我的世界中心不再只有她了。于是，连种树人对我的悉心照顾也使我感到理所应当。

“喂！你可不可以走开啊！我已经长大了！”

终有一天，我恶狠狠地说出了这句话。我开始对她各种不尊敬，但她依然日复一日地重复着自己认为值得的事。我不愿搭理她了，甚至埋怨她多管闲事。烦恼时，说出的话连我自己都感到过分，她倒像是个“没事人”一样，依旧对我好。但我看到她哭了。

终有一年春天，那群燕子再没回来过。我翘首去寻它们的身影，一天又一天。但它们终究没再回来过。我的心底仿佛失掉了什么似的，像个沙漏，一点一点地流逝干净。金丝雀和乌鸦嘲笑我的愚拙。我想起了种树人。我盯着小路口，咦？怎不见她的身影？这路怎么了？以前的她不都是这时来的吗？

如今的种树人，走不动了，如今的小路，满是石子又坑坑洼洼……

月亮姐姐告诉我，路从来都很泥泞。种树人的一生极其短暂，对我的付出却都是真心实意的。我长大多少，她衰老多少……我的眼睛湿润了，她弓下身子浇水，一手扶腰，一手吃力站起的样子一直在我脑海挥之不去。

我是被那种树人亲手种植的，生长的并不是根，不是生命，而是她的良苦用心，唯有自己长成一棵大树，长到足够高，枝叶足够茂密，足够当她的遮阳伞、避风港，才不负时光，不负她。

丢

高一（2）班　白银

早上的阳光洒满大地，将每一寸土地都照亮，早上的微风轻拂大地，同时也吹过我的脸。而我看着手上的篮子却不知如何是好。

今天上午，当我睁开眼睛，便看见爸爸那张又大又黑的脸在来回摇动，爸爸说：“今天去河边‘淘’石头，快点起床，起来之后吃早饭，然后便去十公里外的河畔。”

饭很快吃完了，我们便开着车去往目的地，沿途中我发现郊区的风景真是令人流连忘返，两旁是又高又大的白杨，偶尔出现几户人家，天是蓝色的，树是绿色的，公路旁还有一些红色的房子，构成了一幅绝美的画。

到了目的地，我们便开始“淘”石头。爸爸是个石头迷，经常捡回来一些漂亮的石头，例如：木纹石，猪肉石，蜡石……千姿百态，引得我也不知不觉喜欢上石头了。

石头上的阳光反射出去，发出耀眼的光芒，在我看来每一块石头都很精致。你看，这一款圆圆的，像一个鸭蛋，晶莹剔透，而那一块则是褐色的，镶嵌着几道细细的暗红色条纹，古色古香……只要我一看到这些石头，就会毫不犹豫地捡起来放到篮子里。于是，没多久，我的篮子就已经装满了。可是，说不定还有一些我喜欢的石头，这可怎么办呀？再看看爸爸的篮子，只有几颗小石头而已。爸爸边走边看，很少俯身捡石头。

不一会儿，我就很累了，坐在岸边的草地上休息，爸爸见状，便走过来，坐在我身旁。他看着我篮子里的石头，笑着说：“你捡的石头大多数都无法成为艺术品的，它们的样子、质地、色泽、造型都很一般。你不懂得如何欣赏，也不懂得舍弃，才会让自己这么累。”

听了爸爸的话，我不禁看着石头沉思起来。舍得，有舍才有得。但我们对一些东西的价值不了解时，便以为它们是贵重的，不会将它们丢弃，从而让自己变得很累。

想到这里，我看了看篮子里的石头，经过仔细审视，丢弃了许多石头，这样一来，我的篮子就空了许多。

原来，懂得舍弃，也是一个大学问。人的一生，应懂得如何丢弃，而不是一味地得到，也能让自己的生活更加丰富多彩。

恋上小物件

高一（6）班　马卓亚

奔走在成长的途中，我几乎一无所有，但那些尘封多年的小物件似乎足以伴我一生。

应该是从初中开始，不，应该是更久之前我开始留意生活中的小物件。我一直在想，是不是以后的一切都将埋于回忆中。

正如一位诗人在他的诗中写道：总有一天，我们会相互遗忘，不再言谈，不再欢笑，不再有九月的晚风和十月的银杏。遗忘很可怕，我不想留有遗憾，所以我选择用这些小物件来记录美好回忆。

在我的小小物品盒中有一枚纽扣，于现在而言，实在老土得掉渣了。

不会再有任何一件衣物和装饰品上还会有这样的纽扣。它是一枚酒红色的纽扣，只有食指指甲盖那么大，上面还有四个圆圆的小孔。我记得很清楚：这个扣子是当年我家盖新房时奶奶给我买的一件衣服上的。

我是奶奶最小的孙女，所以奶奶对我格外疼爱。无论我想要什么，奶奶都会满足我的要求，买给我，她最喜欢看我心满意足后兴高采烈炫耀的样子。那慈爱的目光至今都令我心中溢满暖阳。

记得当时正值仲夏，小朋友们都穿着漂亮的小裙子，我心里很是羡慕。于是，我回家就当着全家人的面说出了想要新衣服的想法，可是当时正在盖房子，急需用钱，我家的经济状况也不是很好，所以我刚一开口便被妈妈一口否决了。起初奶奶也不同意，但后来看到我流着泪满地打滚的可怜样，第二天便狠下心来给我买了一件。由于来之不易，那件衣服被我穿了三年之久，后来实在不能穿了，我便拆下来了这颗纽扣作为纪念。

一颗纽扣也许并不能说明什么，但它于我是爱，是暖，是动力。现在的我依然会零星地想起奶奶，想起与奶奶的点点滴滴。在陷入瓶颈、学习困难、伤心难过时，我会将它放在手中，想着奶奶即使没有念过书，依然用她自己的方式鼓励我。于是我重新找回初心，努力向学。

当然了，我也会收集一些这样那样的东西来充盈我的回忆。比如说我还会收集一些不同颜色、不同型号的笔芯，它可能在别人眼中很普通，很幼稚，但于我而言它是我曾奋斗过、努力过的象征物。可能有人会说“至于吗？用过就扔了呗”之类戏谑或鄙夷的话。我只想说：有人羡星星之丽，伸手摘星，努力多时，却不可得，人嘲笑其自不量力。但是，我要说，伸手摘星，虽未得星，却心纳美景，手不染污。

收藏小物品是一种习惯，一种发现美好、保存美好、回忆美好、持续美好的过程。

亲情邂逅青春期

高一（2）班　武文森

亲情，是一杯茶，清香而悠远；亲情，是一首诗，优美而长久；亲情，是一颗糖，甜蜜而幸福。是啊，世界上最伟大的爱莫过于父母对我们的爱。他们是唯一愿意为我们付出而不求任何回报的人，只要我们健康就是他们最大的欣慰。小时候，我们依偎在父母身旁，快乐地享受着这美好的亲子时光。然而，孩子终究会长大，会有自己的想法，也都会来到那段只属于自己、充满激情、年少轻狂的时期——青春期。

时间在一点点流逝，我们逐渐长大，父母却在慢慢变老。自从进入高中之后，我和父母的交流便越来越少。以前，还在上学的时候，每次一放学，我便喜欢拉着父亲宽而大的手撒娇，让他陪我买许多好吃的东西。回到家中，吃完晚饭，我总拉着他陪我看他认为最幼稚的电视，每次总是皱着眉头，最后总是合不拢嘴大笑。时常，我会左手拉着母亲，右手拉着父亲，慢慢走在乡间的小路上，一边游玩，一边讲述着学校发生的奇闻怪事，逗得他们捧腹大笑，这样的生活是何等幸福。上了高中之后，我好像再也没有和他们一起散过步，取而代之的是我的冷漠不言。每逢放学回家，我总是背着书包径直地走进我的房间，关上房门，享受着属于自己的小天地。曾经坐在电视前的景象变成了我独自坐一旁低头玩手机，父母不言语地看电视，客厅里一片冷漠和寂静。直到有一天，这样的寂静才被打破。

母亲给我写了一封信，信上大致说：孩子，我们知道你现在处于青春期，是最狂躁但也是最快乐的时期。人们都说女儿是母亲的小棉袄，是父亲的小情人，可你每次回到家中，面对我们总是冷漠和不耐烦，虽然你的父亲不说，但我可以看出他对你的无奈和失望，不知道该用什么言语和你说，所以只能用写信的方式告诉你。看完了母亲的信我鼻子突然有一种涩涩的感觉，视线渐渐模糊了起来，眼泪悄无声息地落在了信纸上。我自己默默地想着，我这样真的快乐吗？好像并不是，似乎还有一些孤独和忧伤。好像与父母在一起的时光才是最快乐、最幸福的。我才意识到自己的过错。父亲的发缕中多了一些白丝，母亲美丽的大眼睛，眼角多了许多鱼尾纹。我第一次感到时光是那么的残忍，时光请你慢一些，请你善待我的父母。

泪滴终点会风干，伤的终点会结痂，爱的终点会温暖，梦的终点会开花，我们终将会独自长大，父母也终将会离我们而去，别在我们年少轻狂时，让他们成为我们最熟悉的陌生人。

总有一种期待

高一（2）班　侯琪

我是个山里娃。

山里娃和城里娃不一样，城里娃只管埋头读书，吃穿有家长伺候，山里娃没有那福气，除了读书还得帮家长干农活。

山里娃和城里娃也有一样的地方，那就是不管是山里娃还是城里娃，大家总有一种期待，城里娃的期待很单纯——考上一所理想大学。山里娃的期待也很单纯——走出大山，变成个城里娃。

为了实现自己美好的期待，城里娃在孜孜不倦地努力——读书，读书，除了读书还是读书。较之城里娃，为了实现自己美好的期待，山里娃要付出两倍的努力，因为要走出大山，要变成个城里娃，先要考上一所理想的大学。

放羊的时候，羊和我都很繁忙。羊忙着吃草，我忙着读书。羊吃草，一副踌躇满志的样子；我读书，一副志在必得的架势。羊吃着草，不时东张西望，咩咩地叫几声，像在告诉它的小主人：别管我，你只管安心读书，我不会走远，我就在你身边。善解人意的羊解除了我的后顾之忧。我忘情地读书，读语文，读英语，读那些拗口的定义、定理……琅琅的读书声，和着满耳的天籁——风声、流水、鸟鸣，在绿草盎然的山坡上回荡。

就在这平淡的牧童生活中，我幼小的心灵一天天骚动起来：这样的生活我是多么不甘心啊！我不甘心就这样在大山里放一辈子羊，更不甘心重走父辈的路。我要走出大山，到山外的世界闯荡，使自己变成个城里娃。

于是，怀着这种期待，面对堆积如山的学习资料，我不再犯愁了，书海冲浪，不失为一种富有情趣的生活吗？听到老师严厉的批评，我不再抱怨了，逆耳忠言，不失为校正航向的罗盘吗？面对考试的失利，我不再沮丧了，一次挫折，不失为通往成功的一块基石吗？

就这样，我脚踏实地地往前走，我心中的期待不仅越来越清晰，而且离我越来越近了。

城里娃，你们等着吧，总有一天，我会和你们一样，成为一个名副其实的城里娃。

山外的世界，你等着吧，总有一天，我会向你走来，走进你的怀抱，融入你的血脉。

因为，总有一种期待，会赋予你无限的生活激情；总有一种期待，会让你在坎坷遍地的路上义无反顾；总有一种期待，会让你穿越重重迷雾，找到属于自己的人生坐标。

汉 字

高一（2）班　杨雪

我们中国的汉字，落笔成画留下五千年的历史，让世界都认识；我们中国的汉字，一撇一捺都是故事，一平一仄谱写成诗。

——题记

中华民族引以为豪的是我们不仅有着悠久灿烂的文化，还拥有世界上唯一从未断裂过的文化。其中，汉字的功德殊莫大焉。

偶然在听音乐的时候听到了这样一首歌——《生僻字》，歌词中的生僻字让我一瞬间涌起了一种不可言喻的感受。是激动，激动这是浸润着传统文化的中华汉字；是骄傲，骄傲这是强韧的中华民族所传承下来的中国汉字；但更多的，却是哀愁，哀愁这是我们中华文化实现繁荣的根基，但是又有多少人可以一字不落地念出来呢？

在这首歌的激励下、引导下，激起了我对“中国汉字”的好奇心。

有这样的一个故事。有一次，北方的匈奴要进攻中原，送来了一张“战表”，题着“天心取米”四个大字，满朝文武大臣没有一个可以解得此谜。最终一个叫何瑭的官说他有退兵之计。只在四个字上方各添了一笔原信送回。匈奴将领以为中原不敢应战，但拆开一看后便急令退兵。原来在上方各添一笔后变成了“未必敢来”。

这个故事看完后给人一种啼笑皆非的感受，但仔细想来，汉字是多么博大精深啊！它蕴藏着中国人对大自然天地万物的体验与认知，蕴藏着古人一脉相承的智慧。

几千年来，汉字像一只看不见的手，承载着悠久灿烂的中华文化。民族的自信，源于文化的自信，文化的自信，更多的是源自于汉字，不是吗？

“冬天的时候能穿多少穿多少，夏天的时候能穿多少就穿多少。”这听起来是多么有趣的一句话呢，其实在生活中我们也会经常用到偏义复词，不过是没有发现和感受到而已。“中国的足球，谁都赢不了。中国的乒乓球，谁都赢不了。”这样一句简单的不能再简单的话中又可以体现出几个意思呢？这样看来，汉字是多么有趣啊！

汉字是民族文化的化石，是历史的载体，是前人智慧的结晶，是有了鲜活生命的个体。让我们一同来感受中国汉字的魅力吧！用心去体会、去感受、去了解它吧！

珍藏的财富

高一（6）班　杨佳

那是一句平静朴实的话语，但却是我一生都值得珍藏的财富。

“泥泞留痕，不经历风雨，怎能见彩虹？”这句话语气平缓，渗透着对生活的思考、认知，是父亲对我的启发和激励，它时刻萦绕在我的耳畔，它告诉我：人正是在不断面对和战胜挫折的过程中成长起来的。

那是我和父亲一起走在田间小路上所感悟出来的，它好似一束阳光，照亮了我原本朦胧的心。

还记得在我准备中考的那一段时间，本来成绩优异的我不知为何在初二时突然出现了问题，直到初三，面对越来越多的问题，我变得十分低落，只觉得自己前方的路都蒙上了一层雾，模糊、渺茫。

一日晚饭后，父亲见我仍闷闷不乐，就带着我出了小院，来到后山的田野间。雨后的空气非常清新，带着一丝大地泥土的气息，让我在不知不觉中心情放松了许多，远处的山峦起起伏伏，近处的稻禾灿黄如金，呈现出一片勃勃生机，久而久之，身在其中，让人一下子忘记了所有的烦恼。

“你能找到刚才来时自己的脚印吗？”耳旁传来父亲的声音。“能！”我不假思索地说并且低下头，顺着刚走过的路，指着留下的脚印给父亲看。“如果在平时天气晴朗时，你是否还能像今天一样这么快地找到它们呢？”我摇了摇头。“因为下雨，泥土变得泥泞，所以很容易留下痕迹，而这，不就像是人生吗？”

“人生？”父亲的话说得很平淡，却让我大吃一惊，我似乎明白了这平淡的话语中所包含的生活哲理。是啊！生命只有经历过风雨才能够在人生的道路上留下痕迹，才能够实现人生的价值。从那之后，我充满了斗志，开始对自己的未来充满期待，萦绕在心间的那层雾也渐渐散开，我时刻记着那句平静朴实的话，也是这句话才让我有了信心考上了高中！

“泥泞留痕，不经历风雨，怎能见彩虹？”这，是我一生都值得珍藏的财富！

阳 光

高一（6）班　马思萍

一个突如其来的消息打破了他平静的生活，他的笑声也戛然而止，他脸上的表情就像是羽毛落入湖水中，丝毫泛不起一丝涟漪，只有沉默。此刻他的心已经被包裹起来，一层一层紧紧包裹，似乎再也见不到阳光。

他被送到孤儿院的第一天，一整天都独自一人蜷缩在墙角默默地擦着眼泪，脸上的两行泪痕在阳光下闪烁着清冷的光，背后的墙坯粉料也在阳光下折射出刺眼的光，一切都像是在烘托这本该有的悲伤气氛。脑海中回想着过去种种，悲伤再次涌入脑海。

那个最疼爱他的小姨竟然是破坏他家庭的罪魁祸首！而妈妈对此事也不相信，直到离婚协议书被一双纤纤玉手推至面前，现实与残酷的对比引发了妈妈的旧疾，现在她永远长眠了。那个男人和那个女人离开了，现在就只剩他一个了。

他从此不再相信任何人，特别是那些对自己好的人。他更不愿去接触陌生人。在偌大孤儿院里，他总是两手抱着双腿，把头埋在两腿之间，独自一人靠墙蜷缩在一旁。经常一坐一整天，似乎他本就是那风景的一部分。

“嗨，小朋友，你在干什么啊？怎么不去与其他小朋友玩耍？”这突兀的声音引起了他的注意，小男孩迟疑地抬起头看了看这个两鬓斑白的老头，老头的脸上堆积着笑容，一副和蔼可亲的样子。但他不是一般人，他并没有给予老人任何回应。那老头并没有气馁，依然问着小男孩各种各样的问题。小男孩只是轻轻眨了眨眼，依旧没有回答他的问题。这时，老头的双手轻轻地撑着地面，小心翼翼地一点一点慢慢接近他，确定了小男孩没有什么过激行为之后，他靠着小男孩坐了下来。两人都没有说话，只有风吹树叶的轻拂声。

墙角的圆形灯照射出了夜晚的第一束光，小男孩先开口说话，“我不需要你的可怜，你走吧！”老头果真走了，小男孩的嘴角抽搐了一下，或许他自己也未发觉！

第二天，小男孩依旧在墙角，老头又一次坐在他的身旁。这样的陪伴是无声的，但却是宝贵的，长久的。

树梢上的嫩叶渐渐舒张，天气也暖了，五月不期而至，小男孩的生日也尾随而来。老头在生日当天拿来了一株猪笼草。他对小男孩说：“这种长着两瓣叶子，有着一个大笼子的植物叫猪笼草。它常常发出诱人的气味，招来许多昆虫，这些昆虫往往会循着气味一步步走向这个笼子陷阱，然后顺着冰面一般的内壁滑入强酸胃液中，然后慢慢地被猪笼草的胃液浸没，分解，再被吸收。”过了一会儿，他又说：“但有一种昆虫叫红蚁，它们是唯一能够逃脱的昆虫，它们同其他昆虫一样会被浸入胃液中，但当他们在胃液里时会抱堆咬向猪笼草的右侧壁——那里是最薄弱的地方，到最后红蚁总会死里逃生。”

小男孩明白老头的意思。但他的内心却无法像一般人那样释怀，或许那根结有些许松动，却未曾被解开。老头又拿出一盆向日葵。“向日葵的一生都在追着太阳光，无论是晴天还是阴天。它们也因此受过伤，但它们未曾放弃。”小男孩的眼睛偷偷看了老头一眼，那一眼是放着光芒的。

在后来的一些天，老头依旧来，只是他带来了一些向日葵的种子，老头强迫男孩陪他种植向日葵。男孩虽然很不情愿，但他微微上扬的嘴角却带有暗示。老头或许从未发现，但他会经常运用比拟的手法，抽象地比喻生命，让男孩知道人性的美，给他讲许多大道理。

时间是良好的治愈剂，小男孩渐渐地开始像向日葵一样追着阳光转，开始相信那个老头，开始相信其他人，开始体会世间的美。

那老头只是一个普通的护工，但他却懂得如何疗伤，他并没有剥开那层茧，让阳光露出，而是选择在茧外重新种植阳光，那份阳光包围着茧，直到茧慢慢破开。

没有伞的孩子必须学会奔跑

高三（17）班　马文睿

努力的力量在于即使身处逆境，亦能帮助你扬起前进的帆船；努力的魅力在于即使遇到险运，亦能召唤你鼓起生活的勇气；努力的意义在于即使遭遇不幸，亦能促使你保持崇高的心灵。

我明白，在人生当中高考只有一次。

但我并没有想过，高考会瞬间降临在我的身上；从没想过，那曾使万千高中生焦虑的高考恐惧症会笼罩在我的身旁；从没想过，人生中唯一确切需要努力拼搏的时光，却在我还犹豫不决时悄然而至。但现在我面对这一确切的事时，我唯一可以做的就是——全力以赴，不留遗憾。

没有优异的成绩，没有过人的才华，没有潇洒的资本，没有惊艳的容貌，也没有足够大的保护伞可以帮我阻挡一切。我只有靠自己，我很庆幸，我有一双可以奔跑的脚，有一颗可以支撑自己的心。

上帝是公平的，虽然没有给我强大的靠山，但他给予了我可以奔跑的双脚，使我凭借坚强的力量奔向终点，我很庆幸，即使满身泥泞，我也微笑着迎接阳光，没有伞的孩子必须学会奔跑。

在迷茫的路途中我看到不断有人超越着我，我期望有一把伞可以替我阻挡一切，但生活实实在在地把我打回现实，压力是这样让人窒息，让人无助，让人迷茫。我只有不断地调整自己，让自己接受高考的洗礼。我不该退缩，因为我身上背负着父母和老师的期望，为了不让所希望的变为失望，我也应下定决心，告诫自己必须努力奔跑。

经历如同人生的砺石，生命的锋芒在磨砺中闪光。在义无反顾奔跑的路上，我不甘平庸，不愿趋炎附势，也不愿故步自封。我会奋然前进，努力奔跑，即使前方满路荆棘。

我，是没有伞的孩子，所以我必须努力奔跑，去坦然地面对所得，奋然地争取未来，做最好的自己。

家园情　赤子心　中国梦

高二（3）班　周媛媛

三十年河东，三十年河西，莫欺少年穷。

几百年屈辱，几千年辉煌，莫忘中国梦。

——题记

当嘹亮的国歌声响起时，当上下五千年的璀璨文化踊跃而出时，当中国焕发出别样的生机和活力时，我骄傲，我是中国人，我自豪，我有中国梦。

我的祖国母亲，她有着美丽富饶的江河国土，有着博大精深的千年文化，同时，她也有着朝气蓬勃的青春斗志，有着腾飞雄起的远大抱负。一个饱经沧桑的悠悠古国，孕育出伟岸的精神，散发着迷人的魅力，看上去是那么的美好，而又充满生机。然而有这样一个梦想，如雷般在中华大地上绽放，它有一个响亮的名字——中国梦。习近平主席是这样定义它的：实现中华民族大复兴，就是中华民族近代最伟大的中国梦。每一颗热血的中国心里都有着一个宏伟的中国梦，因为我是中国人，所以中国梦就是我的梦。

“我的中国梦”是绚丽的，是美好的，也是如诗如画的。我梦想，湛蓝的天空中，白云触手可及，鸟儿自由飞翔。我梦想，清新的空气里，没有雾霾的“肆意畅游”，充满着沁人心脾的花香。我梦想，远处的青山和沙漠，枝叶茂盛，绿树成荫，郁郁葱葱。我梦想，一片苍茫大海，没有任何污染，鱼翔浅底，无拘无束。我梦想，百姓安居乐业，生活幸福，走出贫困，迈向小康。我梦想，台湾同大陆和平发展，两岸同胞坚持“九二共识”，共同携手圆筑中国梦。我梦想，国家富强，民族振兴，春华秋实，硕果累累。

我为中国梦而努力奋斗。“人民的好总理”周恩来，从小就立下了“为中华崛起而读书”的愿望。“导弹之父”钱学森国外留学时，克服了重重困难，最终回到了祖国的怀抱，并为祖国实现“两弹一星”做出了贡献。国际功夫巨星李连杰，曾在美国总统面前这样说过：“我要保护的不是一个人，而是十三亿人。”这是多么鲜红如血、慷慨激昂的中国梦啊！“杂交水稻之父”袁隆平，也有一个梦想：“干到九十岁，种出亩产一千公斤杂交水稻。”苏格拉底曾经说过：“世界上最快乐的事，莫过于为理想而奋斗。我们从不怀疑，因为梦想只要奋斗，就可能变为现实，哪怕没有成功，我们也不后悔，因为我们至少努力奋斗过。”作为21世纪的青少年，我们是民族的未来，国家的希望，必须肩负起自己的责任，为实现伟大的中国梦而读书，不要畏惧未来的险阻，勇敢面对挫折，克服困难，用青春与知识实现中华民族的伟大复兴。

少年智则国智，少年强则国强，少年雄于地球，则国雄于地球。天下兴亡，匹夫有责，让中国因为我们而强大，因为我们而精彩。在青春的路上，我们勇敢地追逐着梦想。也许，我们会遇到困难和挫折，但我想，只要我们下定决心，梦想就在前方，只要拼搏就会有希望。中国梦是最美好的中国梦，它代表了千千万万颗忠贞不渝的赤子心，更象征着民族未来的希望之梦。勤劳而充满智慧的华夏儿女们，坚持自己的远大理想，刻苦学习，艰苦奋斗，开拓创新，请珍惜我们花朵般的年龄，用自己的实际行动做出响亮的回答。

今日我们为中华崛起而读书，明日我们为祖国繁荣昌盛奉献力量，因为，我们怀有这样的信念，让东方雄狮怒吼，让中国巨龙腾飞，让中华民族以昂扬的姿态屹立于世界之林。

梦融中国梦

高二（3）班　张芸沁

梦想一直是一个永恒的话题，21世纪，这是一个绽放梦想的时代，每一个人都是大梦想家，中国梦从我的梦开始，许许多多的梦凝结在一起，成为了一个梦，那就是中国梦。

中国自古以来就是一个富有梦想的国家，多少仁人志士在中国的锦绣河山上书写了自己的青云之志，又有多少青年勇士在战场上抛头颅，洒热血。有“天生我材必有用，千金散尽还复来”的李白，“会当凌绝顶，一览众山小”的杜甫，“路漫漫其修远兮，吾将上下而求索”的屈原，“人生自古谁无死，留取丹心照汗青”的文天祥，“老骥伏枥，志在千里；烈士暮年，壮心不已”的曹操，“三十功名尘与土，八千里路云和月”的岳飞……中国人是富有梦想的民族，作为一名中国人，我也有着梦想，有着“我的中国梦”。

仁善之梦，在这个梦里，中国是这样的。我们每个人都怀有一颗仁爱之心，老吾老以及人之老，幼吾幼以及人之幼。每个人都能真诚待人，没有虚伪的谄媚，没有利益的倾轧，仁爱就像一把钥匙，它打开的是人与人之间的心结，是国与国之间的信任，它将使中华民族永远屹立于世界优秀民族之林。

统一之梦，在这个梦里，中国是这样的，没有分裂与动荡，没有矛盾和冲突，版图上那一只报晓的雄鸡，是中国亘古不变的领土。五十六个民族五十六朵花，五十六个民族是一家，所有人都像亲人一样，共同享受着劳动果实，共同享受着幸福的生活。

强国之梦，像林俊德那样奔赴到工作的最前线，献身于我国的科研事业，努力拼搏，为国家的科技发展贡献出自己的一份力量，为祖国打造出一片新的蔚蓝天空。我们希望各级政府、国家有关机构能做好国防措施，在灾难来临时能够迅速作出反应，使家庭幸福美满。当然，这也是我们每个人的中国梦。老师们的中国梦就是培养更多的学生，使他们成为国家的栋梁……这都是人民对国家的憧憬与希望。

在当今时代，中国面临着国内外前所未有的机会，但同时也有着前所未有的挑战，祖国的未来何去何从，关键在我们青年！正如梁启超所说："少年智则国智，少年富则国富，少年强则国强，少年独立则国独立，少年自由则国自由，少年进步则国进步，少年胜于欧洲，则国胜于欧洲，少年雄于地球，则国雄于地球。"

当下，祖国统一大业尚未完成，社会主义现代化建设如火如荼。身边每一个青年人，都应该牢固树立起自己为社会主义建设不懈奋斗的中国梦，不仅仅是嘴上说说，更要付诸行动。也许一个人的力量很小，可是当我们青年团结起来，一心为国家的发展、为国家的繁荣富强，继续奋斗，深入贯彻落实社会主义荣辱观，学习道德楷模，把学习雷锋贯穿到个人生活中的每一件小事中，以自身的行动感染身边的其他人。我们的国家一定会更强大，我们的民族一定会更有美好的未来。通过以上的方式，我将不断把自己变得更加完善，成为一个全面发展的人，在祖国的建设中贡献出自己更大的力量。

我们要像爱家一样爱护我们的祖国，敢于担当、勇于开拓，尊敬师长，团结同学，努力学习科学文化知识，掌握过硬本领，锻炼身体，全面发展，将来成为建设祖国的栋梁。

怀揣我的中国梦，不以物喜，不以己悲，携长风浩荡而去，昂首挺胸风沙渡！

平凡的人　不平凡的梦

高二（17）班　丁菲

“喂，醒醒，醒醒，是不是又梦见自己为国家效力了？这种梦做一做就可以了，外面的太阳如此的红，你的梦倒是做得不亦乐乎啊。”其实我完不成世界蓝图，但也可以为自己绘制梦想的地图啊，再说余生还长，何必慌张，慢慢来，我一定有成功的那一天。

梁启超先生曾说“少年智则国智，少年富则国富，少年强则国强。”作为一个21世纪的青少年，为国努力是我的责任，更是义务。TFBOYS三位青年才俊，为了梦想，即使饱受争议，但也从未止步，他们用汗水证实了自己，用前行的脚步绘制了自己的梦想，他们以清新的形象，不凡的唱跳实力，成为人们心中的偶像，他们难道不是在为自己的梦想而努力吗？在担任央视少儿励志节目少年中国强的推广大使时说，少年强不是说哪方面非常强，一直有进步，才代表少年强，是啊，毛泽东爷爷说“好好学习，天天向上”，简简单单的八个字，却告诉了我们，成功不是一蹴而就的，每天进步一点点才是真正的进步，而我们要做的就是为了梦想时刻准备着。

可是只有梦想，那是远远不够的，努力坚持才是重中之重，成功需要提早设定目标，更需要努力去实现，我们每个人都应该有梦想，但许多年之后却发现因为没有用行动去实践梦想就变成了空想。美国汽车工程师和企业家亨利·福特先生不仅有梦想，更有行动，并且坚持了17年，因此他成功了，建立了他的汽车王国。再看看我们计划做得完美无瑕，可当实施起来的时候，总有一千个一万个理由去推脱，等到了时候又追悔莫及，每次都是这样，难道生活给的教训还不够吗？青春需要信念，人生需要坚持，唯有坚持才可以在未来收获成果。

虽然我们普通人没有 TFBOYS 的知名度，也没有福特的影响力，但我们也可以有自己的坚持与努力。我的梦想没有多么宏伟，也没有多么多彩，我只想考上自己心仪的大学。小时候看见站在三尺讲台上应对自如的老师，我便暗下决定，我一定要成为像老师一样的人，站在讲台上，用手中的粉笔指点江山，后来我又看见了那些大老板，真是威风，一句话就是一个亿，说开除谁就开除谁，眼睛都不眨一下，我又一次下定决心，我要换梦想了，不当老师了，我要去当大老板，用我的双手掌控世界。现在想一想，真是年少无知啊，而现在的梦想就是考上一所大学。小河流水大河满，用我的梦想填充更大的梦想。

从现在开始，我一定要努力学习，为了父母不再那么操心，为了让自己过得更好，为了让国家多一个有贡献的人。我要戒骄戒躁，脚踏实地，虽然我做不到改变世界，但我可以改变自己，虽然我做不到指点江山，但我可以绘制属于自己的梦想地图。

中国梦，我的梦，我相信它不只是一场简简单单的梦，余生还长，我要慢慢努力，日子很忙，我要奋力拼搏，趁阳光正好微风不燥，我要用我的双手去完成我的梦。

让我们每一个年轻人都为中国梦而不懈努力。

天涯在咫尺

高二（15）班　马小珍

烟雨霏霏，花香袅袅，良辰美景，风月依旧，万物美好，缺少的是一种赏识的心态，一双视风尘如归的明目，学会赏识，你会发现风痴花醉，天涯在咫尺。

赏识是别样烟火，乍现于漆黑天空。

赏识是一种独特的也是别样的花火，他是孤雁的尾翼，是烈马的鬃毛。千里马还需伯乐识，“故虽有名马，耻辱于奴隶人之手，骈死于槽枥之间。”马虽好，无人赏识最终也难逃平庸的命运。品江南烟雨，清秋千里丝丝；观离愁悲景，得生命苦汁，听悲欢之歌，淅淅雨声，悟得人生常态须谦逊。学会了如何去赏，如何去识，你就会发现以前那迷茫之感已消迹，擦拭去了黯淡，带来了一缕划破漆黑长夜的柔光。

赏识人间芬芳，花香弥漫园囿。

“非宁静无以致远”，赏识他物也需静心养性，在静中赏识美，悟人间百态。姜子牙因河边垂钓被君主所赏，保周朝世代长治久安为后人所颂扬。爱因斯坦在“板凳”上经历了奚落、嘲讽，而由于他的细致观察，做出了令人称赞的佳作，无论在静中创佳作，还是静中被赏识，关键还需遇伯乐。赏花间芬芳，不仅使自己收获人才，就如同姜子牙河边期遇，还可换国泰民安；就恰似那“赠人玫瑰，手有余香”，也许你会发现身边我植一物，一方水土，一亩鱼池，其中蕴含的是树的坚毅，水的恬淡，鱼的自由自在，所以赏识不必是万里长空，伟人踪迹，也可以是花间草木，鱼虫飞禽，赏花闻香，满园清香。

赏识使烈火重燃，朽木可塑。

有的人虽已离去，但他的精神仍可熏陶后世，他的作品仍享世界名誉。凡·高生前不达志，穷途落魄，但去世后他的《向日葵》被人们所赞美，人们从中知道他内心那份挚热向往光明的感情。如果米开朗琪罗没有发现那块石头，反而听信了人们的话，觉得那块石头是一无所用的废石头，也许就不会有《大卫像》这一千古奇迹，也不会获得后人的称赞，也许米开朗琪罗仍然会是落魄的人。无论是凡·高，还是米开朗琪罗，他们都善于发现生活中的美，敢于将这种情感表露出来，敢于通过赏识他物，使自己获得非凡价值，同时也对自己所表露的事物，赋予了它们不同的意义。赏识真的会让夕阳展现别样的美，让朽木雕琢成为价格不菲的物件。

暮雨潇潇，清秋如洗，秋雨在雨巷中留下馨香痕迹，赏夕阳西下，品天涯咫尺，赏山间风景独好，临江流赋诗作曲，这总是美好的。学会欣赏，让我们去发现每一个人身上的闪光点，去发现每件事物独特的美。

儿时梦，如今梦

高二（20）班　王蓉

因为有了梦想，所以有了等待的心情。这心情有时候很美，有时候却很无奈。几多等待，几多绝望，于是又有了新的梦想，新的等待。

——题记

有一种东西，它承载着人们的希望，这种东西有虚有实，它看不见、摸不着，却能在心中产生一股巨大的力量，它叫作梦想。上帝没有赐予我们翅膀，但赐予了我们会飞的心和能够筑梦的大脑，使我们有了一双“隐形的翅膀”。

初次接触画笔，自然是我笔下的“常客”，蓝天、大树、白云，带给我的是空旷而遥远的遐想；昆虫及其他小动物是我童趣的来源地，它们带给我的是用画笔描绘出的快乐与享受。自然是我心目中的第一位老师，是它教会了我，画自己心中神境。

渐渐地，画笔在我的心目中也建立起了神圣而不可侵犯的地位。它是个美丽可爱的小天使，我觉得用这美丽可爱的小天使绘成的，不只是五花八门的图案，还有流光溢彩的颜色与七彩的梦幻。人们都喜欢色彩鲜艳而美好的画，而不是灰暗低沉的画。“人”就成了我的第二位老师。自打画人起，我自己越发对人的刻画更加细致了，我画起了人物的身材、外表与服饰。

后来，在电视剧与新闻中，我知道了设计师这门行业，是专门设计各种服饰的，清楚地记得，那年我才二年级，我的脑海里就想着将来一定要当一名服装设计师！

当我看到商场里卖的一些衣服裤子，我都会情不自禁地碰一下。衣服，我喜欢把袖子挽起来，或者是把袖子放在口袋里，裤子就把腰带扎起来，塑造出我喜欢的形象。

经过了漫长的追寻，我现在已经17岁了，还有一年我就成年了，如今身为一名美术生，我已经开始追求我的梦想，于是设计师这个梦想，便在我的心中扎了根。我会一直努力追求，直到成功。

因为有梦想，所以我们存在。当然，梦想是一个漫长的过程，仅有一股冲刺的猛劲，是跑不完万米征程的，因此有梦想就一定要将自己的梦想躬行在实践中，坚持梦想，实现我们大家的中国梦，我们自己的梦。

让我们坚定而勇敢去实现心中的梦想吧！

肩 膀

高三（4）班　王启轩

总会有一个人让我成长，去历尽人生百态，错过了别人对你说“不”，你就再也不会长大了。

——题记

在人们所有千丝万缕的情感中，有亲情、爱情、友情，这些固然弥足珍贵。或许那还是一段别离，是一种成长，是有着“十年生死两茫茫，不思量，自难忘”的生死不渝，更是“一生大笑能几回，斗酒相逢须醉倒”的肆意豪迈。人生多么珍贵，可人们往往忽略它的美好，着实令人可悲可叹。人们总是仰望着别人的项背，却忽略了伟大的肩膀。其实人生的美好天天在你身旁，从未走远。

父亲，一个世界性的字眼，可敬、可尊的字眼。而我恰恰并不如此，我并不能做什么事都让父亲如意。冲撞、争执充斥了我的生活。在我一天天地成长中，思想和情感也如滔滔河水汇入江海，生活的种种也造就我的性格。犹记小时候沉默寡言的我，并没有什么特点，反而颇显懦弱，在我第一次受欺负时，哭着回家找父亲争论，却被劈头盖脸一顿臭骂时，当时的我觉得生活一点也不美好。是啊，这就是我的父亲，也许当时他并不是我倚靠的伟大的肩膀。

听爷爷说，父亲从小顽皮，惹出不少祸端，而爷爷又是出名的严苛。父亲在家排名老二，当时，家家都不富裕，如果学习并不出众自然是回家帮忙务农挣工分。可爷爷卓尔不群的思想让我现在也为之钦佩，爷爷不管生活多苦，也挨个供养父亲和叔伯们学习，十多年一如既往。可事情并不总是尽如人意。五个孩子一一名落孙山，扫兴而归。父亲更是与众不同，没高考之前，父亲早已因顽劣的性子大闹教室扬长而去。1996年父亲从军担任坦克驾驶员何等潇洒，当然梦想总被现实狠狠地拍在沙滩上。随后，由于转士官需要钱打点走动关系，迫于经济压力无奈退伍，父亲跟我讲了很多很多他的军旅生活，一点也不乏味不枯燥。父亲说："在我坐上火车回家时我的心就像猫抓一样难受。"看见父亲的表情平淡中却有些"狰狞"，那是承载着一个人的青春、梦想的回忆，是他独自在夜里流泪的不甘。

回到家后，父亲又一次面对现实。父亲贩过羊绒，贩过铁，建工队里搬过砖。在我看来这很现实也很丰满，父亲的表情里透出多少不甘。一个男人想作为，却总是经历着失败，父亲就是这样倔强。偶然，在一次父亲喝得酩酊大醉后，在并不意外的讽刺、挖苦和刺痛我藏在内心的弱点时，我又一次看懂了这伟大的肩膀。父亲讲述着以前的事，当时爷爷还是村上的队长。严苛的爷爷对自己的儿子当然更不会心软，别人家的田埂夯一遍爷爷家的却要三遍，父亲很无奈很不解。在父亲决定要去建工队挣钱时，爷爷又逼父亲必须劳作挣工分，只为了年末分得更多粮食。父亲提着我的衣领，他说："你爷没错，是我错了。"我至今都忘不了父亲那无法描述的眼神，父亲懂了，这是老一辈的人的责任。粮食也并非只是粮食，是对一个家的爱和呵护，无关乎语言，也不关乎心情。父亲哭了，那是我第一次见。父亲用健硕的双臂支撑着自己，嘴里念叨着："爸爸没用，没给你更好的生活。"这一句话勾起了我所有的委屈和回忆，也留下了早该决堤的泪水。我理解了父亲为什么给了我别人没有的东西，却又在我需要呵护时毫不心软。我理解了一个父亲想给自己孩子更好的生活，一个父亲的不甘和艰辛。此时他是那么伟岸，他的背影是那么和蔼。父亲就如同巍峨的高山，让我仰而心怜，不敢长啸。

父亲就是这样，而我也正是在这样的情境中渐渐长大。在父亲一次次的责骂中，我被牵引；在他大醉后的挖苦讽刺瞧不起中，我慢慢站了起来；在这个矛盾、执着的男人背后，我看到了伟大和温暖。他并没有呵护过我，因为他早已送给了我铠甲。

谢谢，我的父亲。如果快乐太难的话，那我真诚地祝您平安！

最遥远的距离

高一（5）班　何雨欣

对我们来说，什么是最遥远的距离？是地球到宇宙的边缘吗？是生与死的分别吗？看到那长长的数据，难道那就是最遥远的距离？那离我们实在是太遥远了，只是遥遥观望，却不能感同身受。如果要说世界上最遥远的距离是什么，那肯定是人心。

每个人都有一间心房，那是最柔软的地方，然而，心房之外是一把带刺的锁，使伸展的心灵桥梁坍塌。于是人们带着机械的表情，冷漠置之，不愿帮助别人，对别人带着猜忌和怀疑……其实仔细思量一下就会明白，对对方的不信任，实际就是对自我的不信任。推测对方的内心时，人就像把自己的生命反映到镜子中一样，凝视时，再将其投影于对方，从而决定信任或不信任对方。都市高楼大厦，霓虹灯迷幻冰冷，唯有人心最热，却因这些情绪，迷了内心。朋友，世界上最遥远的距离，就是我们都站在自己断裂的心桥上，明明触手可及，却虚伪相待。

或许每个人都需要几张面具，我想每个人的灵魂深处都是孤独寂寞的，所以我们才会试图在人群中寻找温暖，然而最终的最终，我们还是会只剩下自己。也许相遇即缘分，该成为知己，为什么最终会成为陌路人，因为一些客观原因？最重要的是，是否对对方坦诚相待。擦肩而过的陌生人啊，若伸出援手，若多些热情，感动就往往发生在一瞬间：一个眼神可能会让你记忆一生；一点资助可能让你感动一生；一句祝福可能让你温馨一世；一点宽容可能让你感激终生。人间自有真情在，陌生人，世界上最遥远的距离，就是我们相隔数米，戴着面具，冷漠示人。

爸爸妈妈，世界上最遥远的距离，莫过于明明是最亲近的关系，你却不知道我的心思。如果你与一个人有隔阂，成为最亲近的陌生人，那肯定是父母了。父母永远都是深有亲情意味的，他们对我们最真情实意，我们有时却会伤害到他们，真的，有时，最容易陌路一场的便是父母。我慢慢地了解到，所谓父女母子一场，只不过意味着你和他的缘分就是：今生今世不断地在目送他的背影渐行渐远。你站在小路的这一端，看着他逐渐消失在小路转弯的地方，而且，他用背影默默地告诉你不必追。

一切能激发生机的思想都是美好的。敌人永远只有一个，那就是自私，它能使生命的源泉变得浑浊而枯竭，它能使心灵的天空变得狭窄而阴暗；它能使理想的星辰变得昏暗而模糊。朋友们，努力激发你心中的光明和力量，激发那无私的爱和奉献的喜悦，因为我们是人。

世界上最遥远的距离就是人与人心的距离。我们明明如此亲近，为何不敞开心扉？趁阳光正好，趁微风不燥，趁世界不那么拥挤，趁我们还有呼吸，去见你想见的人吧！

我的家乡——宁夏

高三（14）班　王安强

常有人说，最美的地方不过是宁夏了。近年来，我的家乡正在发生着翻天覆地的变化，宁夏人民的经济收入提高了，信息发达了，就连以前的泥泞小路都变成了柏油大路了，身为宁夏人，我骄傲！你问我们家乡有什么？告诉你，有很多的好东西，有多少？好吧，我来给你一一介绍。

长红枣可是我们宁夏的招牌呀。长红枣大多产于灵武市，长红枣栽培历史悠久，品种优良，果味鲜美，汁液甜而多，果肉白绿色，可食率和营养价值可高了。曾被批准为中国国家地理标志产品，而且含有多种对人体有益的营养成分，含有大量的维生素P，有着保持毛细血管畅通、防止血管壁脆性增加的功能，对高血压、动脉粥样硬化等病症有疗效且营养丰富。都说外国人精明，不远万里跑到咱们家乡来吃长红枣，原来长红枣有这么多的优势啊，怎么样？知道了吧！啥？你问我还有什么？告诉你，这只是其中一个，还有很多呢，您再看。

宁夏有五宝，大家都说好，我给您介绍介绍位居榜首的一位，没错，就是贺兰石！贺兰石，又称吉祥石，碧紫石，为宁夏五宝之首，贺兰石名满天下，被誉为宁夏的“蓝宝”。贺兰石产于宁夏贺兰山两千多米高的悬崖上，是大自然经过数亿年的磨炼而形成的。贺兰石形成于13亿年前，因地壳变动，泥沙沉积而形成，属于水成岩，天然交错，此所谓“刚柔相宜，叩之有声”。这才只是宁夏的一点点皮毛而已，地理书上大家都知道，在青海牧区有一个优良品种，没错，就是宁夏滩羊！

宁夏滩羊也是宁夏的特产，它属于短脂尾羊，是我国珍贵的裘皮羊品种，所产二毛裘皮独具一格。羊毛富有光泽和弹性，为纺织提花毯的原料。滩羊体质坚实，适应荒漠、半荒漠地区的条件，且肉质鲜美。它生产的裘皮为二毛皮，洁白呈波浪形花案，美丽轻盈柔软。滩羊就说到这里，宁夏的旅游业也是很发达的哦！

沙坡头位于宁夏中卫，而沙坡头旅游区则位于宁夏中卫二十公里的腾格里沙漠东南边缘处。这里集大漠、黄河、高山、绿洲为一体，极具西北风光之雄奇，又兼江南景色之秀美。自然景观独特，人文景观丰厚，被旅游界专家誉为“世界垄断性旅游资源”。沙坡头也被称作沙都，这里有中国最大的天然滑沙场，还有黄河上最古老的运输工具——羊皮筏子，去沙坡头玩一玩，虽然价格昂贵了一些，但是值了！不仅这些，还没提咱们宁夏的水洞沟呢！

水洞沟位于灵武市向北三十公里处，北与内蒙古相接。水洞沟地区是三万年前人类繁衍生息的圣地。有专家在这里发现了史前文化遗址，通过发掘，出土了大量石器和动物化石，水洞沟因此被誉为“中国史前考古的发祥地”，水洞沟旅游景区荣获“中国最值得外国人去的五十个地方银奖”。虽然是银奖，但是足够了，因为知足者常乐。别嫌我啰唆，因为宁夏的名胜古迹太多了，再如西夏陵。

西夏陵和贺兰石可是邻居哦！它坐落在贺兰山下一片荒漠草原上，进入陵区，九座西夏帝王陵园和二百多座王公贵戚的陪葬墓一览无余。这片博大雄宏的陵园建筑遗迹被日本游客称为“东方金字塔”，给人们留下许多难解的迷。

怎么样？我们宁夏好吧，有山有水有石头，不仅给中国挣足了面子，也让我们宁夏繁荣富强起来，身为宁夏人，我要说的只有仨字 ：“我骄傲”！

风

高一（20）班　张阳

风是调皮的小男孩，是嚣张的入侵者，是年迈的画家。

风是调皮的小男孩。原本宁静的操场被一阵风搅得不得安宁，它以闪电般的速度捉弄一切事物。它抓把土抛到空中，趁机扯乱女孩子们的长发，于是，她们便开始喋喋不休地抱怨着风的到来。而篮球场上结伴打球的男孩子们则对风情有独钟。男孩子们在狠毒的太阳下暴晒得个个汗流浃背，这时，风卷着黄沙路过他们身旁，他们不像女孩子们一样去埋怨风，他们对风发出了阵阵赞美，仿佛忽略了风将黄沙撒到他们身上似的。

风是嚣张的入侵者。它从门缝中挤进房屋内，用它透明的双手击打着每一个可以发出声响的东西，仿佛在向人类挑衅，宣告它这个“入侵者”已经成功闯入并占领领土。人类也不甘示弱，非要与风来个一绝高下。为了不让更多的风侵占领土，保护领土的完整，人类便熟练地将门关紧，不留任何缝隙。屋内的风见同伴迟迟未归，气场小了很多，生怕人类将它们赶尽杀绝。没有同伴的援助，屋内的风只好落荒而逃，但在逃走的同时还不忘在窗台上留下脚印，证明它们曾经来过。

风是年迈的画家。因为已不再年轻，它便褪去了亮丽的色彩，一味地选用灰色调，营造出昏黄的画面。丢失了华丽，驳回了朴素。看着这眼前的景色，我的内心有数万匹野马在奔驰，有数万个问题想要探个究竟。问题快要脱口而出时，不知被什么东西扼住了我的喉咙，使我说不出一个字来。不过我的眼睛还转动着，看到风为空气调色时，我懂了，懂它为何一味地选用灰色调。因为它落寞、无助。

它只能孤单一人行走，没有同伴，也没有敌人……

无论风是调皮的小男孩，还是嚣张的入侵者，又或者是年迈的画家。我都爱它，就像母亲爱自己的孩子一样爱它。

青 春

高二（20）班　杨雪

青春就是少年，他们看春风不喜，看夏蝉不烦，看秋风不悲，看冬雪不叹，他们看满身富贵，却懒于察举；他们看不公不允，却敢于面对，只因他们是青春华年……

青春，多么张狂；青春，多么慌乱；青春，一个让我不知所措的词汇。青春，似一首曲子，高山流水，百转千回；青春，如一首诗，细细品味，百般滋味；青春，像一场幻梦，时真时假，全靠一人分辨。

青春就是这样，不论好坏，没有成败，年少的我们曾无数次提及青春，却从未找到它最准确的定义，然而这就是它了。

听到时光断裂的声音，如杨花落地，我蹲下身，轻轻拾起。看着破碎的时光，想抱起时光机，看影子弥漫四季。我多想抓住流光的尾巴，细数青春的痕迹，不使自己生出惆怅。但是，我终究好像坐着巴士，一觉醒来，发觉已走过了那么多春夏秋冬，似乎昨天还在咿呀学语，今天就只能看着函数向量，抓耳挠腮了；似乎昨天还画着格子和房子，今天就只能坐在电脑前发呆了；似乎昨天还在烈日下边晒太阳边玩泥巴，今天就只是坐在家里抱着雪糕，吹着空调了。人们总是叹息着生活的烦恼，一切为了生计奔奔忙忙，争争吵吵，叹着越来越瘪的钱包。可当我们叹息着幼年的美好时光时，才发觉青春流逝比花钱快得多。

青春，我们就要有“黄沙百战穿金甲，不破楼兰终不还”的决绝；有“人生自古谁无死，留取丹青照汗青”的气节；还有“我自横刀向天笑，去留肝胆两昆仑”的慷慨。青春是一个永不老去的话题，它永远都会让人浮想联翩。少年闰土青春的懂事，杜少康青春的苦涩，李京京在公开课上的青春壮举……青春是人生最美的一段时光。

我在贩卖日落，你像神一样，慷慨地将光洒向我，从此人间被点亮。对于那将远去的少年来说，那些将要去的地方，都是素未谋面的故乡。

此时，人间骄阳正好，风过树梢，云飞山巅，而他们正当年少，青春多好。

她一路走来

高二（15）班　窦文麒

这又是平常的一天，我却遇到了不平常的她。

她告诉我，她来自遥远的南方，但她也曾属于过这里。她在这里与万物歌唱起舞，生活得很是悠闲自在。直到寒冷的冬天来到这里，携带着发出阵阵怒吼的凛冽的北风，慢慢侵占了这里。胆小的她被吓坏了，只好跟着些许鸟儿朋友们去了遥远的南方。

她告诉我，南方很是美丽，有许多她未曾涉及的地方。那里的凤凰古城，是她所见到过的最美的小城；那里的九寨沟，是那般如梦如幻，好似人间仙境；那里的丽江古城，是在雪山脚下的柔软……

我问她，既然南方那么新奇美丽，为何不留在南方，与那美景作伴呢？

她回答说，因为她想念灵武镇河塔下百花盛开的模样，那花散发的幽香，是南方所不具有的。她想念我们这些为了心中理想而奔走忙碌的人，我们的一举一动，一颦一笑，都在她的脑海中挥之不去。所以，她便回来了。她一路行过千山万水，方才站在这里。

我又问她，你难道不害怕寒冷的冬天、凛冽的北风了吗？

她回答说，并不是她不害怕了，是她对这里绵绵长长的想念战胜了害怕。

她来到这里后，用爱的热情和温暖的怀抱融化了固执冷漠的冰河，给他指明了大海的方向，漫长的旅途，自有鱼儿相伴。她还教会了他轻快的歌："哗啦啦——哗啦啦——"

与河流告别后，她继续前进。看到了凛冽的北风对着柳树刚刚抽出的嫩芽怒吼，嫩芽被冻得瑟瑟发抖，随枝条在风中摇曳。她走上前去抱住北风，不断地哈气输送热气，风的冷意少了许多，拂面是淡淡的舒适。他轻柔地拂过树梢，嫩芽接二连三地抽出来。柳树枝轻轻摇曳，听风儿唱着轻轻的歌：“呼呼——呼呼——”

……

她就一直这样走啊走啊。

她在不知不觉中战胜寒冷的冬天、凛冽的北风。

她就这样，遇到了我。

她说，她在南方时，听到了许多关于这里的消息。她在花间漫步赏落花之时，我们在赏雪滑冰；她在捏泥娃娃时，我们在堆雪人；她在打水仗时，我们在打雪仗……她听说，我们很是喜欢冬天。她怕我们不喜欢她了，怕我们会慢慢忘记她。

她问我，我们是不是已经不喜欢她了，不欢迎她的到来了？

我笑了笑，向不远处一指，她顺着我的手看了过去。她看见了花，各式各样的，颜色不一的花，绿叶将它们衬得更加美丽。花上有蝴蝶起舞，有蜜蜂采蜜。花间有几个女孩，穿着裙子，在花间漫步，笑声悦耳动听，像脆铃，像春雨。

公园里，有老奶奶和老爷爷跳着广场舞；湖边，有两父子钓着鱼；长椅上，有小情侣互相依偎。他们都脱下了笨重的衣服，赏这看那，十分惬意。

我朝她一笑，大家都很喜欢你呢，也欢迎你的到来。

她也回我宛然一笑，没有说话，只是静静地看着。

这正是春回大地、万象更新、山河无恙、四海皆安之时。

可不久后，她又走了。但是，我知道她会再来的，一定会的，因为这里有她眷恋的人和物。

我骄傲，我是中国人

高二（18）班　单华滢

在那古老的东方，有一片神奇的土地。它有着源远流长的历史文化，它有着壮丽的山川河流，它有着一个辉煌的民族！它仿佛是一个巨人，屹立在世界的最东方，它孕育出一个个高尚的灵魂。那就是我热爱的祖国——中国！

我骄傲，我是中国人！因为中国有着世界上唯一流传至今的文字——汉字。

字，可溯源。而汉字，穿越了三千年历史，是中国悠久文化的源头活水。它的一笔一画，蕴含着中国人独特的思维方式；它的横平竖直，承载着中华文明厚重的底蕴和价值。汉字能带领我们感受过去，思考未来。它不仅是智慧的结晶，更是传统文化中不能缺失的根基。不仅如此，汉字发挥其魅力，吸引了许多外国友人的目光：理查德·西尔斯，1950年出生，美国人，他将时间投入汉字研究，花了20年，把甲骨文、金文、小篆等字形整理好并放到网上，其间患病也不曾放弃。中国网友深受感动，因此亲切地称呼他为“汉字叔叔”。

我骄傲，我是中国人！因为中国有着让世界羡慕的武术。

武，可镇魂。中华武术不但技艺高超，更蕴含着中华民族仁义正直、勇敢坚韧的精神，保家卫国、自强不息的气节。所以，我们要传承并发扬武术精神，做有担当、有骨气的中国人，以浩然正气振奋民族之魂，以自强精神建设更伟大的祖国。如著名演员吴京，不就是经历了千锤百炼，排除了千辛万苦，只为彰显中华武术之精神而拍摄电影的吗？

我骄傲，我是中国人！因为中国有着令世界为之“疯狂”的围棋。

棋，可明智。小小的棋盘包罗万象，却凝聚着东方的智慧，启发无数的畅想。

黑白棋子在往来之间，教会我们勇于挑战、敢于突破的精神。在科技时代，继承传统、拥抱未来，才能为大国之智谱写新的篇章。

受世人瞩目的“人机大战”以世界围棋冠军柯洁的失败告终。但是机器是人发明的，人下围棋带着思考、感悟和情绪，机器不会，只是枯燥地计算，失去了下棋最本质的乐趣。

我骄傲，我是中国人！因为中国有着世界上最悠久的文学。

文，可载道。从《诗经》到《楚辞》，从唐诗到宋词，从元曲到明清小说，仿佛一盏盏灯火，照亮了眺望远方的眼睛。文学像一艘船，承载千百年来人类思想、感情、精神追求、道德伦理、家国情怀。它体现着中国人的审美、情怀和志向。字里行间，有意境、有韵味、有风骨，回响着中华民族的文化共鸣。翻开一本书、读上一首诗，就像驾着文学的小车，漫游在上下五千年的历史长廊中。

我骄傲，我是中国人！因为中华文化是中华民族生生不息的源泉，也是全世界共有的独一无二的财富。

汉字是中国文化的源头，武术振奋着自强的民族精神，文学承载着理想与情感，围棋蕴藏着智慧的密码，丝绸之路“走出去”和别的文化进行交流，更是焕发出了新的、持久的光芒。

因此，我可以大声呐喊，告诉全世界的人们：我骄傲，我是中国人！我们是中国人！

梦红楼

高二（18）班　梁淑瑞

“满纸荒唐言，一把辛酸泪。都云作者痴，谁解其中味。”曹雪芹的一部《梦红楼》，令人颇为感叹！顾盼之间，竟梦回红楼，几解痴缠。

梦，梦，梦，梦回红楼。三生石畔，曾记否，神瑛绛珠前世今生？当年灵河岸边，神瑛侍者以甘露施与绛珠草；下界今生，绛珠仙草以郁气绵情、一生之泪报甘露之惠，谱写了旷世绝恋。宝黛之恋摒弃了封建世俗，但却以悲剧告终。而他们二人都是封建家族的叛逆者。多舛的命运、深沉的爱恋都降临在他们身上，历经磨难，眼看将修成正果，却不想被家庭命运扼杀，终究是梦醒时分，烟云散尽。

悲，悲，悲，悲入族门，贵胄府内，可忆起众女心埋城府、步步算计的悲凉？城府颇深，处处圆滑的宝钗，八面玲珑却终成封建大家庭的牺牲品，一代美人却为此葬了前程！单纯的元春为贾家带来了烈火烹油、鲜花着锦之盛的荣耀，却逃不过历史的网，生命终断送于似海宫门。心直口快，爽朗不拘一格的湘云，醉酒孤身卧于青石的坦荡女子也终孤身终老。“毒设相思局”“弄权铁槛寺”，害死尤二姐，王熙凤逼死了不知多少生命，但”机关算尽太聪明，反误了卿卿性命”。她们在算计中衰败，贾府败落，千金散尽。随着前期黛玉葬花，葬去了贾府昔日风光。

叹，叹，叹，叹慨社会，纸醉金迷。曾几时，锦衣纨绔，饫甘餍肥成为了人的向往？权势成了人的追求？宝钗为何入了贾氏一族之眼？因其价值观、社会观与封建家庭相似呀！不止一次，宝钗劝宝玉要步入仕途，做官得势。薛家仗势买下一良女，与原买主冲突，逼死人命却以势压人，令贾雨村判了葫芦案。人生之中，生万恶之源，灯红酒绿的生活，尔虞我诈的狡者，以权压人的贵胄，反封建的叛逆者，都于糜烂的社会、衰亡的国家、所谓的诗礼簪缨中消亡、毁灭。

惜，惜，惜，惜人之所思，红楼一梦，记忆中“大皆不过谈爱情”，却于学者来说，束之高阁的《红楼梦》是瑰宝。以贾氏一族兴衰的过程，反映了社会的黑暗与腐败；以宝黛二人的叛逆与封建社会的对抗，反映了社会必将屈之于历史。但惜书中的爱恋，我更惜现今人们所读之物的态度，发人深思。

非花非雾，亦真亦假。半生尘土，一梦红楼。待尘埃落定，一梦皆成虚空。

第三辑

教师诗作

时间游戏与生锈的火车

杨森君

多年前
我开始准备接站
一列
由东向西的火车
冒着黑烟
不幸的是
火车中途坏掉
停放在
华中平原
乘客集体
走下火车
只有一人
坐在上面
她要目送火车
从头至尾
变成一堆废铁

一列火车

杨森君

每到夜晚
郊外就会开过去一列火车
火车的声音短暂
一会儿工夫
郊外就变得沉寂

如果这是同一列火车
火车厢体应该
换过几次油漆了
这么多年过去了
我的生活
发生着许多改变
我的年岁在增加
最小的孩子已经七岁

在他尚未出生之前
我和他的妈妈
曾步行到郊外
专门去看火车

夜幕中
我们并不害怕
那时，孩子的妈妈
二十岁出头
她愿意跟着我
到任何地方
包括坐上
这列绿皮火车
毫无目的
去一趟西安
什么也不干
再坐回来

在开往哈达铺的火车上

杨森君

我辨认着
与我命运一致的人

我在很多人的
面孔上寻找自己

沉默寡言的
心不在焉的
兴奋的
疲惫的
幸福的
操劳的

我居然在一个小男孩的面孔上
看见了自己小时候的模样

——他在一位年轻妈妈的怀中酣睡

夜宿邙山下

杨森君

楼前的白玉兰
我已经喜欢过了

我喜欢过它们
我自己证明

我喜欢这样的白
植物的气息
烘托着它——
一枝独秀
在一块草坪中央

它的白
胜过月光
胜过
我用过的
任何一张白纸

桃　花

杨森君

我实在不愿承认：这样的红，含着毁灭；
我本来是一个多情的人。
有什么办法才能了却这桩心事呢？
我实在怀有喜悦，
不希望时光放尽它的血。

红　酒

杨森君

这酒不能畅饮
欢乐也是如此
如同这红色的液体
我有诸多哀愁，我有宣泄的顾虑

观　望

杨森君

湖畔上
多出了
一幢新房子
白墙、木窗

每天散步到西湖
我都会停下来
观望上一会儿
有时
会坐在一把石椅上
观望

我从没有看到过
有人进出
这幢白房子

但我能看见
阳台上
摆放着一排火红的玫瑰花

在某古玩店

杨森君

我猜测某只陶罐里
可能住着幽灵
黑色的陶罐
姜黄色的陶罐
褐色的陶罐
茶灰色的陶罐

这些幽灵已经
习惯了住在陶罐里
不再贪恋人间
我猜想它们中
有冤魂，有屈死鬼
有英雄，也有无赖

不过，我还是买下了
其中一只
如果陶罐里面住着幽灵
我希望它不要伤害我
我也不伤害它

我还要在陶罐里
为它插一束鲜花

沉　湎

张洪斌

蜜蜂沉湎于花朵里的香甜
往返的路途遥远。而我
沉湎于你笑容里的毒，每夜
都在梦里悄然地排毒
还有多少秘密归于隐疾
紧贴你光洁温暖的肉体，或者深入
都是一种勇气和渴望
就像溽热之余渴望一杯润口的茶水
你有时是存在，我甘愿为你付出一切
有时，你是虚无
让我无所适从地携着空空的囊刺
无花可采
这是一种折磨和痛苦
每天都这样捱过
“让花木在喉咙里弯曲”

掉 落

张洪斌

就慢慢扫吧
秋风还没有吹尽
树木的叶子，还试图保留最后的温暖
多像没有拧紧的龙头
一点一点地掉落着
或生动，或纠结
你的一把扫帚，急匆匆地伸进秋天
就像那位女护士，把脸转向一边
针管硬生生插进我的身体
——阴影瞬间寂灭
我看不见身体里的波澜
但痛像药液，慢慢地流进身体
你的扫帚，卷起的落叶
有灰烬般的飘散
“让谁的内心积满了乌云”

冥　想

张洪斌

我相信，还有一条道路
隐藏在浓雾的深处
鸟声传过来了，水滴传过来了
我在一棵树下站定
我能看见潮湿的树干
但看不见树梢上的天空和热血沸腾的鸟巢
相信有一条路在暗处
相信，她会想起我的爱和力量
想起，我怎样抱起，把她扔在那个宽大的床上
雾像罗帐
我没有躺下的意思，害怕惊醒雾里的
一颗露珠，害怕有谁扔过来一把飞刀
斩断我独处的冥想
真静啊，仿佛能够听见树梢
把一团雾强行拽向根部的声音
真静啊，我抓住一根裸露的根须
使劲地摇动
我多想摇下几声鸟鸣
和一团雾，或者某个人长久的呻吟

然后离开这里
然后，对着逐渐上升的浓雾
大声喊：等等我，等等我
让未经稀释的痛苦
在高处，目睹一下这山林里阳光的快感

红穗草

张洪斌

红穗草在秋风里红得有些张扬
红穗草压着一块坚硬的阴影
秋风从高处吹下来的时候
顺便吹了吹红穗草的红穗子

时间的碎屑
哗啦啦地，像叫了好几声
时光的深处，有人顺着弯路回到从前
有人提前卸下鞍鞯
有人望着红穗草
在内心点燃火把，从阴影里
取出一块疤痕
她提前看到了
秋天最大的漏洞

秋 后

张洪斌

这是秋后，山上还有一条弯路
可通往草木的深处
落叶敲着时光的铜钟
顺着钟声迅速衰落的
还有几声鸟鸣

选择逃离的鸟儿，掠过蔚蓝的天空
渐渐陷入遥远的深渊
天空里，一道道擦痕
像时光的梯子
摇晃，朽败
而我再次从落日里
嗅到了腐朽的气息

风天读史

王凤国

直到傍晚，窗外的树才安静下来
可是，我的内心依然在喊叫
好像我就是一片水，就是一块云

好像我就是柔软，就是脆弱
就是即将被狠狠撕裂的历史
在天地之间，我的存在多么荒诞

整整一个下午，我只是在听风
我听到的是无数的人倒在了血泊中
后来的人还在拼命地向前冲着

我听到了一个嘶哑的声音，好像它
早已疲惫，好像这就是人间最后的声音
我必须黯然泪下，无话可说

似乎惊涛骇浪并不算什么
似乎血雨腥风也不算什么
一切喧闹之后，复归平静、沉寂

好像死去的人，尸骨都不存在了
好像活着的人，身影正在梦幻中
只有我，在一场盛大的悲伤中，重演着历史

深夜读史

王凤国

一切都是过往
包括我早已放在心中的一场爱情
包括我刚刚追逐蝴蝶的一次事故

这些跳动的画面
这些人间的声音和色彩
都迅速成为人生的虚无
我的手里没有东西，眼里也没有

就算是心里，有忽来的文字
也都是苍凉，都是看不到真相的远遁
很快就不见了痕迹
我去哪里寻找

我不会记下人间的一切
甚至不会记下今天的感动和忧伤
一部正在看着的热播电影
我刚刚流过泪，几个小时之后
我可能完全说不清其中的人物和情节

一切都是没有回声的呼喊
一切都是撕破之后的再撕破
一切都是一场祈祷后的迅速离散
一切都是泪水流尽，血液流干后，渴望重生

夜已经很深了
我还没有睡下，没有停下假想
思想仅仅是思想，梦仅仅是梦
我写下的诗歌里，不会走出我虚构的人

一切都是过往
繁华过尽，就是苍凉
喧闹过尽，就是死寂
我坐在历史的风烟里，只能无语，昏厥

沉 默

王凤国

人间的声音太多，我必须沉默
我的话，大多只在睡梦里说
我的话，大多只在想象里说

从遥远的岁月走来，我说出的话
真的太少。许多的话，一直哽在喉咙
好像砌石，磨砺着我，疼痛着我

但是，我的内心总有一场风
总在不停地喧闹
我想呼喊出另一片天地
却总是喉咙喑哑，气息微弱

还有，我想书写下一行行文字
却总是目光战栗，难以下笔
一张书桌前，我常常坐到天黑

没有声音，没有谁听清我的内心
我佯装安静。对爱恨情仇，我的应对多么无力

对生老病死，我的抗拒多么无用

我沉默着，沉默不是我揣在身上的名片
我不掏出我的表情，你依然能看出我的忧伤
这个人间，我说出的话，肯定令你吃惊

允　许

王凤国

请允许我悲欢离合
请允许我酸甜苦辣
请允许我生老病死
请允许我爱恨仇怨

这样的人间
我做不到生如想象，死如原样
我只是我
请允许我
像湖水，像石头，像灯火，像云朵

一切的揣测，甚至阴谋
请不要像一股风，突然向我袭来
我站在一棵树下，正在张望
天地之间，我不知回到何处

不远处的湖水，正在喧闹
岸边的一块石头，静默不语
我一会儿走向光影闪烁的门口

一会儿又站在危机四伏的山头

请允许我像一棵草卑微地生存
请允许我像一片云悲壮地毁灭
请允许我端出我一生善良的脸面
请允许我藏下我从来不说的秘密

读　书

王凤国

好像钻进一片幽深的树林
发现蝴蝶、蜜蜂，还有欢叫的黄鹂
然后喜爱，住在里面，做一个世外高人

这样挺好
即使许多的文字在呼喊，在挣扎
有时像喧闹的河水，有时又像眺望的山岩

就这样展开一本书吧
展开，然后从文字的身上
翻找出深情、诗意，还有心灵的启迪

所以，不必在文字面前疲惫不堪
要兴奋起来，甚至跳起来
如同一个沉河的囚徒，爬上了岸，必须得意

夜读唐人小说

王凤国

我很受用这一墙之隔
我太喜欢在另一堵墙外想象
想象墙那边的姑娘
想象她的笑声
想象她的叹息声
想象她泪水掉落的声音

一个书生与墙那边的姑娘的故事
总是干净而爽快的
总是让我愿意进一步虚构
很多次，我就想
我如果是那个书生
该如何如何

我多次想到
春天到来的时候
我会和墙那边的那个姑娘
一同趴在一扇古老的窗子上
一同去看院门前面的山谷

远来的风突然散去了
停留的云突然跑走了
迟到的阳光突然铺满了整个人间

此时，道路的深处
向我们迅速赶来的
一定有一串上帝美妙的歌声
特别清亮
特别温暖

爱情可能的意思

张树俭

低处是树
云端有风
其余的世界
都是树与风的歌
谷物如音乐
跳跃在风的嘴巴里

你走过街道
走向幻影般的草地
手心攥着芳香
看那些男女在月光下
练习爱情

玫瑰在云层沉睡
房子和树站在一起
斑马线走了一半
你突然熟透
是该重返枝头了
等背着香料的少年经过

他将邀你在十万杯甜酒里逃亡
等风拽着夜的头发狂奔
你就会带领所有的枝条
开口说爱

读

张树俭

飞机掠过原野
星星哄睡爱情
荒草围猎小径
失眠围猎路灯
芬芳围猎玫瑰
有风穿过半开的门
你写一封长长的信
问候那些
囚禁在昨天的灵魂
端坐于书架的神明
琴师在远方
徐徐落下的音槌
空空地敲打
你空空的心

当水回到水

张树俭

当水回到水，炉火隐遁
留下隐秘的灰烬
当万物前来，认领各自的名字
水在水中，深居不动
当新生的马驹坠地，火车西去
太阳在隧道的那头等着你
当鸟儿沉睡，桃花醒来
母亲在窗下哼唱年轻时的歌
孩子们跑远了
当白色的马驹冲进夕阳
琥珀色扑棱棱飞起
成为天空
当天空铺满灰烬，水在水中
沿着隧道，你去野外锯一棵树
以和地球平行的角度
把时间拉伸成形
夏天的午后，在你心里集起新的火焰
当马驹被大河阻拦
火车继续向西，水在水中，万物安眠

在他们夏天的名字里
当马驹死于冰面
冬天降下，冰雪封存了世界
他的尸骨被重重覆盖
隆起高高的一堆
当母亲终于变成胆怯的小鸟，栖在某个
苍老的膝盖
她已唱累 水还在水中
当让这一切发生，或者从未发生
我们都需要耐心等待
等春天到来，万物苏醒
母亲发出少女般的笑声
等锯倒的树木返回原位
火车准时送来汽笛
出门的孩子带着故事回来
等冰雪融化，马驹在疼痛里
突然起身，抖落白骨
继续向前奔跑

疼痛难眠时

张树俭

疼痛难眠时
你就想念童年
那时，风在田埂上支起饭桌
从高处遥遥地走来
背着五谷的
憨憨的厨子

疼痛难眠时
你就想念某次孤单旅行
一束光，投向加油站
天堂奇迹一般
你一脚油门冲了出去
如沉默的困兽
在人间的一侧
留下倔强的倒影

疼痛难眠时
床在疼，呼吸在疼，夜在疼，甚至黑色在疼
这是你对疼痛世界

所能想象的极限
这逐渐失水的分秒
沉默的流年

疼痛难眠时
你默念：万物有灵，万物皆疼
你转动舌头
将四十岁的生命
重新翻找一遍
没有目的，不找意义
黑夜和白天化为起伏的液体
而你的疼痛泛起涟漪

节　后

杜艳梅

窗外 有人在敲门
有人在欢笑
有汽车路过
或者其他什么声音
此刻我对他们
和它们
没有一点好奇心
2018年和2019年交替的时候
夜空中
礼花绽放了一个小时
一段光阴已经逝去了
下面的一段也初露端倪
无须回首
只管前行
我在门边，看到
我的孩子
蜷曲着身体
他来自我
他并非因我而生

我不想追问他
所有的秘密
我们今天的谈话
已经告一段落
我们
我们和这个世界
需要保持
一段得体的距离
窗里窗外
每一个角色
都在滑向特定的轨迹

一个晴朗的日子

杜艳梅

这是个晴朗的日子
楼下枣树
被一群褐色的麻雀占领
一根又短又尖的刺
也能成为一个落脚点
细瘦的枣树
让它们站出许多层
我这才想到
天空也有许多层
有的属于小鸟
有的属于雄鹰
这些冬天的小胖子
在我够不到的地方
尽情释放它们的好奇心
目中无人
地面上相遇的那一瞬
我和它
还是得识趣地
彼此放行

今日大寒

杜艳梅

听说今天大寒
我坐在客厅的沙发上
躲开忽阴忽晴的天
冬季，地暖的温度
足以让我忽略节气的变换
我可以选择手机，电脑，电视
微笑着欣赏别人的悲喜
脏衣服就交给洗衣机
孩子已经高出我许多
他抱着双臂
和我讨论二维、三维、四维的问题
妈，你长到我的下巴啦
儿子突然说
淡红的嘴角微微翘起
好吧，你已经准备周游世界了
我得考虑考虑
再长一长
我可以把什么地方作为
下一个目的地

戒

郭兴林

许久，工作
工作，许久
没有空
烦恼似乎也没有了市场
酒的滋味
还有喝酒时反复吟唱的姑娘
顿然成了远方
来不及眷顾的山梁
来不及凝望的湖堤
来不及问询的树林
来不及遐想的花海

一天，一个人
一个人，一天
跳下床
激动似乎要弥漫熟睡的房
酒的滋味
还有那姑娘写来说要相约的信
和那桌上

喝了一半的咖啡
啃了一半的新桃
读了一半的来信
写了一半的回信

多渴望
可惜，只能闷闷地打开酒瓶盖
闻一闻
然后，眯上眼
然后细细地想

康河边的梦

郭兴林

再度离开你
不忍心牵着你河畔金柳柔美的枝条
像扯住不放手的
那夕阳中新娘的裙带
愿过去属于你，将来也属于你
再度离开你
凝望中红着双眼
泪水模糊了视线
多渴望成为软泥上招摇的水草
愿根属于你，心也属于你
再度离开你
康河边
敞开心扉亲吻你熟睡的额头
仿佛读懂了你刹那间的梦
转身轻轻地走
似轻轻地来

望舒，还有那雨巷

郭兴林

游走着的思绪，飘走又飘来
终离不开悠长又悠长的雨巷
我仿佛看到
你那把残破的油纸伞
张开的伞盖下
有盛开着的丁香花
还有那丁香一样结着愁怨的姑娘
游走着的思绪，飘走又飘来
终离不开悠长又悠长的雨巷
我仿佛听到
厚厚的墙那边
你拿把旧钥匙
还在不停地敲打着那厚厚的墙

死

孙继承

我死了，埋在泥土里面
没有向往的蓝天
没有温柔的暖阳
其实早已注定
走不出心魔，成不了佛陀
心血已干，结成凝塑
我爱这清凉的晨风
我爱这独行的孤程
我愿意远走，不再停留
不带走清风，不挥洒温柔
转身即去，不留一丝微风

鱼 干

孙继承

有一天
我心意成灰，心血晒干
生命只是一股能量
聚集一阵就会消散
当滚烫的胸膛变得审慎
当真心的笑容凝结在脸上
当岁月变迁，青春不再
生命如此轻贱
恰似午后酷热的石板上破瘪的鱼干
是谁偷走呼吸的节奏
是谁抽取热血的温度
面对蓝天大海
面对广漠平原
喉咙喑哑，泪雨倾盆
生命凝结成石像
你没有飞翔的翅膀

天黑之前

杜晓丽

你说我是天边一抹晚霞
不要妄想能留下点什么
你指着脚下的一片蒿草
说扎根在地上
睡得多么安稳

你说我是头顶那一片云
飘得茫然、失神
终归是没有灵魂地游走
不如点燃秸秆和木头
多闻闻烟火气

那日黄昏
你在车窗那头指着昏黄的原野
执意搜刮出我的一言半语
我就在车这头
脚下的流水和我一样沉默

我即将开口

张开嘴便失声
雨滴开始敲击汽车顶棚
密集的雨掩住了你的叵测居心
正好我们可以用听雨代替一切交流

我看看你
黑夜前原野上失群的马驹
一棵渴望走近我的大树
和我一样无助
在暮色四合时分选择低头

狂 奔

杜晓丽

渴望一次出逃
就像干裂的大地期待一次甘霖
松开意志的枷锁
抽出皮鞭一跃上马

背叛，奔走
长啸一路
千里阵云，马蹄声碎
在醒来后继续，上路

在五彩的火焰里狂舞
在沸腾的烟雾中呐喊
献出我的双手来亲自主持
祭奠自己的一场葬礼

焚烧，点燃
肉体需要吞噬
我太渴望看清楚
我的灵魂是否还属于自己

第四辑

学生诗作

写诗的人

高二（19）班　李能能

笔尖带着血
字行像泪流过
那写诗的人啊
看起来很寂寞
不怨身边的琐碎
不悲命运的无常
那写诗的人啊
永不会迷茫
他写呀写呀
写哭了异乡人
他写呀写呀
写笑了流浪者
他写呀写呀
一生都简单
他要安慰失败者
还要鼓励冒险家
那写诗的人啊
心里有太阳
他不喜欢喧嚣

也不喜欢热闹
那写诗的人啊
只渴望被爱
他写呀写呀
春走了
他写呀写呀
时光睡了
他写呀写呀
心里有天使
他写了泪和笑
写了得与失
知道他不再有故事
他写呀写呀
春来了
他写呀写呀
时光醉了
他写呀写呀
心中便有了天使

一场雨

高二（19）班　李能能

不必知道这场雨是怎样的
打湿过谁的衣
只不过有人
在初夏的檐下
捧到自己的闲窗下
以为可以
挽住一段夏的繁华
却瘦了青春年华
夏依旧
人消瘦……

红　尘

高二（19）班　李能能

我在红尘
无处安放的红尘
以为可以云淡风轻
却不知一片落花
也愁煞人

究竟该如何
敲开过往深锁的重门
让我回到
再也回不去的曾经
从何时开始
我做了一叶扁舟
被迫接受漂浮的命运

夜晚来临

高二（19）班　李能能

只有月光洒落在我的窗前
想召唤一颗星星
托它给远方的你
捎去我的思念
它闪烁的光似乎告诉我
你过得并不快乐
是啊
世间万物都活着
都还有生命
却都身不由己

今生，寻你而来

高二（19）班　李能能

那一世，我遥望白雪皑皑
独立雪原，只为等你
马蹄嗒嗒，你眉眼含笑
携一股温暖而来
那一月，我静守焚香浅唱
安坐佛前，虔心求佛
不求前世来生，只求前世尘缘
今生来续
那一日，我默念梵文
缓缓经过，你的窗前
一眼回眸，我便沉沦在
你如水的眸里
从此
我的心里有了几分凡心
今生
我寻你而来
不为相伴
只求长久

人间生活

高二（20）班　唐雪荣

阳光落在少女的发丝上
聚焦光束
让它点燃摆好的木堆
丰满的女人围着灶台忙碌
她把饭菜烹饪
把生活熬成一种满足的姿态
牛奶要温热，步子要缓慢
我向上苍祈祷粮食和阳光的充足
除此之外，所有的政治和玫瑰都与我无关

看 海

高二（20）班 唐雪荣

去远方看海
看骄阳升起，看夕阳下落
看晨曦带来光明，看晚霞驱赶黑暗
我仰视天空，发现有海鸥飞过的痕迹
我俯视大地，在远处的故乡发现了你
那儿——
是你我回忆的居住地
是椿花树下的萦绕
是清晨在长亭下的别离
你是海的儿子，会随着浪花激勇前进
你是海里的暗礁，每一艘船的经过都会提防着你
你是海岸上的灯塔，忍受寂寞
实现对海的承诺
我怀着急切的心情看向海
是海浪，是暗礁，是灯塔
是远在故乡的你

路·成长

高一（5）班　马荣

阴雨连绵道路长且阻
漫漫岁月悠然划过
幼时
父母温暖的臂膀
带我跨越泥泞小路
儿时
朋友温情备至
教我坚强迈进
成人
褪去我满身浮华
换一身行囊再度启航
回首处
熟悉的身影早已不在
独留我一人
顶风前行

致母亲

高一（5）班　马荣

十多年的温暖如煦
早已成为心安理得
痛时有安慰
来时有鼓励
累时有饭菜
有您
在天地间为我撑起港湾
一路磕绊
护我茁壮成长
不知是哪一刻
白发从您鬓间冒出——
根根分明
皱纹如谷壑般
爬满您的脸庞
年岁的锤炼
夺取您最美的时光
您却无半分后悔
只因爱
充溢心房

芳　华

高二（20）班　马学莹

如果河水许我西流
我将继续在无眠的夜晚仰望星空
幻想着眸光点缀星光的闪烁
大江东去中
浮沙皆随湍流荡漾
鱼儿可曾将每一滴水记起
爱怀疑的是鸟
爱飞翔的却是那水中的鱼儿
荒草早已萋萋
铲尽还生
树却折于狂风
逢春难茂
念疏雨洒落中
伸出双手
任每一滴滑落无声
待虹桥飞架
轻嗅新风携泥
无绿重红轻之恼
若冷暖相交

则流锋瞬起
乱尘飞迷
想阳春初暖时
觅恨芳华
寻无迹

下　山

高二（20）班　李慧

荡着一条难行的路，下山
悠悠地，下山
山，是我见你的高度
如今，在你额、你鼻
你的眉眼之间
我借水势下山
拦是拦不住的
太阳也下山
风还说什么呢
白云都散了，让我去
去山下的雾里
唱歌，用携带的顽石
划响蛛网的弦丝

爱

高三（18）班　杨春

孩童时认为
爱是以自我为中心
爱是单向的
直到为人父母
才明白
爱是无私的
爱是相互的
少年时认为
爱是白头相守
爱是相濡以沫
直到遇见你
才知道
爱是一句叮咛
爱是一碗浓汤
老年时认为
爱是永不分离
爱是相伴一生
直到你离去

才明白
爱是我在天国等你
爱是我会替你活着

无 题

高一（16）班　杨慧

惊艳，只为前世的倾心
幽醉，凝望今生的眉弯
凝眸，穿越来世的痴缠
相遇……
也许，今生我就是赴往日的约而来
寻你……
不求无际的深缘
只求那份莫忘的恰巧
不早，不晚
还是遇见……

如果有一天

高一（16）　李敏杰

如果有一天
我走了
请你不要为我哭泣
低头看看路边不起眼的小花
那就是我
我会对你微笑

如果有一天
我走了
请你不要为我悲痛
低头看你行驶的车轮
那就是我
我会带你去看整个世界

如果有一天
我走了
请你不要为我伤心
抬头看夜空中最亮的那颗星
那就是我

我会对你闪烁

如果有一天
我走了
请你不要为我悲伤
抬头看天空中最美的夕阳
那就是我
我会与你分享夕阳的余晖

回忆深处

高三（20）班　杜庆文

回忆里的你，沉默不语
仿佛所有你赢得的荣誉
都如浮光掠影
回忆深处的你，温暖细腻
脱颖而出的学子，是你抚育的结晶
我也曾是这千万尘埃里的一粒
心存感激，昂扬奋进

多年以后，我想我会重新回到这片土地
我站在这里，想起和你曾经离别情景
那时你，温柔如水
那时你，如从前一如既往地沉默不语
我知道，这就是令我魂牵梦萦
记忆深处的你

你

高二 （3）班 吴毅

你离开了家，开始了你的旅程
有时你会被周围的景物吸引
坐在路边的石头上，欣赏风景
看够了就继续走
你有时会累
就找一棵大树依靠
休息够了就继续走
当你到了旅程的终点时
也许你会在那儿建一所房子
回想过去，而我
只是你旅途中的一块石头、一棵树
或是一处风景

身　影

高一（14）班　查善丽

一片光晕带走一片记忆
一阵晨风吹走脑海中的千丝万缕

你站在尘埃中
让我望尘莫及
让我伸手，想去安抚
最终伸手抚摸的却是一把空气

你站在我眼前
让我彷徨又不安
让我睁眼想看得更清
最终睁眼看到的却是一片朦胧

你刻在我的心中
让我羞涩又焦躁
让我关紧心的窗
想要把你锁在心底
却最终锁住的是我的唇
让我无法言语

你留在我心中的只有一抹背影

一场精彩绝伦的思想斗争
一场别开生面的旅行
一场无人相伴的烟火
一场只为你一人的独奏

面对北夜

高一（18）班　杨睿毅

风，总有些许刺骨
夜，总有些许惧怕
北夜中总会面对着黑暗而站着一个人
他也许瘦小而佝偻
他也许贫穷不出众
他默默地接受着北夜中寒风的鞭笞
他默默地承受着这社会中的不公
尽管刺骨的风就像刀刃划过他的脸庞
他也面对着这北夜的寒风
风，不会停留收割的脚步
夜，不会留下完整的灯光

余光中

高三（19）班　杨露

恍惚中，一个人走来
摇摇晃晃，潇洒落魄
喝尽长樽，酒入豪肠
酿月光，铸剑气
你挥毫一扫
谁的绣口
吐了半个盛唐
恍惚中，江南烟雨又至
黛眉胭唇的女子
款款
你用最温柔的墨，留下最浓的情——
在雨中，你走来
恍惚中，邮票携着母亲
母亲又似大陆
儿啊，儿啊地叫着
你牵牵扯扯，从心底
抽出一簇毫
一挥而就，世人皆赞
为你知，瞬间的灵动
是啼血的心

纪念余光中

高三（19）班　马媛

恰逢新雪初霁
你带着微笑向天堂走去
岁月偷走了你在人间的足迹
你，也偷走我的牵系
不问你来生会去到哪里
只知道这一世，我的心中从此有了你

记忆总是那般清晰
回忆也令人惋惜不已
忘不了的是有着浓厚乡愁的你
忘不了的是在雨中焦急等待的你
忘不了的是写信给未来的你
忘不了的老人——是你

流光容易把人抛，红了樱桃，绿了芭蕉
时间不忘催人老，白了青丝，黄了脸庞
如果可以
我想带着你的诗集
在雨中等你

在时间之外等你
因为是你
我所有的祈祷都给了你
愿你去往天堂的路里
还会写下这不朽的诗句

流水落花

高一（17）班　马思燕

我问流水
你可记得去年的落花
水继续流，花继续落
不过是一程的相伴
前世的情
来世的缘
今生的相别
究竟是落花有意
还是流水无情

雨

高三（1）班　王佳丽

雨淅淅沥沥的声音
从窗外传到我耳边
伴着惆怅的神情
终未停缓
不知是暖的流逝
让你心情低沉
还是另有其因
我走出门外
感受着你俯身轻轻地
传达着你久违的话语
亲切而又稚真
久别了的知音啊
你可曾知道我内心的忧郁
无处诉说的沉默啊
你的到来
仿佛如我世界里的一盏灯
在我的梦里
悄然点亮

追　寻

高三（1）班　郑文静

踏寻一星微光
风儿轻轻拂去一抹热意
青草昂然地展示新装
增添了希望的火苗
探寻一袭清香
花儿缓缓跳起一曲华尔兹
知了卖弄清脆的歌喉
装点着静谧的夏夜
追寻一份宁静
星儿悄悄地倚着一轮弦月
倦鸟安逸地栖在枝头
我既不属于这风景
也不属于这季节
只是这风景的一名观望者

你不要悲伤

高三（13）班　杨咪

你不要悲伤
尽管未来一片迷茫
但你心若向阳
便无谓悲伤

你不要悲伤
时间是回不去的殇
所幸还有记忆可以冥思苦想
可以牵挂心肠

你不要悲伤
漫天的雪也为你着素裳
飞舞间将烦恼尽忘
只余指尖微凉

你不要悲伤
全世界都会为你鼓掌
你是备受瞩目的曙光
是我的偶像

一个人的路

高二（3）班　吴毅

一条人生的大路
我一个人
什么都不带
只带一颗坚强的心
一直向前走

一条时间的长河
我一个人
心无旁骛
一场人生的梦
不能只画一张图

金　鱼

高三（4）班　王芯毅

我想做一条鱼
一条金鱼
只拥有七秒钟记忆的金鱼
如果我是一条金鱼
我希望
我能够生活在
深林秘境的
一片清泉瀑布之中
如果可以
我期望
我可以脱离水源
可以翱翔于九天之上
那样
我便可以栖在一片云上
俯瞰众生
观赏他们的喜怒哀乐
此时
我是快乐而无忧的
因为金鱼
只有七秒钟的记忆啊

我在等你

高二（15）班　王佳

明月穿过凝云
繁星点亮夜幕
我站在你身前
观赏你的容颜
长烟落日
漫漫长夜
我站在你身后
紧随你的步伐
天际残阳如血
鸣笛声惊起
林中千万的斑鸠
我站在你身旁
与你并肩作战
就让大火
吞没我的身影
燃烧我的灵魂
我在灰烬之中等你
就让海水
漫过我的腰身
抹杀我的记忆
我在世界的每一处等你

生　命

高二（14）班　高鸿飞

瞧——
那风中的落叶
它们回归大地
不是死亡
而是一种新生

谁说那飘落的枯叶
终究会化作泥土
不，死亡从来都不是生命的终点
它是生命的另一种开始

花　开

高一（3）班　吴洋

遇见陌生的你我
花开于最美的四月
轻嗅风中花香的美好
聆听自己心灵的渴望
时光，留不住昨天
缘分，停不在初见
许是时光依旧，缘分未尽
时光煮雨
锦瑟流年
如花美眷
眼中有美好
花开又倾城

读 树

高三（17）班　代静

少年有一个愿望
读一棵树
不要吵吵嚷嚷的嘶哑歌唱
向上去探求
向下去延展
读一棵树

少年有一个愿望
追一棵树
不要匆匆忙忙的浮掠俗生
春花与秋月
夏蝉与冬雪
追一棵树

少年有一个愿望
做一棵树
不要热热闹闹的满树繁花
沉默而挺拔
温柔而坚定

做一棵树
如果有来生
我便去追寻
那个树一般的少年
与他
坠入爱河

回忆的沙漏

高三（15）班　谢健俐

回忆，本该美好
回忆的沙漏
一粒、一粒地
消逝着时光
消逝着
我的回忆
记忆中的你
眼里满是关怀
如果有缘再见
我想问你
为什么
为什么抛弃我
我的母亲
回忆的沙漏
仍在流逝
而你
是否还记得我

别君后

高三（15）班　赵迎新

时过金秋，
风光穷尽才知晓，
夜凉凉，雨纷纷。
斜阳云沉逢落照，
山几重，水几迢。
凭栏望，
君不见高山流水。
执笔引墨诗复吟，
倚窗望月怀古人。
仍记烟柳石桥下，
红冰潸落满长情。
看一缕繁花似锦，
听一曲鸿雁忧伤。
流年似水忆难断，
何诉衷肠相思乱。
夕阳不复近黄昏，
锦衣可言旧时话。
往事浮生易沉殇，
萧瑟西风催人怅。

怎敌人老，
不再少年时。
旧忆独行，
撷取情如故。

愿　你

高一（3）班　景雪婷

你是六月绿树成荫下的一场小别离
你是灯火阑珊夜幕烟雨迷离中的一声告白
你是西湖午后晴空中的一个拥抱
你是长椅下伸手捋树叶的一份美好
你是时光轻轻哼唱给我的一首歌
你是……

愿你的身后总有力量
愿你成为自己的小太阳
愿你永做自己最幸运的四叶草
愿你成长为一株永远面对太阳微笑的向日葵
愿你永驻时光爱上自己最好的模样
愿你在十字开头的年纪活得无可替代
愿你可以陪我做一场最真实的梦
愿你……

候　鸟

高一（3）班　景雪婷

午后的清晨
清风微澜，吹雨成花
我独自站在桥上看风景
看那碧海青天的浪漫
亦看那一荣一枯的落寞
殊不知
在这个世界静下来的一瞬间
我邂逅了自己的影子

一个孤独的背影停在树梢间
它在唱婉转的歌儿
声音里却透着凄凉
倾听着它的歌声
我轻轻地走向它

站在那个孤独的背影后
它蓦然回首
给我一个暖暖的微笑
情不自禁中

它飞过我纤细的指尖
落在我忧愁的肩上
幽幽地在我的耳边叹道
我只是一只掉了队的候鸟
我又何尝不是一只天涯孤鸟

雪之梦

高一（3）班　景雪婷

慵懒的午后
拨开窗帘
雪正在空中打着旋儿飞舞
格外清白透亮
那是一个美妙的梦境
干枯的树枝化身为精灵
它鲜活的生命和无穷的力量
仿佛前世未消融的情
堆在今生的枝杈上
偶尔飘到我的肩上
像一个吻活在那里
吻醒了沉睡的我
一瞬便将一生落尽
让我惊叹和屏息生命的绚烂

夜

高二（18）班　杨涛

灯光熄灭时
那黑暗到来的声音
如同风刮过峡谷
悠长而又凛冽
浑厚而又放肆
一瞬间
一切戛然而止
一切猝不及防
一切如此平凡
一切如此和谐
夜
终究那么黑
那么静
那么孤独

我的担子一重再重

高三（7）班　张浩宇

没人知道担子里装着什么
我卑微地祈求，担子一重再重
就像我的脑子一样
里面装着时代的悲哀
爱的悲哀，以及众多女性
像海子的七姐妹
在石头滚烫之际长出一朵乳房
我的担子，里面只有一个人
可以把万物画出，事无巨细地
可以把蓝天画成丽江
甚至巴黎圣母院的塔尖
可以画出雨果
和笔下的卡西莫多
却画不出爱斯梅拉达那颗善良的心
也画不出自己的心
我的担子只有你吗
我在怀疑
世上究竟有没有爱斯梅拉达
我的担子一重再重

你把它担起
我以为我遇到了春天里娇妍的花朵
可谁知道一声苦笑过后
你撂下了我的担子
你的苦笑，也装进了我的担子
我的担子一重再重

俗 情

高一（4）班　季欣雨

自出生至死去
由开始及落幕
是一个无止境的胡同
迷失了世人
是那奔腾东去的江河来势汹汹
又匆匆远去
宛若柔和的春风沁人心脾
却又是滂沱的骤雨
淋得我一病不起
仿佛终身相依
却又永远分离
爱情是什么
是黄昏时独挂的那一抹残阳
极致的绚丽后
留下世人久久的黯然神伤

假　如

高一（13）班　杨彤

假如黑夜没有降临
假如月亮还能被打捞
假如牛郎没有织女
假如我能跑过时间
假如夏日的繁华依旧
假如我能追上你的脚步
我就能用尽所有指缝中的阳光

闭 世

高二（8）班　马阔

将自己关进角落
无人问津
连光都找不到

世间人来人往
我只愿画地成牢
不问世事

从此
爱恨情仇
忧愁别离
皆与我无关

当蜘蛛网查封了炉台
细数流年从指尖划过
归去，归去
少年已不在
城市灯火依旧
世间无我无她

如果云知道

高三（20）班　杨彤

如果云知道
一首动人肺腑，婉凄
让人心碎的歌
夹在风中
徐徐划过耳畔

那一声声
如溪水穿过岩石的痛心

湖泊微波中，一只白鹭
微抖着受伤的翅膀
怕有风
从伤口处，勾起伤感

如果云知道
秋夜的渔火
是谁在春天挽袖种下
那，会不会垂泪不止

远山溪下
依然流水依依
但却一直隔着时空
巴着眼眺望

多少絮语风中飘荡
多少话到嘴边又咽下
风，吹过远山
吹过泪打转的记忆

如果云知道
花落时
是谁涉过寂寥心湖
把满面泪痕
染成一江东流

第五辑

灵武籍作家小说

牡丹岔

杨风银

许多关于牡丹岔的人和事都是在那些黑夜渐深时父亲讲给我的。

都说牛最能代表中国农民，可牡丹岔人对驴比对牛钟情。原因还是牡丹岔这个地方驴比牛用处更大一些，耕地、驮垛都行。

牡丹岔的故事，还是从驴开始。

脱圈的驴群像决堤的洪水。

几乎是每跃两三步，后蹄就有力地向后空飞一下，毛上粘的干了的细碎驴粪就轻易地跟飞扬的尘土混到了一起，一头引着一群向下川里奔驰而去。川里是许多梯田，不平整的那种，一绺一绺的沿着山体逐层抬升。老黑到了坎子跟前，都不带刹的，飞身而下，然后所有的驴就都照着样子下去了。远看去，像极了一条杂色的块流向沟沿。

似乎是要将一个冬天蓄积的力量在这个春天里的一场奔跑中消耗殆尽，驴群在川里来回跑了好几趟，才慢慢往庙庄沟方向去了。

牡丹岔这个地方，冬天时土地是干净的，什么粮食都不种，太冷，冬小麦也种不成。一个冬天，海连玉家的长工马虎都是只在该饮水的时间打开圈门，驴就自己到庙庄沟里喝水去了，喝完水又都肚子胀鼓鼓地排着队回来，不用人专门操心。这是马虎一个冬天总结出来的经验，地里没粮食，庄头上又没人敢动团副家的驴。海连玉是团副，是牡丹岔唯一的地主，带有二十多人的自卫队，队长是他侄儿海开晴。

马虎坐在门槛上等驴回来的时候，隐隐地听到了轰隆隆的声响。但他没奇怪，春天了，大地就开始醒了，这声响就是大地开醒的声音。老人在马虎很小的时候就告诉过他。下川里的地里有雪融化后留下的湿坨坨，马虎就想到，今年可能是个丰收年，底墒好得很。天也蓝，几朵云彩，远远地漂浮在山头之上，日头照得人热乎乎的，马虎也想跳腾几下，但又想人不能跟驴一样，咋能一到春上就撒欢呢，要有个人样子。想了想，马虎忍住了。一个冬天，人也攒了一身的劲。

老黑还是走在最前头，画眉子、老扇依次跟在后面。这驴还讲究得很，啥时候都是麻达的挑头，孽障的跟上。马虎觉着驴与人有了太多的相似处。牛和骡马不用马虎管，他只管驴。

这个时候喂的还是干草，饮水后就给拌料，给干草洒上水，再加些麸子糠之类的，搅和匀称，驴槽里就有了大宴的气象。马虎很享受这个过程和感觉。他站在驴槽边上，看驴吃。老黑是坏驴，一口一口地吃，还时不时地竖起耳朵向跟前的其他驴示威，其他驴也就怕怕地往远处一躲，一遍一遍又一遍的，马虎看着就觉得老黑跟那些霸道人一样。马虎一头一头地看过去，每头驴吃料的姿势和样子都那么富有个性，就觉着也和人一样。几道槽看过了，却突然发现没看着麻蛋。哎，这个孽障㞞是不是卡到哪两个驴中间了？马虎又迅速地巡查了一遍，还是没看到。

马虎没敢给掌柜的说，就直接跑到庙庄沟里看去了。

下到沟底的路是沿着山水冲出的痕迹稍加平整而成的。路倒是挺宽的，驴都是跑着下去的，一大群拥挤着，马虎担心麻蛋被挤到沟里摔死了。沿路的涯边都看了，没有，所有的罐儿眼看了，也没有。沟底的泉眼边是一大滩融软的稀泥。中间一坨刚融开的样子，还有水散乱地分布在上面，可没有任何驴的痕迹。马虎查看了一番，就又急匆匆回去了。

麻蛋是团副所有家畜里最绵软的一个，大娘最喜欢，它经常驮着大娘赶集，回娘家，看女儿。大娘是团副的妈，是个慈善人，远近的人都尊称大娘，是超越了辈分的那种。麻蛋太听话，永远一副温和相，矮胖，大娘骑着出行，团副最放心的。麻蛋是那种塌腰子驴，走路迈着小碎步，腰会有节奏地一闪一闪的，像人抬的轿子，大娘最稀罕。现在麻蛋不见了，大娘的出行就成了个大问题。那么大岁数和高贵的一个人，其他的驴不是驮不了，而是需要太多的人手跟驴一起随大娘走，团副肯定会很生气，这气最后就一定会演变成鸡飞狗跳大娘哭。马虎还没想出法子呢，天就黑了。添好草料，马虎还是没敢给掌柜的说，就偷偷回了一趟马岔。

马岔是马虎家所在的庄子，就三五户人，在牡丹岔正西方向。从庙庄沟过去，南梁湾上的路只有一脚宽，马虎的夜路走太多了，这一段虽然难走，但前方是家，马虎就不怎么害怕。马虎爹已经睡下了，听到响声，故意大声咳嗽了一下，心里正纳闷：狼来了，狗咋没叫，羊圈也没听见啥响动。

“我就说嘛，你半夜三更的老往回跑，人家还以为你往家里转东西呢。”马守科对儿子没有嘘寒问暖。

“下午放开，到沟里喝了个水，麻蛋就没有了。”马虎悄悄地给父亲说。

“闯了大祸了呀！你找了吗？”

“找了，沟沟子，罐儿眼都看了，没有。”马虎说话的声音带着哭腔。

“团副知道吗？”

“没给说，我回来之前，驴圈里就我一个人。”

马守科迅速穿上衣服，进到窑里拿了马灯，说了一声走，爷俩就钻进了黑暗中。从马岔沟里下去，这样走到庙庄沟里最近，但路危险。马守科对儿子说，拽上我的后襟子，过一阵就能看清路了。马守科知道，这截路儿子没他熟悉。冬天，有牲口和人上下无数次，路上是有人和牲口的气息的，这气息脚一踩上去就能感觉到，冻硬了的牲口蹄印是环形的，虽然不规则，但在拐弯或路变窄的时候，高的那一侧就在涯边上。没下雪，就是汤土，捡最软的跟着走，准没问题。马虎顾不上学这些，拽着父亲的后襟子高一脚低一脚地走，多数都在栽跟头。

到了泉跟前，马守科才把马灯点亮。煤油的金贵马守科自己知道。马虎也知道事情闹大了，父亲连马灯都启用了，心里就更害怕了。沟底里一亮灯，四处都是黑。马守科细致地查看了泉周围，马虎也跟着细致地看。下午来看时，融软的那坨还是那个样子，稀稀的，没冻住。

“把我手拉住！”马守科说给儿子的话像命令。

扑哧——重心往前一靠，马守科的一条腿已经到稀泥里了。马守科挣脱了儿子的手，匍在了稀泥上面。

“把你裹肚子脱了，铺到我前头。”马虎就急慌慌地照做了。马守科再说把马灯提好、鞭梢子递过来时，马虎才反应过来要帮一把父亲呢。

剩了一只鞋，儿子的裹肚子也让泥糊得没法穿了。马守科想这时候麻蛋甚至比马虎都关键，就又提着马灯光着脚沿路细找去了。快到沟沿上了，马守科围着一个罐儿眼转了两圈，对马虎说：“下去看看！”马虎一惊。马守科顺着路往沟底走，马虎才意识到自己理解错了。夏天时候，洪水从山上下来，汇集到川里，从上川里汇集到下川里，水就有了汪洋汹涌的架势。在沟台上，只要有点缝隙，洪水就能给造出个罐儿眼来，上面只是个眼，下面无底洞，往下看，黑乎乎的，瘆人呢。大多到沟底了就找了个洞出来了，汇到了沟里。黄土高原上的这种大沟布满了罐儿眼。马守科活了半辈子，这些早都熟了，但也知道春天大地开醒时节钻罐儿眼的危险，土松动了，坍塌是常有的。马虎也知道一些，马守科走在前头，让儿子跟在后头，就像下沟坡时一样，只是没再让儿子拽后襟子，离稍远点。

入口小小的，进去一看，大得惊人，比团副住的大窑还宽敞。洞底是塌下来的土块，踩在上面石头一样瓷实，水浸泡过后一变干，就硬得跟石头一样了。马虎觉着耳朵一凉，马灯就灭了。马灯是防风的，马守科把马灯递给儿子，掏出揣在裹肚子兜里的洋火，可怎么擦都擦不着火来，黑得看不见，马守科以为把火柴头跟根子拿反了，调过来还是擦不着，就叫儿子慢慢往出退，退出来时，天就亮了。马守科跟儿子马虎觉着，没咋退呢，洞口就透进来了亮光。事实上，马守科跟儿子往出退了一晚上。

天快亮，槽里没草了，驴圈里就有了响动。团副一看咋没人添草，喊了两声“麦娃”没人应，到碎窑窑子一看，被子都没往开拉，知道马虎昨晚上就没回来睡。跑到驴圈里看，麦娃没有，麻蛋也不见了。

“碎狗日的！”团副心里没敢多想，来到母亲的窑里，母亲做完礼拜斜靠在被子上，闭着眼睛等大伙起来。

“妈，你睡好了吗？”

“老了没瞌睡，你们年轻都睡不醒吗？再瞌睡礼拜还是要做呢啊！”

“对着呢，我这个礼拜老跟不上么，妈你明儿起来了把我喊一下！”

“麦娃子咋没见，驴饿得嚎着呢。”麦娃是马虎的小名，牡丹岔人都这么叫。

“麦娃办事很靠得住，怕累得睡着了，你看一下。”

“麻蛋也不见了？”

“啊？驴能跑着哪里去呢？”

团副心里就有些恼了，母亲见面就说自己的教门不好，天天说。

驴和人一起不见了，人把驴卖了？没那个胆量吧。团副是天快亮的时候赶回来的，一定要在邦布达之前回来，万一老妈跑到窑里一看人没在，把要钱和不做乃麻子两件事摞到一起，就劲大了。团副在时间上还是把握得很到位的，目前为止还没出过差错。

团副是在南梁湾上看见庙庄沟沿上一前一后两个影子的。刚开始还以为是马虎把驴找回来了，或偷着拉上麻蛋给自己家干啥活去了。他家里不是有一头驴吗？细看才认出是马守科和马虎爷俩，团副就折回往沟沿上走。

走到跟前时，马守科一看团副来了，嘴动了半天没说出来一句话。倒是马虎站在父亲身后弱弱地说：“我跟我大找了一晚上驴，罐儿眼都看了，没找着。”团副脸上的肉已经开始往两眼的方向聚集。马守科一只光脚是白色的，脸也是白色的，身子在抖，身上没完全冻硬的衣服像古代人穿的铠甲。马虎穿着一个泥裹肚子，脸上跟父亲马守科一样也满是泥，用手擦过的地方却是一道道生肉的颜色。团副瞅了瞅，没有动手。

“回去了说！”团副看到爷俩这个架势，快冻成个死人了，撂了这么一句就转身往回走。

海开晴搀扶着大娘也一拐一拐地从涝坝后面下来了。海开晴肩上斜挎着一杆快枪，歪着头看着大娘眼前的路。大娘一双小脚再怎么努力也走不快，只是加快了身体摇摆的幅度。

“一晚上没见，做啥去了？冻死了！”

团副气得还没顾上抬头呢，先听着了母亲的话。

“哎吆，冻死了么，跌进沟里了？赶紧先回。”大娘没看儿子团副的脸，径直注意到了麦娃和马守科的样子。

天其实已经过了冻死人的时节，但大娘还是让快点往回走。最后直接是海开晴背上回了，马虎扶着马守科，团副黑着脸。

马虎第二天就把家里的那头老驴牵来了，是赔偿麻蛋不见的损失。这是团副最后通知给马守科的结果。马守科回去睡了三天才勉强能下炕，但走路瘸了。儿子的泥裹肚子穿在了自己身上，糊上了泥，太厚没法洗，在团副家干活又穿不成，马守科就说我穿，好着呢，又没烂，等泥干了用两只手揉一顿，泥的痕迹明显地遮住了布的颜色，也不咋合身。

春播时，马守科就做不动活了，家里就剩老婆一个人用铁锹把几亩地先拍了一遍，说弄平整了好下种。马虎隔三差五地抽空往回跑，但都得到了大娘的同意，团副没说啥话，心里悬空的感觉还是有点。想到马守科一瘸一拐地往地里跑，马虎就往家跑得更勤了。

团副在外边欠了很多钱，大娘是春播快结束时听说的。儿子回来也当面问过，但得到的都是否定的答案。天气一天天干燥起来，大娘也就顾不上操心儿子的事了。每天按时按点地礼拜，按时按点地关心各路亲戚的日子和境况，再抽空让海开晴扶着到大家干活的地里看看，给这个倒水给那个递吃的，大家最高兴的就是大娘来。地头上开始出现成片的绿草，牲口就会在拉犁快到地头时脱离犁沟使劲往前冲，其实是徒劳的，都戴着笼嘴。所有的牲口都一样，不管是牛，是马，是驴，还是骡子，无数次快到地的尽头时都使劲地往前拉，地头上绿草的气息太有诱惑力了。春播快接近尾声了，其实也还早呢。牡丹岔这个地方，春播时间拉得太长，从刚开始种麦子、胡麻，到种燕麦、豌豆，一直种到五六月里的荞麦和糜子，收割时间也拉得长，从大热天开收麦子、豌豆起，一直到冻着手挖洋芋。

团副在这些时节是不出去的，出去了也没人要钱，都回家忙着种地去了，或者输多了希望能种好庄稼秋后还账。团副开始在最忙的时候跟在长工们的后面，啥时候都能听到他讲过日子的许多门道，但从来没见他亲手扶过犁把。到吃饭的时候，坐到地头上，是大家最享受的。因为这个时候团副就会讲他从他爷爷那里传下来的古今。

民国九年（1920年）十一月初七大地震，团副那时候还是个娃娃，跟上老李一天放牛。老李就是团副家那时候的一个长工，死了有十几年了，埋在走关掌那路下边的坑里。一天把一头黑犍牛丢了，老李带上团副和另外两个长工去找，其中一个长工就是麦娃子他大马守科。分了几路找，老李他们几个负责关口马莲湾那一带。找了一天也没找到，到关口川的醉马草滩，夜已经很深了。突然，马莲湾那岭岘里唰啦一声，还有像窑塌了的呼隆隆的声音，老李他们几个以为是狼在追黄羊，但一下子觉着心里一难过就站不住了，才看见山底下那庄子上呼隆呼隆地塌，他们才知道地震了。几个人就悄悄地蹲到地上，老李还提醒说要离崖面子远一点呢，害怕塌下来压上，几个年轻娃娃已经吓傻了。走到碾盘掌，看到一个阿訇半个身子埋在土里，汤瓶滚在一边，看样子是准备洗阿布代子时窑塌下来压坏的。老李走到跟前看了看，已经没气了，再往其他窑里看，塌得人都进不去，窑都冒了顶，就又赶紧领着几个人往回跑，有的路段已经变了形，地面还时不时地晃，心里那个难过都顾不上说，也都说不出来。一震他们就蹲下，不震了再走。等几个人从碾盘掌嵝岘过来时，天已经亮了。从关掌往下走，看到关掌里几个窑还都好着，但听到了杨家谁站在门槛往石家庄那梁上喊什么，这时候四处都开始有了声音，哭的喊的，羊也叫，狗也咬，响声一片。回来进了堡子门，团副爷爷在四处忙碌，给各个窑里的人安排谁走哪里谁走哪里，牡丹岔的各个窑都好着，就是院脚一个让秋雨泡软了的矮墙塌了。人都说牡丹岔和关掌是个好地方，刚开始人都还不信，一个十一月初七地震一下验证得实实的。中午的时候，伙计回来说关掌里的老大在石家庄熬糖，地震打坏了。还说得挺详细：应该是拿了一把柴在窑门口吹火，崖面子塌了下来打坏的，窑里头人都好着，等外面的人抛开一个洞看时，窑里挤了一堆人，塌的土快把窑填满了，但还是没到窑里头，有人喊说门口有人让压住了。挖出来一看是关掌的杨家老大杨佑明，一只手里抓着一把柴，一条胳臂搭在后脑勺上，应该是瞬间的防卫动作。刨出来时，人已经不行了。

杨佑禄是在地震后的第二年去世的，得的痨病。关掌杨家就剩三辈三个人了：杨佑明和杨佑禄的母亲，杨佑明的媳妇，还有杨佑明十个月大的儿子。三辈人，两个寡妇，一个不会走路不会说话的娃娃，恓惶得很。同治犯乱后插犊为业，海家占的是牡丹岔和东山背后的大西掌和白莲掌，杨家分到了关掌里，当初的几个伙计就分在了周围的山沟里，马家那时是海连玉家的老长工，就分在了马岔。关掌里就两户人，杨佑明家住前庄，里庄住杨佑明的一个远房本家，是从被儿当沟过来时带的一个长工。杨佑明和杨佑禄的母亲姓海，跟牡丹岔海家是远亲，杨佑明媳妇是马莲湾马家的。杨家老二杨佑禄去世了后，杨家的日子就开始变得困难起来，不是说没吃的，主要是没干活的，生人又不敢雇，就剩羊倌海万林了，但几百羊一个人也只能紧着糊弄住，家里的牛骡马就忙不过来了，土地基本上全租出去了，吃饭问题，土地的租子就能解决。一到晚上，海万林就睡在羊圈里的一个“忙上炕”上，狼一进羊圈老花狗就会叫，狗一叫海万林就一骨碌起来拿上立在门背后的锹出去追狼。羊圈是看住了，住人的窑就成了问题。

每天晚上，三个人早早就吃完饭，儿媳妇照看孙子，婆婆就开始把提前准备的棍子大石头都用上，顶死门。在炕上生一盆火，光柴就堆了大半炕。害怕火灭，娘俩轮流睡觉，轮流看护火盆。火不能灭，火一灭狼就往窑里钻。架好火盆，坐在炕上还没睡，小孙子就使劲哭，也没听见狗叫，狼就来了。先是在门上用爪子刨，刺啷刺啷的。媳妇子就赶紧把娃娃搂在怀里，婆婆手里拿了一根棍子，把菜刀拿来也放到了火盆旁边。狼在门上刨拉了半天，门压得太死，在各个角度方位上不断地变换，但也没见刨开。半夜时也就没有了刨门的声音。突然，婆婆一抬头看见了狼的绿眼睛在窗眼上，竖着耳朵往下看。媳妇子当场就哭了，小孙子也不再哭一阵停一阵了，连续哭开了。婆婆把火盆往窗眼的正下方挪了挪，狼往后缩了缩，但也只是往后缩了缩，微张着嘴，嘴里流出的涎水滴到了正下方的火盆里，呲——呲——地响，三个人，只有后半夜娃娃哭乏了睡了一阵，婆婆跟儿媳妇睁着眼睛跟狼对峙了一整夜。

团副家的管家老王去固原城里置办东西，杨家老太太才把家里的情况让帮忙捎带到了马莲湾儿媳妇娘家。

“杨家看来是没人了，这寡妇娃娃还让狼吃了呢！”太阳偏西不大一会儿，马老爷就出现了，骑着大红马站在关掌杨家门槛说的这句话，人连马都没下来。杨佑明媳妇后来说，当时都没看清爷爷的脸色，只觉着爷爷的大红马很高大，跟南山梁一样，映在西偏的太阳射过来的强光里。

马老爷的话是说给团副家听的，当初插铣为业时，东山里人就不多，各个庄头上都有能说起话的，就自然而然是受尊敬和爱戴的长者。马老爷、团副家，还有大西掌的海连余，是东山一带有名的绅士。当初就约定要照顾好就近的各路亲戚。当然，各路的亲戚多数都是绅士家的长工。

搬家是秋后开始的。天气刚觉着有些凉，杨家老太太就领上儿媳妇抱着娃娃吭哧吭哧地用胡矶（规则的方土块）把几个没装什么要紧东西的窑门砌上了。地里庄稼一收完，就来了十几个人，先赶走了羊，分了两群，二三百只羊，各色的，山羊和绵羊，牛十二对，整整的，骡马少。庄子上其他的事交给了里湾的杨佑元。

固原城往西翻过古雁岭，有一个叫武家庄的地方，是在一个很大的展滩里，滩叫西大滩，是个丰饶之地。武家庄最大的地主姓杨，不姓武，庄上人说同治犯乱之前的住户都姓武。杨家跟关掌杨家是同门，关掌杨家老二肺痨去世后，武家庄杨家就出来说，我们杨家人还能叫狼吃了，除非世上没有杨家人了。关掌杨家的三辈三个人就搬到了固原的武家庄的本家。杨佑明的媳妇搬到武家庄第二年改嫁了，又嫁到了东山里（固原城以东的山里）程耳山东边的李家岔，丈夫姓海。

出了固原城东门，东山里许多的家族故事都是以同治犯乱为最早的叙说源头，以十一月初七地震为主要的时间点。

作者简介：杨风银，灵武一中教学与教研中心副主任，宁夏作协会员，银川市评论家协会理事，有多篇作品发表。

民　意

王凤国

七月一日，是党的生日，这是多么庄严隆重的节日。半月前，镇政府大楼六楼会议室里，镇党委书记钟启民、镇长钱博和镇里大大小小、男男女女、形形色色的干部们就庆七一活动安排开了整整一上午的会，书记、镇长强调了又强调，细化了又细化，三令五申，不厌其烦，特别强调要将整个镇政府里所有的角落打扫得干干净净，所有的楼层要布置得喜庆祥和，整个院子要张灯结彩，门柱上也要贴上对联，要让上级领导和其他有头有脸的人物看到我们对节日的重视，特别要让他们看到我们的政绩，该宣传的要宣传，该表扬的要表扬，各部门要将自己的成绩用展板的形式展示出来，摆在政府大楼前的小广场上，让前来视察工作的领导看得一清二楚。

末了，书记还特意加了几句："各部门的负责人要注意了，工作成绩至少也要找到六点，要用事实说话，要用数字说话，为了整齐好看，我看展板上一律整合成六点，六六大顺嘛，清楚了吗？"

"清楚了！"主席台下，早已等得不耐烦了的干部们，恨不得马上飞回家里，齐刷刷地回答一声，结束了一上午的会议。

半个月时间，镇里的干部们就像学校里写的标语"一切为了孩子们"一样贴上了"一切为了庆七一"的标语，所有的人按照书记、镇长的安排忙活起来，想点子的想点子，整档案的整档案，找材料的找材料，写稿子的写稿子，搞联系的搞联系，忙制作的忙制作，进进出出，好一派热闹景象。

六月二十九日这天一大早，镇长刚到政府大院，镇长办公室的小李猫着腰，堆着一脸的笑，带着十二分的恭敬，轻言细语地向镇长请示说：“镇长，您看大门口写个什么对联，您不忙的话，想请您写一副。”

钱镇长斜着眼，瞅了瞅小李，好像很看不上的样子，有些嫌麻烦似的。

“笔墨伺候！”

“早准备好了。您看就在四楼小会议室的大方桌上写吧！”

“嗯。”钱镇长用鼻子嗯了嗯，挺着个大肚子，慢腾腾地上了楼。

小李铺好了纸，研好了墨，钱镇长捋了捋衣袖，大笔一挥，写下了两行大字。

执政思为民作主　当官求造福乡里

呵，对联立意不错，切合实际，与时俱进；字也写得真不错，似乎单看这遒劲有力的几个大字，就能看得出这是个一心为民的好干部，人民群众的好公仆，党的好儿女。小李心里想，钱镇长就是有水平，自己还得好好向他学习呢。小李连连夸赞了几声。

写完了字，钱镇长还特意让小李同志提起来，仔细端详了一会儿，觉得满意了，点点头才走。

镇长走了，小李长长地舒了一口气，不由自主地说：“阿弥陀佛，总算干完了一件事。我们的大镇长可不好找，不好请啊，再迟一步，不知又要到哪里去了。”

小李走进办公室，拿了胶水，将对联贴到政府大院门口的柱子上去了，还特地用手认真地拍了拍四角，生怕让风吹起了。

院子里，不少镇干部正在打扫卫生，摆放花盆，张贴标语，真是尽职尽责，一心为节啊。就连门卫王大伯也忙活了起来。整个镇政府，从里到外，从上到下，的确是焕然一新，好像是个举办新婚典礼的场所，又像是个举办鸡尾酒会的小花园，富丽堂皇，美不胜收。

匆忙的一天过去了，真是不平凡的一天，对于小李来说，他是这个工作了不到两年的毛头小伙子，热情、信赖、希望、理想共同编织着美好的未来，共同编织着他的中国梦。上班了，他没有将最后一块馒头咽下肚，就蹬上了自行车，很快就到了镇政府门口。

还没到镇政府门口，小李就发觉有些不对劲。“咦，怎么那么多人，围在门看什么呢？有事怎么不进去呢？”

小李显然是第一个来上班的，他也相信自己是第一个，路上冷清清的，也没见到几个人，为什么镇政府大院的门口会有一群人呢？困惑缠绕着小李的神经，他用足了劲，使劲地蹬了蹬自行车的脚踏，好让车轮子转动得再快一些。

近了，又近了，小李终于接近大门，几乎是跳下了车，小李以最快的速度将目光伸过去，不看不知道，一看吓一跳，原来，那门柱上的对联变了样——不知是哪个不知天高地厚的人所为——执政思为民作主，扯淡；当官求造福乡里，笑话。

“我的妈呀，这谁干的？谁干的？造反了！”小李不假思索地吼起来。原来对联下新添的字有点小，也有点丑，但看得清清楚楚，格外刺眼，难怪有这么多人围观呢。

“小伙子，别吼了！你是镇里的干部吧？看你也是个新人，还真不知道这里的水深水浅，好戏还在后头呢。这算个啥，写得好，写得对！”旁边说话的一位中年汉子，穿着运动服，分明是晨练者，小李转过头，扫了众人一眼，原来围观的大都是晨练者。人群中，好像还有一个人，戴着鸭舌帽和墨镜，看不清脸，用手机在拍照。

“对啥？有意见提嘛，为啥这样干？”

“提，你提提看！你咋不提呢？”身边的一位大嫂说。

“世上最可怕的不是无能的人，是高明的答尔丢夫。”一位戴眼镜的老者拉长了声调，慢悠悠地，似乎有些高深莫测地说。

小李知道，答尔丢夫是莫里哀话剧《伪君子》中的主人公，这位老者显然话里有话，是讥讽镇里有的领导是伪君子。但是，他是镇里的干部，受党的教育也有几年了，他也是党员，要自觉地维护党的形象和声誉，他还是大吼一声：

“说谁呢？说谁呢？这儿是你们辱骂领导的地方！”

“嘿，不让人说话了！这是谁家的天下？哪些家的王法？骂人？骂人是小事，要是进去了，那才是大事呢。”

“散了散了！”小李吼道。说着，走上前去，一把将那对联撕了下来，怒气冲冲地走进了大院，冲着大楼门厅里边大喊：

“王大伯，王大伯，快起来！你是怎么看门的？这个事要是让镇长知道了，那可是……”

王大伯是镇政府里的看门人，每天睡得很晚，也许是昨儿让王大伯也干了不少的活，修剪花木，打扫院落，累着了，竟然睡得让人改了对联都不知道。王大伯披了件外套，哆哆嗦嗦地走了出来，嘴角嗫嚅着，不知说什么好。小李责怪起了王大伯，虽然他是个小辈，但是出了这样的事，他哪里还管什么尊重长辈。

镇长终于来了，小李不敢躲进办公室，就站在大门口，手里拎着对联，毕恭毕敬的，像是个犯错的小学生，看到钱镇长，赶忙上前两步，结结巴巴，嘟嘟囔囔了半天，才把事儿说明。

“啥？啥？谁这么大的胆子，真是吃了熊心豹子胆了，敢在太岁头上动土？不想活了？”钱镇长几乎是突然发狂似的叫起来的，说着，他一手扯过对联来，看了一眼，撕了粉碎。在小李的记忆中，钱镇长从来没有说过这样的狠话，一向都是温和儒雅的。这样的话，的确不像是一个领导干部说的话，也许他还真不了解他的领导，只是，他还担心有人把这对联拍了照，要是传到网上去，让全世界的人都知道了，那可不是件小事，想到这一点，他都哆嗦起来了。

“镇——镇——镇长，最让人担忧的是可能有人拍了照，要是传到网上了，这……”

“什么，有人拍了照？你为什么不阻止？为什么不抢下照相机？”

“是用手机照的。我有权力把别人的手机抢来吗？”

“真是废物！”钱镇长跺了跺脚，显然他也知道这不能怪小李。

“这——这怎么办呢？怎么办呢？”

“书记来了！”突然，小李喊出声来。

钱镇长吓了一跳，向后退了一步，赶忙对小李吼道：“闭嘴！”

书记进了门，钱镇长马上堆起了一脸的笑容，对书记说道：“老钟啊，出了事，得向你汇报。”

“办公室说。”钟书记一脸的严肃。这是他向来的表情，或者说，从来没有表情，让人摸不着他的心思。

钱镇长跟在书记的屁股后面，一脸的笑容没有了，倒像是霜打的茄子，蔫了吧唧的，迈着的步子也格外沉重。

钱镇长咬牙切齿地对着书记把刚刚发生的事情说了一遍。

“我对你们都怎么讲的，叫你们都收敛一些，你们就是不听。我常讲，小人难缠，小人难缠，你们为什么不防着点？你说，现在出了这样的事情，叫我怎么办？我有招吗？你给我支个着儿。”

钱镇长低着头，一只手摸着那油光发亮的脑门，不知道说什么好，想了半天，终究还是说不出来一句话。书记还是在喋喋不休地埋怨、责怪他办事不老练，思想不成熟，得罪了小人，治理无方。他的脑袋嗡嗡的，各种想法一起涌了出来，扰乱了他所有的人生记忆，所有的生活节奏，所有的美好构想，所有的所有。

“好了，快去想办法进行补救。”

从书记办公室出来，钱镇长还是不知道该做些什么，两只脚好像踩在半空中，没有一点踏实感；心也像是被人掏空了，一无所有，想抓住点什么，又好像什么也抓不住，整个人完全变了形。

小李朝着他走了过来，有些不知趣地问：

“镇长，对联还写吗？”

“写个屁！滚一个边去。”小李吓得一溜烟跑了。

过了一会儿，钱镇长好像活得明白了一些，好像想出了高明的办法来了，突然冲着外面大喊起来：

“小李，过来。”

小李跑来了。钱镇长一脸严肃地对小李说：

“宣布三件事：一，对联这件事一不得外传，要严格保密，当作一件政治事件，高度保密；二要明察暗访，看看究竟是谁在捣乱；三，再写，晚上不睡觉，看谁再来破坏。你去悄悄布置，找人蹲守。明白了吗？”

“明白了，明白了。”小李一个劲地点着头。

过了一会儿，小李又来向钱镇长请示：

“镇长，现在去写对联吗？我已经准备好了。”

“嗯。”

三下五除二，不一会儿，钱镇长又一次写好了对联，还和上次一样，还是那几个字，还是那样遒劲有力，还是那样带着墨香，闪着光辉。小李看着，觉得满意，依旧赞赏。

钱镇长回到了自己的办公室，冲了一杯茶，坐在太师椅上，拿起一张报纸，这是他多年的习惯。可是，今天出了这样的事，还是人生头一遭，他不由自主地后背上冒冷汗。定了定神，他开始了平生以来最深入最大胆最纠结最痛苦的思考。究竟是谁干的呢？是小李吗，他是贴对联的人，不会是他贼喊捉贼吧？那么他又是谁指使的呢？量他一个小屁孩子，也没这个胆量。那么是自己的政治对手？是谁呢？他的确又想不明白，谁会和他玩阴的。门卫老王，他是书记介绍来的，好像是他家一个亲戚，一个农民，大字认不了几个，老实巴交的，能是他吗？再说他好像也写不出个字来。有一次，财务上让他签个字，他手抖了半天，才写出了歪歪扭扭的名字来，应该说不可能是他干的。可是，他真就睡得死，没听到一点动静？他是吃过别人的，拿过别人的，但那都是一星半点的，不过就是吃吃喝喝，沾点便宜，得点好处，至于贪污受贿的事，他还真是不敢干的。他想了又想，做出了一个又一个假设，又一次次地推翻了所有的假设，最终还是不能肯定谁跟他过不去。

整整一个上午，钱镇长没有做什么，他什么心情也没有。别的干部也不敢来打扰他，大家都在忙自己的事，庆七一的活动还在紧锣密鼓地进行着，除了书记、他、小李和老王，别人也不知道对联的事，这是不幸中的万幸。他还是怀着侥幸，不可测度的侥幸，一切寄希望于上苍。

就在钱镇长还沉浸在对往事的种种回想之中的时候，突然，小李急匆匆地跑过来敲响了钱镇长办公室的门。

“镇长，不好了，对联的事真传到网上了，你快看！”说着，小李把自己的手机递给了镇长。

钱镇长没有想到事情来得这样快，他也吓了一跳，额头上的汗很快就出来了。看罢图片，真真切切。可最可怕的是图片下面的跟贴，有一位叫“丐帮帮主”的网民说：

这是民心民意，老百姓有怨言，没有地方说，只能借助这儿一吐为快了。想必是有人知道一些什么的，真希望有关部门好好查一查这个镇的腐败。

才过去了几个小时，跟帖子的人就好几万了。明天，后天，还不知道要有多少呢？想到这儿，钱镇长真是坐立不安了。怎么办呢？怎么办呢？

时间好像在钱镇长这儿凝固了，不知过了多久，钱镇长才回过神来，让小李出去。但是，随后又一次叫来了小李，一个劲地安顿说：

“这个事，不要外传，不要议论，更不能瞎猜。听明白了吗？”

这个事能保密吗？不到下午，几乎所有的镇干部都知道了，办公室里、院子里都是窃窃私语的人，个个都像幽灵，徘徊于大地之上，惨笑、苦笑、奸笑、阴笑似乎都在这一天尽情地展现了出来。而钱镇长不知要躲进哪里去，中午饭没有吃，他似乎没有吃的心情，又似乎忘了人活着还有吃饭这回事，他一直找钟书记想当面谈一下这个事，毕竟同为一体，一荣俱荣，一损俱损，可是，不知道钟书记跑到哪儿去了，打手机也不接，他就像是放在温水锅里煮着的青蛙，快要烫死了，却没有人来救救他。

时间真是世上最能玩弄人的东西，生老病死，悲欢离合，人都逃不掉。钱镇长等得心急如焚，六神无主。可是，时间就是走得慢，好不容易过了中午，钟书记才慢悠悠地迈进了政府大院。

“老钟啊，事情不好啊，传到网上了，还有不少跟帖评论的人呢。你说咋办呢？”

“老钱啊，身正不怕影子歪。要相信群众，相信党。不会放过一个坏人，也不会冤枉一个好人，这是我们党一贯的政策，你是知道的嘛！”

听了这话，钱镇长心里那个气啊，真不知道如何形容，但是，他是哑巴吃黄连——有苦说不出。他能说吗?

“老钟啊，我想我俩一起到县纪委，去找找书记，把这个情况说明，争取主动，你说呢？”

“你想好了？不打自招？”

“恐怕过不了明天，网上的照片就会让纪委看到了，能不来调查吗？”

“那好，走吧。让小王把车开过来。”

车子很快到了县纪委大楼门前。见到了纪委办公室罗主任，钱镇长急不可耐地将事情一五一十和盘道出。事情讲完了，钱镇长一个劲地说：“罗主任啊，你看我俩也是从基层干上来的，风里雨里，水里泥里，出了力，流了汗，挨了骂，为群众为党工作多年，的确，我们有错误，有缺点，但是，总不能这样败坏我们的形象啊，这是给党和政府抹黑！要严肃处理！”

小罗把情况记了下来，临了，只是说：

“钟书记、钱镇长，你们回去吧。怎么处理？谁干的都不知道。即使知道了，也不能把人家枪毙了吧！该干的工作还要认真干，要相信人民群众，群众的眼睛是雪亮的嘛；也要相信党，相信组织，有问题就要坦诚说明，没有问题也要把出现的情况讲明，这是应该的。这是一名共产党员应有的品质嘛。你俩反映的情况，等书记一回来，我会讲明的。至于调查不调查，书记回来研究了再说。”罗主任不愧是官场老手，说话拿捏准确到位，让钟、钱二位无话可说，只好打道回府了。一路上，钱镇长心里七上八下的，倒是钟书记，看上去表情平静，一言不发，好像没事似的。

漫长的一天终于过去了。第二天一大早，钱镇长刚刚迈进政府大院，小李就跑过来说：

“镇长，对联又让人改了，你看！”

钱镇长还是一把从小李的手里扯过对联，一看，竟然写成：执政思为民作主，当真？当官求造福乡里，鬼话！

“可恶可恨！我不是让你安排人蹲守了吗？怎么还有人捣乱？你是干什么吃的？谁守的？”

“没有人愿意守，是我守着。可能是后半夜，我太冷了也太困了，借着上厕所坐在马桶上小睡了一会儿。都怨我，都怨我，没抓住人。”

“什么，就没个人愿意？都要翻了天了。蹲守蹲守，睡觉了，还叫蹲守吗？”

“我错了，我错了。”小李摸了摸了脑袋，想了想，又说，“今天，再写一副，再守一夜。事不过三，我就不相信没人来，还真是闹鬼了！”

钱镇长恨恨地说：“再写，我就不相信了。”

于是又是一阵忙活，对联再次写好了，再次贴好了，再次有人观赏了。

夜很晚了，钱镇长和小李还远远地躲在政府大楼院墙的东西两角，夜风呼呼地吹着，虽说夏天了，但后半夜还是有点凉，一直到了两三点，两人都困得支撑不住了，就要睡过去了。忽然，钱镇长和小李几乎是同时看到一个影子飘飘忽忽地过来了，但是，影子好像警觉性很高，并没有径直走到大院门柱旁，而是东瞅瞅，西瞄瞄，就像是个盗窃的惯犯，富有侦察的经验，在做踩点的准备工作，还真是行家里手呢。钱镇长和小李都向后退了退，没有行动，没有暴露自己。过了大约半个小时，影子终于走近了门柱，迅速地从袖筒里掏出两张一尺见方的红纸来，急急弯下腰，涂抹着胶水什么的。说时迟，那时快，钱镇长和小李几乎同时从东西两边窜出来，一个猛虎扑食，按住了这个“影子”。

有劳动就有收获啊！但是，劳动绝不能偷懒。抓住了捣乱的人，钱镇长和小李都舒了长长的一口气。尤其小李还更加真切地认识到工作要细心，来不得半点虚假，谁要是不真诚地对待工作，工作就会开谁的玩笑。工作是这样，人生前途也会是这样。但是，来不及多想，当下之急是要弄清楚这个“影子”是谁，他究竟怀着怎样的目的。

掏出手电筒，钱镇长闪了闪，看清了是一个人的脑袋，便一把扯下那个“影子”的帽子。

“啊！”

钱镇长突然“啊”了一声，也着实吃了一惊，原来，这个“影子”不是别人，正是自己的父亲钱一平。

“放开我，放开我。我知道，是你小子，钱博。”

小李见过钱大爷，仔细一看，也吃了一惊，没有想到原来是钱镇长的父亲，这事搞得真是莫名其妙。两年前，小李刚安排工作的时候，去过钱镇长父亲那儿，家离镇上不远，就在镇南三里地远的钱家湾村。

“爹，是你在捣乱？你怎能这样害我呢？你不想让我活了？”

“哈哈哈，你小子，不是活得好好的吗？”

夜空中，钱大爷爽朗的笑声，传得很远很远，就像是一道光亮，让沉沉的黑夜，有了温暖，有了盼头。

“好了，请我到你们的衙门走一遭吧。你是要把我抓起来审问我呢，还是要把我扭送司法机关呢？听凭你的处置，但是，我可是要尊严的，不能侵犯我的尊严哟。”

钱镇长和小李放开了钱一平。这时，钱镇长才真真地感受到天气的确有些凉，老人家干出这样的荒唐事，真不该。可是，他是位老人，要是受凉生病了，那还不得拖累这位镇长大人！

将老人请进了政府大楼里，坐进了钱镇长的太师椅上，钱镇长真是欲哭无泪，欲笑无由啊！

“唉，我说钱镇长，镇长大人，把我捆起来，扭送派出所啊，怎么还不动手啊？难道，让我自己动手啊！让我自己动手也成啊，快从我的衣服口袋里掏出绳子来啊！”说着，钱一平从口袋里掏出一根尼龙绳子来，递给了儿子。小李傻傻地站在一旁，不知所措。

“爹，你干嘛害我啊？你老糊涂了？有你这样的爹吗？”钱镇长困惑不解地问。

“你看你爹像是个糊涂的人吗？”

“不是啊！”

“好了，明天我去向你们书记坦白；不行了，我上县里去，向县委书记坦白，向公安局坦白。这总给你个交代了吧！”

“爹——”

“钱大爷，我想不明白，你咋能害自己的儿子呢？”

“你是小李同志吧？”

“嗯。”

“年轻人，来日方长，要珍惜啊，可不要让我这个官老爷儿子给带坏了哟——”

“哪能呢？”小李还是不太明白，在他的记忆中，钱镇长是坏人吗？钱大爷为什么会说“带坏”的话呢？一脸的困惑让小李难堪，让小李不知做什么，说什么。

“爹，你可把事情弄大了。你写就写了，照就照了，为什么还要把照片发到网上，让全世界的人都知道？”

“你是说把改对联的照片发到了网上？”显然，钱大爷也吃了一惊，他没想把照片发到网上，虽说他当过几天民办老师，识得一些字，但他这么大岁数了，智能手机这新鲜的玩意儿他是玩不转的，怎么会发呢？

“手机上都看到了，你不知道？”

“不知道啊！”

“前天早上，回到了家，手机可能你那侄子玩着，难不成是那小子发了？”

“嗨，你说你这都干的什么事儿！看我回家不收拾这小子，学习不行，搞这些歪门邪道倒是个内行！”

“哼，歪门邪道？好，好，好，你干得都是正经八百的事。人在做，天在看！”

“你知道我为什么搞你一下？”

“为啥？不知道！”钱镇长有些没好气地说。

“敲打敲打你。”

“有这么敲打的吗？”

“我的镇长大人，你整天忙，又住在城里，高楼大厦的，吃香的喝辣的，家离这儿就三里地远，你也好久不见面了，好像早已把你老子忘了。你妈听到村子里别人的闲言碎语，都气病了。”

“我有啥闲言碎语的？”

“村里的事一桩桩，一件件，说不清，道不明啊！就说养牛，奶子没人收，价格又那么低，你们当领导的咋就不管呢？还说什么造福乡里，那不是扯淡是什么？这些年，你自己摸着胸口问一问自己，今年这么搞，明年那么弄，乡亲们让你们带领着发家致富，你们带了什么，都领到歪路上去了，骂声不断，你还在这里表功。你今天这里查，明天那里吃，真正干了多少实事呢？你看看你那个形象，脑满肠肥，大腹便便。呸，羞先人呢！”钱大爷拉开了话匣子，滔滔不绝地讲起来了，村里人谁受了欺侮了，谁有病难看了，谁打工要不来工钱了，谁家的孩子上不起大学了，谁家的姑娘让人糟蹋了，谁家的稻草垛烧光了，谁家为了埋个死人闹起纠纷了，谁家的汉子打老婆了，谁的工伤补助没有落实了，谁家的汉子把辛辛苦苦挣来的几个钱输了个精光……

钱镇长脸上一阵红一阵白，真不知如何反驳，立在那偌大的空荡荡的地中央，好像无比孤单、孤苦，好像他是从远古而来，脱离了这个社会，不懂得眼前这位老人所讲的那些新鲜的事情。好多的事情他似乎从来也没有听过，也没有去想过，他是这个镇里的父母官，可是，这个夜晚他好像才明白他有多少要做的，多少不该做的，他经常听上级领导讲有些领导干部“不作为”“胡作为”，可是，他的心里一直不清楚究竟哪些是要管的，那些是不要管的，他只想着去做所谓的大事，去做那些上级领导看得到的事情。看来，人民群众无小事，他的父亲好像比他清楚这个道理。再仔细地端详这位老人，一头的银丝，满脸的皱纹，忧伤的眼神，他是那样地陌生，那样地让人看不透，看不明，他的话特别是一些老百姓的顺口溜让他那样地吃惊，让他心生恐惧，他的额头冷汗不止，他的泪水挂满了面庞，他低下了头，羞愧、懊悔、自责一起涌上了心头，并且放大开来，弥漫了所有的生命的空间，越来越沉重。

天就要亮了，黎明的曙光给大地上的人们带来的总是清新的空气、干净的阳光和生活的希望。钱镇长一夜没有睡，他的父亲也是，还有小李同志，但是，他们都没感觉到困倦，他们的血是热的，眼是亮的，梦想是美的。钱镇长和钟书记商量后，一同坐着车，四个人进了县城，要去面见县纪委赵书记，将这次发生的对联事件说个清楚，道个明白，任何的处理他们都愿意坦然地接受；尤其是钱镇长的父亲钱一平敞敞亮亮、心无畏惧地向赵书记“坦白”了一切，还大胆地提出了许多生产、生活方面的意见和建议，他一再地表示如果犯了法，他愿意接受法律的制裁；他说他愿意以他的行动唤醒儿子，让他做一个真正执政为民、造福乡里的好官，他死而无憾。

官　司

马学礼

一

西滩村连续三年被县里评为精神文明村，该村杨村长在县电视台专题节目上说，这几年全村不但没了耍钱赌博、偷鸡摸狗的事，就是打架骂仗也很少发生，党的政策好，村民一心扑在养羊发家致富上，根本没时间搞什么歪门邪道。节目播放后没几天，本村的丁万全——外号丁老歪却发现自己半年前丢失的一只黑顶盖子小山羊，却在李老扁的羊圈里。他直奔村委会，歪着脖子赤着脸向杨村长反映了这件事。

杨村长听完丁老歪的叙说后，背着手在地上来回踱了几步笑道："老丁呐，就凭你说的那些，证明不了他偷了你的羊。"

丁老歪拧着脖子说："不信你去看看，我的黑顶盖子母山羊，它们母子一模一样。"

杨村长说："你先别张扬，等会儿我去李老扁家看看了再说。"

丁老歪走后，杨村长来到李老扁家，说是来看看他的羊，然后指着那只黑顶盖子白山羊说，那只羊挺好看。

村长大驾光临，使李老扁感到脸上有光，乐得那张扁嘴裂成了鞋口子。指着一只羊说："就是那只黑头母山羊下的，是只小骚户，留种羊了。"

杨村长与李老扁闲聊了一会儿，来到丁老歪家，没好气地说："那只羊人家说是自己的羊下的，你说是你的羊下的，我咋能断清是谁家的羊呢？不就是一只小羊羔，能值几个钱？吵明了说又伤和气又伤脸，你不如揉个肚子痛算了。”

丁老歪不服气，脖子拧得茄把子似的说：“他偷了我的羊，还说是他的羊下的，这口气我咽不下去。”

杨村长掰烂揉碎地劝说，丁老歪一句也听不进去，说：“你村长管不了，我找上面去，总有人给我断公道。”

杨村长一听火了，说：“我们是文明村，你想给全村人脸上摸黑呀，你要是把这事吵出去，别想拿今年的贴息贷款了。”

丁老歪回到家后，越想越气，悄悄来到乡派出所，把自己丢羊的事向王所长叙说了一遍。王所长说：“你的羊丢失半年了，现在过期报案，我们不好立案了。”

丁老歪说：“没办法了？”

王所长说：“没办法了。不信你找个律师问问。”

丁老歪觉得王所长是在推诿，于是来到县城，找到一家律师事务所，问律师如何去告状。律师说，要收20元咨询费。老丁毫不迟疑地掏出了20元钱，律师收过钱，问明案由后说：“这个官司能打。但是取证很麻烦，比如说如何证明那只羊在半年前是你家的羊下的，如何证明被李老扁偷了……这个官司听起来简单，真正打起来麻烦多了。官司输赢暂时不说，就诉讼费，律师代理费，执行费，来回交通费，等等，没有上千元钱案子结不了。看你是个老实人，我实话实说，你打这个官司输赢放在此处，关键是不合算。”

丁老歪听完律师的话，气呼呼地说：“算了。”他走出律师事务所，心中骂道：“他妈的，20块钱白扔了。这官司打不成也不能让李老扁自在，我非出这口气不可。”

过了几天，丁老歪来到李老扁家，想讨个明白。他们见面后，李老扁笑呵呵地说：“丁老哥今儿个走错门了吧，稀客稀客，快请屋里坐。”

丁老歪气呼呼地说：“走错门的是我的黑顶盖子白山羊，它怎么到你的羊圈里了。”

李老扁一听这话脸上顿时没了笑容，说：“不会吧，那只羊本来就是我的，我养了半年了，咋会是你的呢？”

丁老歪说：“你说对了，我在半年前丢的那只羊。”

李老扁听了这话，脸涨得通红，指着丁老歪说："你……你的意思是我偷了你的羊？"

"你没偷，我的羊咋在你的羊圈里？"

李老扁火冒三丈骂道："你放你妈的屁！今天我非让你给我脱这个贼皮不成。"举着拳头向丁老歪扑过去，丁老歪毫不示弱地迎上去。他俩你一拳头，我一巴掌，在对方的脸上身上打得噼啪作响，直打得鼻青脸肿，不分胜负，相互揪着衣领直喘气。村民闻讯赶来，将其拖劝着拉开。

丁老歪向地上唾一口痰骂道："你个臭老扁，那只羊你偷了吃药去。"骂罢掉头回家去了。

李老扁跳着脚骂道："你娃娃子把眼睛的屎揩干净，我跟你没完。"

二

半月后，法官给丁老歪送来一张传票，说李老扁以诬陷罪将他告到了法院，要求他恢复名誉并赔偿5000元的精神损失费。希望他在半月内请好律师，准备好证据，到庭应诉。

丁老歪接过传票，气得双手发抖，脖子拧了几拧不解地问法官："他偷了我的羊又把我告了？"

法官笑笑说："他偷没偷你的羊到法庭上再说，你先在传票上签个字，记住开庭日期，逾期不到庭法院就按缺席判决了。"

丁老歪在传票上签过字后说："请法官放心，我不误你的事，现在我就去请律师。"

法官走后，丁老歪顾不上吃午饭，乘公交车直奔县城而去。来到县城后，他四处打听，找到全县最有名气的金律师，把自己的冤情叙说了一番。金律师五十多岁，白白胖胖，戴副眼镜，显得格外精明老练。在他叙说案情的过程中，金律师接过两个电话，却似乎并没影响他的注意力，他刚说完，金律师就给了他一个明确的答复："那只羊真是你的，这官司我就接手了。"

丁老歪听了这话，颇为激动地拍着胸膛说："请金律师放心，那只羊绝对是我的。"

金律师说："这种恶人先告状的事我见得太多了，只要把确凿的证据摆在法官面前，他就蔫了。"

丁老歪点头称是。

"这个官司怎么打，取什么证，由我来安排，你就别再烦心了。"

"这就好，这就好。"丁老歪脸上出现了笑容。

"按照对方起诉的标底，你应交纳1000元的律师代理费，看你是个老实人，经济条件一般，我们就按800元收费了。"

老丁忙说："能成能成。"急忙掏钱。

缴过代理费后，金律师叫来一位漂亮的大姑娘向老丁介绍说："这是我的助手丁丽，本科毕业的高材生，你的案子由她代理，具体怎么取证办案，我来操作。现在你安心地回家去吧。"

老丁站起身来却不肯离去，说："我还要做什么您尽管吩咐。"

金律师笑道："暂时没有，你就放宽心，这是个芝麻大的官司，别把它放在心上。"

丁老歪走出律师事务所，长长地舒口气，心情畅快多了。原来打官司这么简单，只要交钱，一切都是律师的了。

三

开庭的日子如期而至，原告、被告都起个大五更搭火启灶，吃过早饭，太阳刚刚冒出山顶，就吆喝全家人出发，并且叫上亲朋好友去法庭助威。本该宁静的清晨顿时沸沸扬扬，人们相互争论这场官司谁胜谁负。有人说李老扁输定了，那只白顶盖子山羊和丁老歪家的母羊一模一样，人家律师把照片都拍去了，那就是证据；有人认为老丁输定了，单凭两只羊长得一模一样也证明不了那羊就是自己家的，人都有相像的，何况生灵；有人说这是个难断的官司，上了法庭后说不定法官各打四十大板都无理，各回各的家……争论异常激烈，一时并无结果，却陡增了人们对本案的关注度，越集越多的村民决定去县城看法官怎么断案。

就在这时，杨村长出现在村口，挡住了丁老歪和李老扁，指着他俩的鼻子骂道："你们两个老不要脸的东西，还嫌不丢人吗？为一只烂羊又是打又是骂，弄得全乡都闻名了，你们不怕丢脸，我还要脸呢。你们要是打赢了官司，我给你们背鞋蹄……"

这时，通往县城的公交车来了，丁老歪和李老扁没理睬村长，挤上车和众人走了。

杨村长望着离去的班车骂道："打你妈的屁官司！让你们人财两空。"

上午8时法院准时开庭，法官宣布法庭纪律后，按照程序原告律师宣读诉状，之后，被告律师宣读应诉状，接下来双方举证，当庭辩论。辩论异常激烈，如何证明那只黑顶盖子白山羊是谁家的成为本案的焦点，尽管双方律师竭尽全力为自己的当事人辩护，却不能使法官满意。突然原告律师提出对三只羊进行DNA鉴定，法庭的气氛顿时凝固了。几分钟后，法官向双方说："当然这是最好的办法，但是据我们初步估算，三只羊的运输费和鉴定费要花好几千元，你们愿意花这笔钱吗？"

双方一听傻眼了。

法官又问："双方是否同意调解？"

原告律师小声问李老扁，李老扁说："不同意。"丁老歪也喊道："不同意。"

法官宣布休庭。下次什么时候开庭等通知。

丁老歪走出法庭后，一肚子的气没处出，指着原告律师骂道："你他妈的满嘴冒猪粪，那羊明明是我的，瞎你的狗眼了。"

原告律师向丁老歪笑笑，什么也没说，招手挡了辆出租车走了。

李老扁想骂丁丽，却没了人影，他儿子指着丁老歪骂道："你个老杂毛，想往俺爹身上搭贼皮，先把你眼窝子的屎揩干净。"

丁老歪的儿子扑过来说："你再骂一句我听听，我让你小子横着走！"

眼看双方又要起架了，两个法警走过来呵斥道："我看你们谁敢闹事，小心我把你们铐起来！”随来看案的人们推着搡着将他们拉开，分头找车回家了。

四

午饭时，一帮打官司的人垂头丧气地回到村里，只见杨村长背着手站在村头，看着他们一个个从面前走过去，虎着脸骂道：“熊样！我等着背你们的鞋蹄呢，咋没人啃声呀？”

丁老歪回到家后直扑羊圈，他想先喂一下羊，端来草料后突然发现那只黑顶盖子母山羊不见了。

与此同时李老扁家也在大呼小叫，那只黑顶盖子小山羊被偷走了。

事后，谁也没有报案。村民们说，这个贼真有眼色，以后他们两家再闹腾不起来了。果然，后来法院通知他们开庭时，两家都没去。

作者简介：马学礼，银川作协会员，爱好文学创作，有作品发表。

第六辑

灵武籍作家散文

雪落无声

武雪峰

雪落无声之时，我忧伤的情潮便开始泛滥。那一段爱的伤痛被卷入情感的旋涡愈陷愈深。我无法抗拒，也无法逃避。哦，哦……有谁能说谁是不幸的呢？想当初，我承受了多少思念的痛苦，才有短暂的欢乐啊！这世间竟有太多太多的无奈，我感到好疲惫。

雪落无声之时，我们沿着积雪的小路向林中延伸，林中的小路有多长，我们的爱就有多深，你的唇齿之间曾流出了满腔的誓言。如今，我们却分离了。容易的是挥挥手道声再见，难的是我如何再能靠近你的心。我说不上是谁的错，只好缄默不语以示我男子汉的深沉。

雪落无声之时，我不再潇潇洒洒、坦坦荡荡，我变得凄凄惨惨、缠缠绵绵，我厌恶情感的虚假，我又害怕有人会投来同情的目光，可你的一切移动都会左右我的视线，在嘲笑和讥讽中我依然远远地看你。我不愿久盼而又留恋的你从我身旁擦肩而过，追悔莫及。

雪落无声之时，我寂寞的心如同湖边的那张长椅一样寂寞，等待你来倚靠。

然而，茫茫雪地上只有我在漫无边际地走、……素雪铺就的湖岸留下一串串脚印，像音符，谱写着命运的主旋律。回想青春竟像晨光瞬时消失，衰老却如此漫长，犹如斜阳。

雪落无声之时，黄昏悄悄，余晖宁静而安逸，只有温柔，缺乏了浪漫。

我多想再回到那波光粼粼的湖面，由我驾桨，乘那叶小舟，再带你缓缓地飘摇。

作者简介：武雪峰，宁夏作协会员，著有文学作品集《笔下有千年》。现供职于灵武市文化旅游广电局，任广播电视台编辑、记者。

在一季老去（外一篇）

王　茵

人总是有这样那样的困惑，有时候，身在家乡，却没有归属感，到了异乡，却又像回到了故乡，或许，故乡永远都是一个模糊的梦影，总在离别后的月夜随月光倾泻到游子的窗前。

人总是要面对离别的，有时候，天涯也像是咫尺，就像这个夜晚，我们离开那个古堡式的别墅，在异国的黑夜，在浓厚的雾霭里，我们像两个相依为命的亲人，挥手告别，转过身我就泪如雨下。

没有开始，更无所谓结束，在一起时，我不长于诉说，我更喜欢离别后静静地流一会儿泪，无关悲喜，无关爱恨。

我是个天生情感丰富的人，害怕生死，害怕离别，总爱为别人的悲欢流泪，更会为自己的喜悦流泪，真诚而又脆弱，常常不懂得保护自己，口不择言，爱恨全写在脸上，始终没有学会老于世故，即使再老一些我也不会。

蓝颜常常会抚着我的头发无限痛惜地说："怕了你了，什么样的人才能让你钟情？什么样的人才能与你匹配？"我说不怕，没有人爱的时候，我会更爱我自己了。

当然，我也爱我的亲人，可我总让他们失望，让他们担忧，让他们觉得恨铁不成钢。

我不怕病，可我怕老，因为每病一次，我都会更加小心照顾自己爱惜自己，可年老是谁都没法抗拒的，有时候我就想"朝如青丝暮如雪"，立刻老去，立刻谢世，我怕未来的老年，我满头白发，容颜尽失，孤苦无依，甚至一无所有却还在苟延残喘。

现在，正是我最鲜艳的时候，我就想在这一季老去……

原来是雨季

平生从来没有经历过这么漫长的雨天，原来是南亚的雨季已经来临。像我这样多愁善感的人，真该庆幸自己生活在干旱少雨的西域。故乡的乡亲们，为了等一场雨，盼得眼干目枯，而我却总在雨天肝肠寸断。

在这样的雨季，我希望自己是个一无所知的人。这样我就不会记得多年前的雨夜，我失魂落魄地冲进雨中，绝望地在呼啸而过的车流中穿行，分不清是泪水还是雨水，一双有力的手把我拉回了现实，后来这双手还是挽着别人去天长地久；我也不会记得多年前的雨夜，一个人在三岔路口倾心地等我路过，为我打开一把红雨伞，蹲下身子为我系好松开的鞋带，分不清是泪水还是雨水。只希望未来的风雨永远有人分担。

再不会有这样的一双手，也再不会有这样的一把伞，他乡的雨夜，漫长又凄凉。

年复一年，不该走的走了，不该来的来过，该来的却从来没有出现。爱情原来只是一个不断徘徊在来与去之间的过程，一段刻骨铭心的爱恋，有人把它深埋在记忆里，有人却把它遗弃在了雨中。再好的恋曲，也有唱得声嘶力竭的时候，还在爱里的人，得不到救赎，注定孤独地承担，绝望地宽容。没有谁注定要孤单，也没有谁注定要经历漫长地等待，可在一段没有结果的爱恋里，没有公平可言。有人扬着头放声高唱，就有人流着泪洗刷耻辱。没有一个人能拯救另一个人的脆弱，如果在苦闷的雨季见到彩虹，一个饱受风雨的心灵是否才能感知温暖和光明?

我居住的城市没停歇地下了七天大雨，我和你山高水长，隔了几重山又几重水? 大雨日日夜夜，出不了门，每天坐到电脑前，边敲打出文字，边看QQ上那个蓝色头像，永远都亮着，永远地痴迷于一种游戏，与其说那是一种游戏，不如说是一种与寂寞或者与空虚相似的别的对抗方式。一直乐此不疲地穿行于不同的女人之间，还是填不满的落寞，泪水会不经意地滑过我的脸，低下头来，疼痛还是不失时机地穿心而过。

如果我能够预知结局，我断不会选择转身离开，即使是背叛，是离弃，是一场早有预谋的悲剧。我以为我能躲过分手后那一季的寒冷，却料想不到他乡的天空也会有阴雨连绵；我以为我已经忘记，我以为足够的空间和距离足以让我忘记，甚至让我不再有记忆，永远不会再想起，但那个蓝色头像一次次闪过我的空间，悄无声息地来了又去了，彼此长久的沉默，再沉默，也许已不是沉默，而是漠然，或者是对峙……比鄙视和伤害更甚的痛楚又一次使我的双眼噙满泪水。

如果你能够改变我或者我能够改变你，如果不是一连串的如果，相守的岁月再寂寞，再风雨无常，我也断不会选择转身离开，我料想不到转过身去的天空，更是雪上加霜的绝境。

我爱，如果你能说出一种未来，我断不会选择转身离开，留给彼此无尽的绝望和虚无；如果不是预料之外的相遇和预料之中的分离，我们还是会期许地老天荒，哪怕未来是一条荒路，是一条不归路……

作者简介：王茵，毕业于灵武一中，后就读于西北轻工业学院，发表散文作品多篇。2006年旅居伊斯兰堡。

如果月光是一条长长的河（外两篇）

张开翼

向上游，不停地行走。冥冥中，渴望再次踏进早年的河。

夜的神秘，无可替代。一轮月早早攀上草垛，亮出一句无可替代的关怀。

四野愈显静谧。我行走在铺满石子的路上，只有哗啦哗啦的石子在脚下翻滚，让我的心更加寂寞。为打发无聊，我抓起一把石子，狠狠掷向地面，眼前电光石火，闪耀一片，又瞬间熄灭。我制造的烟火，满是秘密。

手电筒的光柱有点夸张，像握着一根棍，可以壮胆。吓唬吓唬白杨树高大的暗影，敲打敲打十字架一样的电线杆，试探试探沟渠边芦苇丛里怪异的响声，不想惊动了青蛙，纷纷跃入水中……

如果月光流淌，那将是一条长长的河，铺开银色的镜面。我照见自己扶着奶奶走进老屋，昏暗的灯下传出絮絮叨叨的说话声。马蹄表里的小鸡还在不停啄米。

一群羊静卧在围栏里，像一场拒绝融化的雪。一只小羊站在围栏外，不停张望。记得我也是这样，走出老远，还频频回头，看一眼，那汹涌着的月光。

戏　台

汹涌的时间，瞬间停顿。

往事长眠，人间死一样沉寂。不再暴跳如雷，大吼大叫，不再怒不可遏，挥刀就砍。放火的人撤退了，打砸的人，逃走了。十八般兵器各归其位，站立两厢。写满家法的册子变身为文物，贴条封存。

弓箭挂在墙上怀念，马头琴靠在桌边沉吟。红墙灰瓦，屋脊六兽。万寿菊最是孤独。

在喀拉沁王府，本该坐享天伦的老王爷奔走他乡，留下官轿，仪仗，厅堂，书斋，膳房，马厩，戏台……戏台上摆放着两把太师椅，大眼小眼，面面相觑，无所事事。

格格远嫁。她的闺房漏洞百出，扇面的题字露出牙齿，香炉的裂缝烟瘾大发。

戏还没完呢，得把他们通通找回来呀。把主人和仆役找回来，顺便找回柏树上的鸟窝。把班主和唱戏的人找回来，顺便找回戏台下玩耍的孩童。唱念做打，咿咿呀呀，生旦净末丑，宫商角徵羽，个人个音，别弄混了。

救场如救火。赶紧把琴弹起来，把鼓敲起来，赶紧描眉画眼，涂脂抹粉。

谁“啊”的一声，一开腔，吼出了一座古宅憋在心底的百年苦闷。

白　马

一匹马低头吃草，有雪从天空降落。没看见羊群和毡房，只有炊烟投奔山下，野韭菜汹涌的花。高原被时间遗忘，也即将被大雪覆盖。一匹马昂起头，睫毛上挂满了雪粒。它用白色的目光，粉刷草场，它用前蹄刨食积雪下干枯的草根。

我打口哨唤它，希望它能跑起来，撂下一声狂野的嘶鸣。它没理睬我，它比一粒雪更沉默。天地混沌一片，雪已堆到天上，马昂起头，注视一场雪，渐渐弥漫了它空旷的一生。

作者简介：张开翼：60后，宁夏灵武人，祖籍浙江浦江。宁夏作家协会会员，宁夏散文诗专业委员会副秘书长。曾荣获星星征文奖，自治区作协征文奖等奖项。有作品收入《中国21世纪散文诗年鉴》《中国散文诗年选2020》《中国60后年度诗选》《宁夏煤炭诗选》等选集，出版散文诗集《花艳灵州》。参加宁夏作家协会石炭井采风和第十九届全国散文诗笔会。

五月枣花香

龙　震

春芳匿踪，夏荫初成，香飘十里的沙枣花便灿灿然开了起来。

要说花香，在西北边陲地面，别说是木本，就是把草本、藤本的花都算上，也就只有玫瑰能和沙枣花一比了。沙枣花不似玫瑰那般倨傲独尊，香气霸道，而是亲切和蔼，淡然坦然。它的小巧玲珑，与银灰色的树叶，皲裂的躯干，一起和谐又伟岸地生长在西域炎炎炙烤和猎猎风沙之中，经年不变，经年不朽。或许是丰厚肥沃的黄土地的滋养吧，或许是大西北特有的地域气候，适合孕育它。沙枣花报以纯正的一色金黄，一朵朵一簇簇，自由散漫却又团团圆圆的，像一个热闹的大家庭。

花美，人人爱之。譬如养花，有愿意侍弄的，于家养几盆，精心呵护，费时费力。也有懒得经营的，或庭植几样，或自然生成，于花开时节，一观一嗅，一睹一赏，足矣。我自是属于后者。迄今为止，还不曾认真养过一盆花。除非在学校时，和教师们一起种植些美化校园的花木。有木本的，也有草本的。我也常常假人之功，得以一饱眼福、鼻福。有时不免奢想，有朝一日，也亲自养几盆可意之花草。但，终究是一种奢望吧。

因此，对于花的鉴赏与品评，着实浅陋之至。然而，对于花的喜爱，却依然如故，时时不能让我忘怀且感觉温馨的还是灿灿馥郁的沙枣花。

我家门前的一棵沙枣树，在离地一米左右处分开了叉，树身尽管像个弹弓，可依然相互扶持，相互荫庇，相互比对着。长到能开花结果时，我将要上学了。

因为这是房前屋后唯一的一摊绿色，也是我顽童般爬上爬下的一种乐趣，因而，也就记忆深刻，至今历历在目了。

不可议意的是沙枣果，长圆形的，像个红枣核，个头不大，即便成熟了，也不惹人馋。反倒是初夏的花，最让人留恋难忘。每当沙枣开花的季节，院子里，房子里，到处弥漫着醇厚的浓香味，仿佛一直到现在还不曾散去。

在上寨子的四周，也零星地长着几株肢体残缺的沙枣树，都很不起眼，唯有屹立在寨子中间的高台上的一棵大人都搂抱不过来的沙枣树承载着儿时快乐的时光。

我家离大枣树不远，我常常骑在我家门前的沙枣树杈上，向着正北的大沙枣树上眺望。

夏日里，生产队的大会小议、大事小情，都聚集、展开、商量、解决在大沙树下。大沙树不仅仅是上寨子的一个标志，也成为全寨子人的新闻中心。

人们大晌午的乘凉，饭后的消遣，都不由自主地往大树底下聚来。

到大树底下，在大树底下，成了全队人、全部事情、全部消息的指代。

到了秋天，沙枣花成熟的季节，每天上下工路过的人，总要捏一根木棍，或一块土坷垃，举头瞄着树上某一处色泽艳丽、沙枣稠密的枝头，奋力一扔，便噼里啪啦下一阵沙枣雨，那些人便急忙弯下腰，拣满了身上所有的口袋，一边嚼着香甜的沙枣，一边哼着轻松的小曲，满意地回家或下地去了。而其时，也不知从哪儿冒出几个光腚的毛孩子，像小鸡啄食般地拣个不停，他们是无力击中大沙树最叫人眼馋的红沙枣的，于是借鸡下蛋，如寄生虫般抢食大人们打落的沙枣。

我常常骑在大树杈上，告诉妈妈大树底下发生的和将要发生的事情。妈妈按照我说的去开会或是决定下一步干什么。只要看到大人都弓着腰的时候，我也会麻溜地溜下树，飞也似的赶到大沙枣底下，多少拣些平时吃不到而眼馋的红沙枣。

在滩上，沙枣树最集中的地方有两处，一处是黄河护岸林场里，那可是成片成片的，或大或小的沙枣树。因为是人小的缘故吧，一直以为黄河护岸林场就是书中描写的一片可怕而又神秘的大森林，进去了一定会很吓人的，说不定有狼，有狗獾，有大蛇之类的凶猛动物。说不定还会迷路走失。就曾听说过村子里谁家的孩子进去了一天，到天黑大人才找回来，好怕人的。那实在不是我们小孩子可以随意去的。再者，还有护林人，说不定他会把你的筐子、篮子都抢夺了去，踩扁了，扔河里，那凶神恶煞般的模样才叫瘆人呢。那么，唯一的选择就是到包兰路两侧的沙枣树去摘沙枣了。

老包兰公路两旁，和大旱柳间杂生长着一些高大的沙枣树。这里的沙枣树，尽管有路工队的人管理，可他们毕竟不是每天都来，而且大家一眼望老远，信息便显得明朗起来了。如果发现有人来了，可以早早逃之夭夭。虽如此，我们这些毛孩子每次去揪沙枣，也还是提心吊胆的。

待到渐渐长大，便少了折花插养的闲情。但每年都在沙枣花的浓郁之中感觉春夏交替，日月轮回。

有一年初夏的一天，我刚走到教室门口，一股浓酽的花香味扑鼻而来。这般醇厚而又熟悉香味从何而来?

我推开教室门，噢！讲桌上灿然盛开着两瓶插得满满当当的沙枣花，我条件反射似的、贪婪地大口吸了几下，花的香味就钻进了我的肺腑，浸润了我的每一片肺叶。环顾四周，教室的前窗和后窗台上，均摆放着插满沙枣花的花瓶，整个教室浸淫在沙枣花的浓烈香味里。看着一串串嫩茎上像小灯笼一般密密麻麻的花蕾，它们默默地、不经意地舒展着四瓣花叶，幽幽的芬芳便四散开来，整个教室似乎就是一个溢满香味的大香坊。看着学生们欢悦而又得意的笑脸，我想，他们不就是那鲜活、可爱、朴素、灿烂的沙枣花吗?

每个花瓶中只有半瓶水，足以滋养这些时时还在绽放的花蕾了。我之于瓶中水，不就是如此吗？由是，自豪且满足。

插花瓶养，幼时之趣。在沙枣花开时节，不顾得被沙树刺破皮肉的危险，攀折几枝，在家中瓶养，便满屋生香。于今忆来，依然温馨依旧，仿佛醉人。

沙枣花的香味之浓，与它的繁多不无关系。倘只撷取一朵，便淡而又淡，几可忽略。它不似玫瑰，一朵自大，一朵独芳，犹可插养，亦可咀食。沙枣花你若喂进嘴里，满口生涩，大失雅趣。

笠翁先生评品了许多花木，领袖群芳的桃李自不必说，蠲忿之合欢，忘忧之萱草，与牡丹、芍药并而称为奇葩之菊花，就连“有食而无香”之海棠，朝开而暮落的木槿，等等，均有提及，独独缺了耐旱坚韧而又花香冠群之沙枣。难不成是笠翁先生不曾到北国来，或者与沙枣树无缘相遇，还是难免百密一疏？总之是一件憾事。

又到了沙枣花开的时节，小侄子从外面折回来几枝插在瓶子里养上，在馥郁浓烈的香味里，我写下了这些话，也是表达由衷的喜爱之至吧。

作者简介：龙震，灵武作协副主席，灵武职教中心高级教师，有多篇作品发表。

马车轱辘的联想

纪中玉

不知哪位慧眼识珠、意蕴深厚的决策者，把年代久远的车轱辘搬进了宁夏灵武二中的校园，摆放在一进校门最显眼的草坪上。绿草茵茵，鲜花朵朵，硕大的车轱辘在百花丛中显得古朴厚重，古色古香，又耐人寻味。它显示着本地丰厚的文化底蕴和悠久的历史沉淀。学生不知它为何物，就连一些青年教师也不知怎样使用。

看着这似曾相识的车轱辘，勾起了我久远的回忆：我一眼就看出它是当年的马车轱辘而不是牛车轱辘。与其说它伴随着我的少年乃至青年一起走来，不如说我和乡亲们曾经拉着木马车沿着乡间那条弯弯曲曲坑坑洼洼的土路，顺着那两条深深的车辙，走过多少艰辛苦难而又刻骨铭心的岁月。

木马车送土粪，拉粮食，这在解放初期的农村以及后来的“大集体”时期，是农村最先进的交通工具，比起人背马驮先进得多。“大集体”时期，每逢冬天，木马车就没有停歇的时候，二十四小时不停地运转，换人不换车，搞所谓的“黄土搬家”——拉土粪。三匹骡马刚刚卸车，十六个劳力就接着用人拉车，从凌晨两点一直拉到上午十二点。不论天气多么寒冷，狂风怎样呼啸，一个班次拉六车土粪，来回要跑九十多里路才能完成任务。卸车时饥渴至极、疲劳至极，已无法用文字形容。歇工回家上炕腿拿不上去，只好用手去拉。狼吞虎咽吃完第一碗那“叨着淌，喝着响”的二和子菜米汤，吃第二碗时端着半碗饭竟然睡着了。就这，去迟了还抢不上“位”——因为不拉车就得用背篼背土粪，负重前行总比拉车要苦。

父亲三十岁时，才有了我这姗姗来迟的儿子。内心深处对我的宠爱可以说超过周围所有的人。但是，劳动锻炼，在艰苦的环境中磨砺，这种祖传的育儿方式在他的脑海中始终没有淡化或遗忘。因为我当时还是一个初中学生，正赶上放寒假。其实那些拉车的大人对我还是比较排斥的——年龄小，力气小。无奈，父亲是饲养员，我跟父亲在饲养院睡热炕，一有动静他就催促我起来把绳子拴在车上……

木马车没有刹车装置，下坡时车辕里的三位掌辕的人只管方向，由车自行奔驰。所有拉车人在拉车过程中，神经一直处于高度集中，即要看高低不平、坑坑洼洼的糟糕极了的路面，防止绊倒，又不能偷懒。偶尔有偷懒的，车辕里的人就悄悄地把你没拉紧的绳子收起来，待到“领班”喊声“拉呀”，那玩笑就开大了……

马车轱辘一般都是由榆木和硬杂木制成。木匠师傅为了使车轮更能负重，更加耐用，制作前先把毛坯料放到盐水锅里浸煮一段时间，目的是改造杂木的硬脆性，增加柔韧性。车轱辘是由车头（即车轴匹），十八根粗细一样、长短一样的辐条，和九块薄厚一样，弧度一样的车网子（即车轱辘的轮子）以及车头上的铁箍、铁串，还有网子上的铁瓦、铁钉组成。

车头是一车之主，是全车凝聚力、向心力的集中点，也是全车辐射力、平衡力的交会处。车头由一块高50厘米，直径50厘米大的无任何瑕疵的囫囵榆木精心制作而成。其中，竖着在木头的中心凿一个直径12厘米（小头）、18厘米（大头）的穿车轴用的圆锥型洞，还要横着凿十八个大小一致、布局合理安插辐条用的长方形通眼，这么大的一块木头要凿这么多眼，木匠师傅任何一点疏忽大意都会损时费料，甚至前功尽弃。所以，自古就有“铁件小了一锤，木件小了皮贼（报废）”一说。

车头与18根辐条、9块网子始终配合默契、团结一致、同心协力。任何一根辐条，一块网子都不能偷懒，不能分裂，不能羸弱，更不能缺席，否则就不能负重前行，有道是：“车轮跑得快，全凭车头带。”

只有十八根辐条才能把车轮的360度，分成左右均等、布局合理、受力科学的格局。十七根不行，十九根也不行，只能十八根。这是老先人经过无数次的制造和实验，千百年的改革和创新，才创造成的固定模式。

十八，历来就是一个吉祥的、成熟的、充满希望的广博雄厚的数字。“十八般武艺”“十八罗汉”“十八岁成年”……它揭示了一个深刻而又显而易见的道理：五彩缤纷的世界，需要的是五花八门的人才。而人才就必须学会十八般武艺中的一般或几般；要学会十八般武艺，九年义务教育就是基础，就是动力，就是资本。特别是初中阶段，孩子们正处在青春躁动而又叛逆的年龄段，思想品德的锤炼，文化素养的积累和提高，身体成长和发育等，是非常重要的。没有初中这个特殊的、短暂的、重要阶段的品德的锤炼和知识的积累，想学习十八般武艺中的任何一种都是非常困难的。

木马车轱辘从来都是只能前进，绝不能后退，因为后退，一是无法受力，再者也无法把握方向。

老师们教书育人与木匠师傅制作车轱辘，锯铆斧砍，精刨细凿，同属一理。木匠师傅刨凿的是木头，而老师培育的却是正在成长中的未成年人，老师所付出的心血要多得多。同学们理解了老师们的艰辛和劳苦，欢迎老师们“锯铆刨凿”式的教诲和修炼。“九层之台，起于累土，千里之行，始于足下”，日积月累，水滴石穿，像先人赞扬车轱辘一样“车慢撵上兔子哩”“慢是慢，就怕站”，只要不断努力一丝不苟坚持不懈打好基础，就能经受住社会风雨的任何考验和无情的筛选。

马车轱辘前行，由于车轮大，速度慢，转一圈看得很清楚，确实给人一种“一轮一转”的意蕴和感悟。二中二百多名教师中有一半以上都曾经是二中的学生或是二中老师教过的学生。他（她）们如今成了二中教学力量的中坚。每每站在讲台上，想当初他（她）们是老师举起的学生，看现在却是举起学生的老师，相信他们一定会思绪万千，感慨万千。尽管每个人内心深处的某一个角落里，有着生活中、工作中、情感中这样那样的不如意，但是老师传道授业解惑的职业操守，使自己一点也不愿放松，一刻也没有放松过。不论是春夏秋冬，每天凌晨六点学生到校就有老师到校，晚上住校学生上自习，老师又要去辅导。平心而论，老师的辛苦超过周围的各行各业。把教书育人说成是太阳底下最光辉的职业，把老师称作人类灵魂的工程师一点也不夸张。把老师比作春蚕、比作蜡烛、比作人梯、比作酵母实在是恰如其分。老师就是社会分工中最负责任、最凭良心、最为辛苦的再创造性的劳动者之一。

一首赞扬老师的歌,《长大后我就成了你》揭示了教育事业像车轮一样“一轮一转”的规律。现在二中的学生中，有一天就会有人成为二中的老师。他（她）们也要在那三尺讲台上画出彩虹，挥洒泪滴，放飞梦想——我就成了你。但是,“我就成了你”，仅仅是一个美好的祝愿，一种热切的希望，一个远大的理想。要真正成为一名光荣的人民教师，还要经过漫长而又艰辛的化蛹成蝶的过程。

古老的马车轱辘被高速飞奔的车轮无情地替代了。它曾经有过的辉煌早已成为久远的历史。这副马车轱辘当作文物被供奉在二中校园里也许是它最好的归宿。但是，它那体现先人聪明才智的一面，它那种忍辱负重始终沿着大道、正道，滚滚向前的精神，它那至死也绝不后退半步所固有的个性和恪守的原则，却在我的脑海中留下深深的辙印……

作者简介：纪中玉，宁夏作协会员，灵武农业局退休老干部，有多篇作品发表。

清水营的碎片

王学江

星期天的早晨，往往是从中午开始的。

一睁眼，红彤彤的，纯洁而美丽的阳光，早已如母亲温柔的手，抚摸着我的身躯，打量着室内的一切。

家里静悄悄的，仿佛卧满了落雪的辽阔的旷野。

如何打发今天的时光？看书？近日来，我的双眼似乎对书有了抵触，看上几页，便会产生一种无名的惰性，让自己十分沮丧。喝酒？那是别人的爱好和专利，我始终不明白，人类为什么会用在清醒的时候发明的那样一种液体来麻醉自己、折磨自己，还美其名曰那就是享受。看电视？现在的电视实在是太无聊，不是凶杀，就是三角恋。

正想着，电话响了，钧打来电话说，我们去清水营吧。

清水营，多么富有诗意的一个名字，多么富有青春的一个名字。

早饭，不，是午饭也顾不上吃，我们就上路了。

路是柏油路，全都是新修的，车是快速车。一路上都有些什么景色，我懒得看，也懒得记，唯一记下的是路两旁有许许多多人工种植的柠条，已长得有一胳膊高，这是近年来退耕还林、退牧还草的成绩。

车子终于拐下了坑坑洼洼、高低不平的乡村小道，又颠簸了不少时间后，便停在了一座破败的古城下，同行曾来过的死党说，这便是清水营。

我们怀着兴奋的心情，慢慢地，一步一步地顺着土墙边的流沙向上爬。首先映入眼中的便是城门。城门是弧形的，城门上的城砖，露着残缺不全的牙齿。有些残牙，很显然是被刚刚敲掉的，砖缝间白石灰显露着自己依旧雪白的身躯。进得第一道城门，就会看见第二道是门楼，门楼的破坏程度和城门差不了多少。唯一的区别是门楼的地基处，能看到地基的条石，城门上洞中的残破处有一处似乎不是鸽窝就是什么鸟的窝巢，可以佐证猜测的是地上躺着一具已经风干了不知多长时间的鸽子的木乃伊，我捡起一块砖头，使劲地扔进了那个破洞，想轰出来些什么，但既没有听到声音，也没有轰出自己的想象。

过了第二道城门，便是清水营城的正院。正院有多大，不知道，反正我们几个死党走在正院里，身体显得是那样渺小，仿佛腾格里沙漠中的一棵草芥，一粒细沙。正院中散落城砖破碎的身躯，散落着的瓷器碎片依旧闪亮着，仿佛在和太阳捉着迷藏。这些清水营的碎片，这些历史的孩子们，就这样一天一天，一日一日，已不知在这里驻足了多少年，见证了多少岁月的沧桑。平时我们几个死党在一起，那是吵吵闹闹，笑声不绝。此时，走在被岁月和时空敲碎的秦砖汉瓦之上，我们谁也不说话，似乎怕吵醒了历史老人的酣梦。

走着走着，我发现了几块特殊的砖，砖上的雕花是那样精巧细致，那朵“出淤泥而不染”的荷花，荷叶饱满，花朵丰腴，似乎还散发着沁人心脾的清香，我向他们招招手，他们便轻轻地踱过来，大家谁都不说话，似乎怕惊动了这朵荷花盛开的梦想，只有钧按动相机的声音，但也只是一瞬，这声音被空旷的院子吸纳。

然后，我们依旧散开，各自想着心事，找寻着自己的记忆。

看到一块瓷片，我弯腰捡拾起来。这显然是一个茶碗的底托，碗底美丽的饰纹依旧清晰可见，我能想象得出，当初这碗的主人在泡茶时的滋润和甜美。我又捡起一小块瓦片，它在阳光的抚爱之下，依旧散发出如几百年以前一样的瓦蓝瓦蓝的本色之光，似乎想告诉我一些历史的陈年旧事。院子的西南处，我们发现那个地方比较特殊，比其他地方明显高出许多，而且这里的砖瓦碎片也比其他地方多，更为惊奇的是我们在这里发现了一块旗眼石，就是古代插旗的石头，中间有一个旗眼，通过这块旗石，我能想象出古代战旗猎猎的威风来。还发现了一块圆柱体的石头，同行的几人共同推断，可能是古代将军的拴马石，从种种迹象，结合我们有限的历史知识，结合我们无限的想象翅膀，我们一致同意这里就是清水营当年驻军的最高指挥处所在。旗眼石和拴马石，也统统被钧用数码相机收在了自己的记忆深处。

站在城墙上，看着被风侵蚀得支离破碎，被岁月侵蚀得面貌全非的城墙，我们思绪万千。是的，在岁月的长河中，什么都不可能保持它本来的面貌，除了岁月本身。向北极目远望，一条弯弯的小溪映入我们的眼帘。小溪结成了晶莹的冰面，想必封冻的冰面之下，应该流着一条浅浅的溪流，浅浅的溪流应该会低吟浅唱着古老的歌谣，然后平静地行走在自己的人生轨道上；溪流中，还应该有不多不少的小鱼儿，从遥远的岁月深处款款地摆着尾巴游来，和溪流探讨生命的意义所在，然后它们便依偎在一起，向下游的水洞沟而去，找寻属于自己的祖先的遗迹。弯弯的小溪旁边，有一排一排的树，树不算很大，也不算很高，但很健壮。树上有几个喜鹊窝。早已多年不见的两只喜鹊，前栽后仰，情意绵绵地在树上追来逐去，远远地还能听到它们表达爱情的叫声。把眼光再投远一点，是民房，是草地，民房和草地，都默默无语静卧在那里，任由阳光照射。草地里，有那么一群羊，自由自在地，酋长一样散漫地巡视着属于自己的领地，遇到可口的枯草，便随意地品尝几口，然后抬起头来，向同伴瞧瞧，向远处看看，想着什么，或纯粹什么也不想。再把眼光投远一些，便是明长城了，还可以看到烽火台，明长城早已残败，东倒西歪，烽火台也风烛残年，但它们依旧和清水营遥遥相望，共同回忆着过去的兴盛，诉说着当年的峥嵘。

鹰……

钧说出了进入这个城堡以来的第一个字。

我们顺着钧手指的方向，一只鹰，似乎只有黑点的一只鹰，缓缓地在天空之中，伸展着自己的翅膀，如一位至圣一样，自如地翱翔着。它向我们飞来，越来越清晰，越来越高大。它牵扯着我们的目光，牵扯着我们的思想。它飞临我们所在的城堡后，仿佛一位匆匆的过客，在上面盘旋了几圈，好像发现了我们这些不速之客，便再无留恋地向远方飞去，直到变成黑点，最后消失在我们目光的深处。

向南眺望，看到的是一个高大的烟窗，欢快地冒着粗壮的气柱，当然还有蛛网一样的输电线路，那里，银古公路横穿而过，那里，高大的脚手架日夜劳作；那里，地下的宝藏正一日一日地被吞噬，在减少。不知是寒冷的北风吹的结果，还是什么别的什么原因，我忽然打了一个冷战，想到了一个杞人忧天的事情，这座几百年的城堡底下，有没有煤炭呢？

夕阳已经西下，不知为什么，我们谁也没有喊饿，谁也没喝一口水，站在城墙之上，思绪万千。

回吧。

在我们返回的时候，看到一块牌子，上面写着“县级文物保护单位”几个字，那牌子已破烂不堪，立在那里，显得极其孤独。这让我想起了在我们老家，每到水稻灌浆的时候，家家户户便在稻田里扎上一个个草人吓唬麻雀们的情景。

我们几个死党默默地离开，谁也没有带走一片砖瓦，更没有挥手向清水营说那最平常的“再见”。

回家的路上，我们依旧默默无语，本是出来放松的，但经过这一顿折腾，我的神经却越发显得紧张，心情越来越显得烦躁，我只觉得，有一股无形的压力无情地向我压过来，似乎想一口吞掉我似的……

作者简介：王学江，宁夏作家协会会员，鲁迅文学院少数民族培训班学员，有多篇作品发表。

他是我的影子

王学斌

爱孙王洋高考中榜的消息传来，我欣喜万分，情不自禁，老泪纵横。这是我高兴的泪，幸福的泪，骄傲和自豪的泪呀！

俗话说“三岁看大，七岁看老。”这话是经典，是至理名言。因为，看一个孩子是否有出息，是否能成才，不是看他美丽的脸蛋，华丽的打扮，听他漂亮的言辞，而是要看他内心世界深藏着什么，他在想些什么，做些什么。他想的和做的是不是表里如一，长久坚持。

我的三孙王洋，从小就聪明伶俐，活泼可爱，非常懂事。他没有上过幼儿园，也没有几样像样的玩具；他儿时没有骑童车，上学也没有骑过赛车和电动车，更没有上学期间接来送去的奢望。有的，是他对家的爱，对爸爸妈妈生活不易的理解；有的，是他的独立坚强，从不喊苦叫累；有的，是他对知识的渴望，学习成绩的逐年提高；有的，是他发奋学习，不断进步的志向，小学、初中、高中，他都是班里的“尖子生”。

还是在他满六岁那年冬天的一天，天空下着小雪，他对他妈妈说：“我想爷爷奶奶了，你领我去灵武吧。”

他妈妈说：“妈妈要去上班挣钱，哪天休息了我带你去。”

“你把我送到大巴上，给爷爷打个电话接我，你去上班。”

他妈妈觉得可行，就将他送到了离家很近的吴忠老车站吴忠至灵武的车上，并给乘务员交代了孩子下车的地点，然后给我打了电话，说了车号，说了车大约到的时间，还说洋洋的车费她已经付过了。估摸着车快到了，我便向灵武老一中的路口走去。大巴过去了好几辆，时间过去了半小时，就是没有车在一中路口停靠，我觉得情况不妙，便乘车赶到了灵武汽车站，找到了那辆车，找到了坐在靠发动机旁边的洋洋。他看见了我，叫了声“爷爷”，我本认为他会哭，但他没有哭，一下子笑着扑到我的怀里。对我说：“妈妈给阿姨说我在一中路口下车，爷爷，这是车站，不是一中路口呀！”

我回答说：“对对对，这是车站，不是一中路口，我们还要往回走。”我们仍然坐着那辆车，坐到了老一中的路口下车。下车后，我用黄大衣紧紧包裹着他，抱着他回家。“洋洋，刚才下车的地方叫一中路口，向东不远过了一中就到家了。记住了吗？”

“记住了，爷爷，以后坐车，我就告诉阿姨，我到一中路口下车。”

原来，乘务员一路忙，忘了副驾驶坐着的娃娃，到了车站人们都下车走光了，这才想起娃娃是在一中路口下车。“糟了，大人肯定是在一中路口等，而且等的一定很着急，这可怎么办呢？”乘务员这么想着。就在这时，我出现在了他们面前。

洋洋九岁那年夏天的一天，我接到洋洋姑姑打来的电话：”爹，洋洋被车撞了，头上碰了个口子，我们正在往县医院走，您赶紧来呀！”

接完电话，放下手头的工作，我很快赶到了县医院急救室。我到时，医生正在给他止血、缝伤口。额头那个足足有三厘米长的伤口，缝了八针，洋洋咬着牙，忍着疼，没吭一声，没哭一声。治疗完备，洋洋的坚强感动了医生，也感动了我们一家人。“我见过很多孩子，第一次见到这么坚强的孩子，长大了一定不错，一定有出息。”医生感动地说。

那天是星期六，洋洋自己从吴忠车站坐车来灵武，到一中路口下了车。过马路时没注意，碰在了疾驰而过的皮卡车的车厢上，头上碰了个口子，顿时鲜血直流，他一轱辘从地上爬起来，手捂着流血的伤口，向附近姑姑的商店飞快地跑去，这便出现了前面那一幕。

上初中的时候，家离学校比较远。大人们都计划着给他买一辆新越野自行车。他听了说：“不买新车，爷爷把王昊哥不骑的那辆旧自行车给我修修，能骑就行了。这样既能省八九百元钱，还不怕贼偷。”一家人对他的懂事、不攀比的行为感到高兴。后来，我修好了那辆旧自行车，在他开学前开车送到了吴忠，他骑着那辆车读完了初中。

初中毕业前，为了鼓励他，我对他说："洋洋，好好学习，等你考上了高中，爷爷给你买一辆你最喜欢的电动摩托车。"他听了高兴得喜笑颜开，手舞足蹈。

他考上了吴忠市回民中学。为了鼓励他，也为了兑现我对孩子的承诺，我对他说："洋洋，跟爷爷上街，我给你买电动摩托车。"

他回答我说："爷爷，我问好了，学校到俺家通公交车，方便得很，不仅能省几千块钱，还少了很多麻烦。"我心里暗喜，我的孙儿不仅长大了，而且又有知识又有主见了。

上高中的时候，班里的很多同学都拿着手机，而且大都是名牌手机。聚到一起的时候拿出来互比，同时玄耀。还用小看洋洋的口气问：”你家是不是很穷？要不你咋不带手机呢？”

洋洋回答说："我家不穷也不富，买个手机还是能买起的，但我爷爷说，学生的任务是学习，拿手机，玩手机会影响学习。"

因此，三年高中学习期间，他没有手机，也从来不玩别人的手机。他不仅不买不玩手机，还告诉他拿手机的同学说："我爷爷说了，手机用好了是工具，用不好就是玩具，就是害物。"

今年的夏天，王洋和其他同学一样，迎来了历年以来高考试卷最难的一次考试，不巧的是他偏偏又在考试的头一天得了重感冒。晚上打吊针，白天按时吃药，强忍着头晕脑涨，浑身酸痛考完了所有课程。就这样，他以高分中榜了，他也即将成为我家的第三个大学生。四个孙子，三个大学生，您说我能不高兴吗？

前两天，她妈妈给他买了一部手机。我问他："啥牌子的？"

他回答我说："华为的。"

"你怎么不买苹果的？"

"抵制美国货，再者为省钱，上大学几年还要花很多钱呢，我得省着花。"

这就是王洋，我的孙子，一个懂事的孩子，一个为大人着想的孩子，一个出息了的孩子。在他的身上，看到了我曾经的影子。

作者简介：王学斌，灵武市退休老干部，宁夏作协会员，爱好文学创作、文史研究。

六盘情

兰明福

在那黄土高坡最高处的鞭杆梁梁上，看尽苍山，咽下落日，夕阳的余晖红遍六盘山下五指塬那一层一迭的浸染，大芦河与小芦河这片热土，世代生息着农耕艰辛的足迹和那六盘山故有的南归雁。

房檐台上垒着干柴，父亲在热炕头用铁罐罐熬出浓浓的茶，被窝里是妈妈捂着的一盆甜醅散发满屋的醇香；每当亲朋好友相聚的时候，鸡蛋和淀粉包裹的牛肉块，过油后和洋芋疙瘩烩制的“风肉”，鲜嫩香味飘过了崖畔，我似乎听见对面山的回音，那是妈妈的呼唤：“狗蛋哎，回家吃饭。”

外出打工后，妈妈系着围裙，拄着拐杖，多少次在村口望着一个方向，盼儿回家，妈妈习惯用手在头上遮挡强光，眯着眼睛凝视着远方的神态，那是母子一场的牵挂，嘴里念叨着“挣钱不挣钱啊！这是家的方向……”

喧哗的城市生活已把故有的村庄院落遗弃，坍塌的窑洞被风雨肆虐，老屋沧桑的容颜，满院荒芜的蒿草，已遮盖住童年的足迹，只有那棵老杏树枝叶还是那么茂盛，结出的杏子还是那么香甜。

沟壑泉边已不见当年担水的人儿和饮牛的娃儿，但每次回老家总有人掏洗过这世代饮用的清泉，从来没有间断过，我们的根在这里，泉水潺潺流淌着，仍然清澈见底，几只小青蛙趴在石缝间好像不认识我。

这古老的村庄走出了多少人进入城市生活，又有多少人再也见不上面了，这山谷的小红花总在我心间萦绕。

童年是在校园里拿着小石子，蹲在地上认真写字；童年是在沟涧泉中给老师抬水时那弯曲陡坡上嬉闹的情景；童年是在放学路上咧着嘴角耍怪动作相互惹笑的姿势。身背妈妈手工缝制的书包，穿着不合体的补丁衣服，排队唱着儿歌，走在圪梁梁上；校园窑洞里用土块和木板搭建的课桌，在昏暗的光线里课桌边缘被磨得光亮；一个班级几个学生，两个班级挤在一个教室里上课，能上学的女孩少得可怜；冬天，中午放学以后，围坐在用土块砌成的炉子旁，烧着煤末掺着土坨成的煤块，烤热金黄的玉米面馍馍，烧焦的馍皮沾着煤灰，染黑了那彤红的脸蛋和干裂的嘴唇，求学的欲望一直洋溢在脸庞，那些城里来的老师，不畏这艰苦的生活，为这山里的娃娃辛勤地付出，操碎了心。

一场久盼的大雪覆盖了六盘山下的村寨，这银装素裹把山峦沟壑装点得如此多娇，这时再想起父亲的罐罐茶和妈妈热炕上捂的甜醅，当初的童年生活仿佛就在昨天。

六盘情是那一代人艰苦岁月中质朴憨厚永不磨灭的灵魂。六盘情是马莲趟趟的马兰花和杨家嘴嘴的杨杨花那扑鼻的芳香。无论我们现在生活在哪里，我们都曾在六盘山历经风雨，走过艰辛坎坷，身上流淌着六盘山那执着的血脉，那里的山、那里的水、那里的一草一木，都是我们永远，永远忘不掉的根啊！

作者简介：兰明福，宁夏作协会员，灵武市书法家协会会员，宁夏体育舞蹈联合会国家A级教师、A级评审。有诗歌、散文发表于报刊。

第七辑

灵武籍作家诗歌

光揉在光里

杨春礼

秋日迎来的某时
一切
成为另一种静止
我长久地凝视这里
一棵松树下
光揉在光里
时间的针芒掉落在地上
像虚虚一层锈
它的芒尖对着虚的光
我掉过脸时，松枝一动不动
夕阳下降了一寸
松针又落下一根

作者简介：杨春礼，宁夏灵武人，宁夏作家协会会员。有多首诗作发表并获奖，出版有三部诗集。

书苑西巷19号

冯　鹤

在我身后，几枝百合静静地绽放
蝴蝶兰向近处延伸
它们涉世未深

破土的萱草
软泥上的青苔
恢复着各自的生机

这个暖意融融的四月
并不残忍
接受上天的旨意
也接受
一个人的喜欢

我能看到的
都是崭新的
从没有经历过衰败

作者简介：冯鹤，宁夏灵武人，银川作家协会会员。

西夏情歌

马万俊

世上最高的树在我的村庄
树叶却落在别人的故乡
世上最高的山在我的故乡
山上的雪花却飘在别人的牧场
世上最长的河属于我的祖国
鱼群却在别人的江河里游弋
世上最美的女子
是西夏国最后的公主
可是，可是
她已经在九百年前出嫁

作者简介：马万俊，中国诗歌学会会员，宁夏作协会员，有多篇作品发表，出版有两部诗集。

同　桌

刘　京

我和同桌一起折星星
星星摆满了抽屉
我好奇地看着问着
她头也不回

毕业那天，她来了
送给我一个熊娃娃
然后拖着急促的脚步
从一座山到另外一座山

后来，我把熊娃娃送给儿子
有一天，儿子撕坏了熊娃娃
满肚子的星星挤了出来
我傻傻地看着

作者简介：刘京，宁夏作协会员，有多篇作品发表于纸刊，作品入选多部文集。

我想对春天的树说

康建设

我想对春天的白杨树说
你尽管向上，所有枝枝叶叶
不相离地向上生长
刺破青天更雄伟

我想对春天的柳树说
你恭敬地顺从，所有枝枝叶叶
都谨遵风的号令
随顺地摇摆舞蹈

我想对春天的桃李树说
看到你的好颜色
我就开始幻想果实
一直耐心等到你成熟

我想对春天的沙枣树说
历经磨难的你
每年两次回馈我香甜
变成干果也在奉献

我想对春天里树的幼苗说
不管你结果不结果
我都希望你茁壮成长
长成参天大树
你无愧于生命的延续

我想对春天里树的花朵说
无论你是不是会凋谢
我都会珍藏你最美的模样
直到变成另一种风格
你依然如故地活着

作者简介：康建设，小学教师，宁夏作协会员，有诗歌、散文发表，出版两部文集。

山　情

沐　嵘

记忆里你和高原的蔚蓝经常接壤
突兀地变成我心目中难以更迭的图腾
傲以大西北的个性的额头
哲理地审视着荒漠的冷寂

自从白垩纪成长为南北走向的山峦的领队
就一直是我的童年走不出的神话高度

春暖花开的那些时光里小溪淙淙
在你犄角旮旯的每个皱褶里滋润
疯长着贺兰山紫蘑菇
嫣然了樱桃谷的丁香

秋高气爽朝觐的季节里款款摇曳
山谷的每座古刹的风铃
敖包山上祥云朵朵
舍利塔前梵音袅袅

草原的风景神韵在东麓西坡传承
与无法也不可以隔绝的故土牵绊
在日子的筋骨里霸气伸展
在岁月的脊背上肆意穿行

山巅上早已攀爬着依恋的青藤
谷底里洒满了离愁的细碎枝叶

作者简介：沐嵘，本命杨沐嵘，煤矿工人，宁夏作协会员。

放　过

子　红

放过绳索，放过它的
紧绷与缠绕
让它柔软成溪
躺在大地的怀里
失去绳的意义

放过蚯蚓，放过它的
蠕动和截断部分的生长
让它静享阳光
和残缺的生命

放过大地，放过小的蚁洞
和大的墓穴
放过沉重和疼痛
让它空无一物
又满满当当

放过苍生，放过生与死
荣与枯

放过中年的痛
和老年的病，放过床
和吱吱呀呀的叫声
放过万念，放过尘埃
让菩提成为菩提
明镜成为明镜

作者简介：子红，本名万淑玲，宁夏灵武人，宁夏作家协会会员。

编后记

文学润泽心灵，文化铸造精神。

一个学校，没有校园文化建设是可怕的；一群师生，没有文学艺术的陪伴，同样是可怕的。

以文化为驱动，以文学为引领，大建校园文化，大兴校园文学，积极倡导阅读与写作，努力打造书香校园、诗意校园，是灵武市第一中学办学的理念之一。

2007年后，我校确立了“管理强校、质量立校、特色兴校、文化润校、安全建校”办学理念，继之，成立了校刊编辑部，印发文学刊物《墨泊》和教育教学研究学术刊物《灵武一中学报》，校园阅读与写作蔚然成风，这也是我校教育教学质量得以提升的重要因素之一。

一块干涸的土地，需要河水的浇灌；一个空虚的灵魂，需要文学的丰盈。我们所做的工作，就是立德树人、培根铸魂，在这个过程里，如果少了文学的陪伴，则是有缺陷的、不完整的，与学校而言，也是不负责任的。几年来，《墨泊》编辑教师和语文学科组的教师，每学期都以征文的形式，组织倡导学生参与征文活动，先后举办了有关“我爱祖国”“热爱家乡”“读书与梦想”等主题征文，既提高了学生的写作水平，也提高了我校教育教学质量，成为我校教育教学改革的重要举措。

在灵武市第一中学的办学过程中，倘若没能留下几部记录师生精神状态的作品集，那是十分遗憾的。正是基于此，我校从校刊前30期中择优编辑了《墨泊——灵武市第一中学师生作品集》。此书的出版，将是我校文化建设方面值得庆祝的一件大事。

校刊《墨泊》现已编印五十期，刊发师生诗歌、小说、散文作品达2000余篇（首），选登区内作家作品、中外著名作家作品数百篇（首），成为广大师生阅读、学习、借鉴的优秀读物，对滋润学生心灵、陶冶学生情操、培养学生的高尚品格和引领他们健康成长，起到了积极作用，也受到了学生、家长和社会各界的一致好评。

编辑出版一部师生文学作品集，是一件辛苦艰难的事情。首先要倡导广大师生积极参与到阅读和写作中来，好在我校教师中有十余名各级作家协会、诗歌学会会员，正是在这些作家、诗人的引领下，学生们爱上了阅读与写作；其次，从几千篇（首）作品中选取精品来是不易的，难免拾贝遗珠。由于广大师生多为初入文学、初学写作者，其文学作品存在思想内容浅薄，艺术技巧粗鄙等问题，所以作品质量参差不齐，也无须讳言，但编辑出版这样一部文学作品集的意义又是显而易见的，其意义在于倡导、引领和示范作用。

本书编辑过程中，本书编委会成员，尤其王凤国、杜艳梅和杨森君三位老师在稿件选取、内容刊校等方面付出了大量精力，阳光出版社唐晴社长也为本书编辑出版付出了不少心血，特向他们表示感谢。

是为记。